剑桥日记
Cambridge Diary

阮 炜 著

华东师范大学出版社

华东师范大学出版社 六点分社　策划

目　录

前　言 /1
四　月
　　初来乍到 /3
　　变为女儿的儿子 /4
　　红玫瑰、白玫瑰、薰衣草 /5
　　跳蚤市场今非昔比 /6
　　家电不如国内 /8
　　电台节目质量高 /8
　　房友詹妮弗 /9
　　房友希拉里 /10
　　房友卡洛斯 /12
　　房友蒂娜猫 /13
　　约翰的帮忙 /14
　　国王学院教堂圣事 /15
　　有机食品热 /16
五　月
　　人人都有生育的权利？/21
　　"爆炸"的时代 /21

"中国殖民者群体"/23

音乐会:献美酒不献鲜花/25

博物馆:积极服务公众/26

剑桥的大学都沾光/28

东亚系学术会议/29

教授的局限/31

维那斯有多个版本/32

学院与大学的关系/33

希腊雕像披红挂绿/35

转基因人/36

笨拙的威廉/37

跨语饭局让人难受/38

没趣的F·R·利维斯/40

小脚与巨乳/40

猫口控制/43

教师偷拍学生违法/44

偶遇霍金/44

音乐系期末音乐会/45

与导师通话/47

房友的粗话玩笑/48

政客说一套做一套/49

安娜的危机/50

布什入选"七大奇迹"/51

斯人已逝,其著未竟/53

巨石阵和古罗马浴池/54

英国人曾不那么科学民主/56

美国大使谈朝鲜/57

垃圾处理需要觉悟/59

英国人不环保的一面 /61

不喝酒,何以承受生命之重? /63

六　月

拦路的老人 /67

老年人问题 /68

大学植物园 /70

研究非洲叛军的"博导" /72

待业艺术家 /74

牛顿著作珍本 /74

英语系捉襟见肘 /77

媒体恶搞女王 /79

有名英雄纪念碑 /79

河上音乐会 /81

"零碳"2016年 /83

伊曼纽尔学院的午餐 /84

与美国学者赌台湾未来 /86

东方著作出版难 /90

低调纪念福岛战争 /91

牛津印象 /91

令人失望的"巴赫合唱团" /93

牛津自然历史博物馆 /94

拉什迪封爵 /97

黄种人入侵剑桥 /97

英国人知错认错 /98

夜半造访的女朋友们 /99

"激情自然" /101

宴会:形式大于内容 /102

学者转战酒吧 /104

拌绿色先锋的国际忽悠 /105

大学无需"申博" /107

退耕还滩 /108

剑桥人的中国缘 /109

大学教师的收入情况 /110

学院与大学的关系 /111

剑桥学生不凡的就业观 /112

年轻人被剥夺选举权 /114

英国人看回归后的香港 /115

Microsoft Word：正版还是盗版？ /117

中英学者交流难 /119

莎拉波娃的吼叫（上） /120

莎拉波娃的吼叫（下） /121

七 月

让人大跌眼镜的戴妃纪念会 /125

走向普选的香港 /127

不合逻辑的"重婚" /129

围绕"超女"的风云际会 /131

古典学家的剑桥缘 /134

环保：英国人总是指责他人 /135

醉醺醺的迪斯科 /137

对希腊罗马的认知应当转变 /138

剑桥大学的衰落 /140

"拉什迪事件"再起波澜 /143

福楼拜审判 /145

BBC"逍遥"音乐节 /146

英国人对世界知之甚少 /147

剑桥大学为何院弱校强？ /148

混乱的大学图书馆 /150

在伦敦逛书店 /151

陈旧校园网带来惊喜 /153

不关心时事的英国人 /154

英国人的"恐欧症" /155

"社会邪恶"何处觅？ /156

"卑微"的圣埃德蒙学院 /157

青少年犯罪率居高不下 /158

英国社会的世态炎凉 /159

失业并非丢脸 /160

鸦片战争以外的"鸦片邪恶" /161

英国人不知道鸦片战争 /162

约翰的帝国情结 /163

"西男东女"还是"西女东男"？ /165

从福尔摩斯到里伯斯 /166

八 月

状况不佳的伊利大教堂 /171

失业者遭受巨大压力 /172

华人进入东南亚的客观效应 /174

剑桥情场的弱肉强食 /175

现代化并非一蹴而就 /177

关于欲望的对话 /178

黑人男子为何讨白人女子喜欢？ /181

斯巴达是"极权"国家？ /182

作为"小三"的安娜 /184

公德：外国人与中国人的比较 /187

山寨版"拉链门" /189

女人多多益善？ /191

古典音乐的危机 /193
"朋友"太多,活得太累 /195
尼克松/毛泽东秀 /197
书评:英国与中国比较 /198
与弗吉妮亚·伍尔夫相会 /200
伍尔夫夫人与仆人换位 /202
用鼻子闻印度音乐 /204
"戴安娜周" /206
"天堂"变"地狱"? /208
不列颠博物馆的中国瓷瓶 /210
印度的测验热 /213
反进化论的美国人 /213
健忘的犹太教右派 /215
大打折扣的印度民主 /216
斗狗与托狗 /219
"势利鬼"奈保尔 /221
中国音乐能否走向世界? /223

九 月

不会电脑的银行职员 /227
程序民主 /228
多元主义遭遇逆流 /229
英国人心灵粗陋 /230
印第安人仍受压迫 /231
作为部落的丹麦 /233
混血的"中华民族" /233
"纯粹"的民族并不存在 /234
"文化"一词应该慎用 /235
一心一意当中国人 /236

可疑的"身份"概念 /237

英国的问题:自由太多 /238

融合乃世界大势 /239

莎剧:为人民服务的戏剧 /240

地球科学博物馆 /242

中国人享受的特殊待遇 /243

神创论与进化论可以调和 /244

媒体的坏德性 /246

"洋大人"与"晚清官员" /247

英语系"内幕" /248

凌淑华与布鲁斯伯里小组 /249

徐志摩与英国知识人 /250

徐志摩的英国崇拜 /251

"睾丸节"狂欢 /252

落后的剑桥体制 /254

海外中国人境况何以不如印度人? /256

"公司":东南亚的华人共和国 /258

海外华人身份问题 /260

关于德里达的对话 /261

中西交流仍面临巨大难题 /263

人口控制:全世界都得感谢中国 /266

男女平等需更上一层楼 /270

青少年自杀率高 /271

徐志摩、罗素与中国革命 /271

个人"炭卡" /273

我们仍与孔子、柏拉图同时代 /275

英国学术也量化 /275

后殖民时代的跨种族正义 /276

控制性欲需出奇招 /277
慈善资本主义:利乎? 弊乎? /277

十 月

儿童肥胖问题 /281
占星术、天文学、教会 /281
在剑桥和伦敦打的 /282

前　　言

　　1980年代在爱丁堡逗留多年，1990年代又在哈佛校园呆过一年，但都没有写下堪称"日记"的文字，回想起来很是可惜。这次来剑桥（2007年4—10月）不同，一开始就打算把所见所闻所想纪录下来，既为了纪事，也为了与读者分享。

　　1870年代以降，我国留洋者数量巨大，其中很大一个比例是人文学者，然而他们在西方国家所见所闻，尤其是与西方人交往的细节，鲜有被记载下来的。如果从魏源写《海国图志》算起，国人有意识地认知西方文明，已有一百六十多年时间；如果从容闳撺掇清政府选派幼童赴美学习算起，中国人正式出洋留学已有一百三十多年历史，但为什么鲜有把所见所闻详记下来的？原因很简单：用西方语言读书并非易事，拿西方的学位甚或出"成果"更是困难，当然也可能因其他条件限制，即便很愿意写，也写不成。这次来剑桥不同，几乎可谓一身轻松，没有拿学位的压力，也没有出"成果"的负担，虽然仍有一个非"国家项目"在研，却并非火烧眉毛，必得立马"结项"不可，而可以悠着做，或仅仅搜集好材料，回国以后慢慢写，因此有了从未有过的从容，不仅能想到写日记，而且能做到坚持不懈，几乎一天也不落下。

　　《剑桥日记》虽然是日记，写作手法却不同于一般日记。

一般日记主要是记事，而《剑桥日记》除了记事，还有对事件、人物、学术会议甚至个人对话的写实主义细描。既然专门从事英语文学和文明研究，做这种工作应该是分内之事。职是故，不妨把《剑桥日记》看作一种"田野考察"，一种社会人类学意义上的田野考察，其考察对象是一个个活生生的英国人，尤其是剑桥的英国人。

另一点不同在语言方面。《剑桥日记》显然不像诗人徐志摩的文字那么抒情，也不像其他写剑桥的文字那么学术，而用的是一种近乎大白话的风格。我以为这种风格有助于打破学术与普通读者之间的区隔。如果说连宋明儒者也知道用大白话在普通人中传播新思想，在二十一世纪的今天，为什么仍要蜷缩在象牙塔内，摆出一副高不可攀的架势？更重要的是，大白话有助于消除剑桥、英国乃至整个西方在中国人心中的距离感和神秘感，有助于客观、准确地认知剑桥、英国乃至整个西方。

最后一点不同，是每则日记都有标题，甚至有多个标题。这么做，不为其他，只是为方便读者。

有若干处讲到一些英国人对外部世界没有兴趣，甚至可以说既没有动力也没有能力去了解外部世界，结果自然是愚昧无知。但这并不等于当今英国已一无是处。事实上，今天英国人值得中国人学习的地方仍很多。《剑桥日记》对此是有交待的。

2011年2月28日

四月

初来乍到

上午10点左右到达剑桥市中心。

学友曹山柯教授（广州大学外国语学院）来巴士站接我，随即乘出租车来到弥尔路一带的住处。房东已在那里等候，给了我们房门钥匙。在网上找到的房子其实很小，只好将就住几天，再换一间大一点的。

让人感到高兴的是，整个剑桥市居然看不到一幢摩天大楼。全市最高建筑——剑桥大学校图书馆——不过十五六层高。这与国内大城市人口密集、高楼林立、交通拥堵，形成了鲜明对比。街道大多较窄，八九米至十几米宽不等，与国内大城市动辄六七十米甚至一百米宽的"大道"相比，让人感到亲切。弥尔路上商店餐馆鳞次栉比，下班回家路上就能购物，很是方便，也分散居住，驱车去大老远超市购物的美国生活模式相比，也更人性。

但看上去草地有点枯黄。大约很久未雨。街道路面有点破败，房子也嫌老旧。虽然屋子里大多很舒适，但比之国内成片新住宅区雨后春笋般拔地而起，毕竟是另一种气象。

不过这里环境保护之好，决非国内城市能比。春日阳光下，树木枝繁叶茂,处处绿草如茵,野花绽放。去英语系的乡间小道上,目睹成群的奶牛,脚踏久违的牛粪。

去英语系必须越过"康河"。因徐志摩的"再别康桥"而在中国广为人知的"康河",其实是一条七八米宽的小河,看上去很平庸,水也显得不那么干净(并非因污染,而因有机质含量高),说不上漂亮。但因环境保护得很好,再加这里人口"素质"高,河里及河岸草丛中有很多野鸭、野天鹅和其他鸟儿在嬉戏,一点不怕人。看见一只天鹅狂追一艘行驶中的撑篙船(punt),这应该是船上游人总用食物讨好它们的结果。

见识了三一、国王、克莱尔、圣约翰等老牌学院(剑桥大学有三十二个学院),其古老的石墙建筑大多四五层楼高,有哥特式尖顶。外墙角落和边缘,黑绿色的青苔清晰可见,昭示那里边有悠久的历史。各学院大多从东南西北四个方向围住中央一块草地,仅就此格局而言,颇似北京四合院,但大得多,房子质量也好得多。

最引人注目的,还是国王学院。它著名的教堂高耸入云,配套建筑群之间的宽阔草地也修剪得极为整洁,这与剑桥城略嫌破败的市容形成了强烈的反差。不用说,国王学院是剑桥最富有的学院之一(各学院财政相对独立于大学,也相互独立),财政十分宽裕。作为一个老牌名校,每年光是校友捐赠的就有很大一笔钱,再加其他收入来源,国王学院不说富可敌国,至少在全英国同类实体中是数一数二。据说,在英国的所有非国有法人中,女王排名第一,第二第三就是剑桥大学的三一、国王之类学院了。

4月20日星期五

变为女儿的儿子

在弥尔巷(Mill Lane)一间拥挤的大学办公室办了工作证(兼

有身份证、借书证和其他功能）后，来到康河边一草地上略事休息，之后步行至曹山柯住处吃晚饭。

  曹山柯的房东老太太是犹太人，很友好，也很健谈。她有个儿子，从墙上照片上看约三十岁，带着一个五六岁的女儿，仍然与她同住。让我万分诧异的是，明明是儿子，房东却老是说"她"这样，"她"那样的。"为什么您儿子是'她'？"我忍不住问，"他是一个变为女儿的儿子，"房东毫不迟疑地回答。

  傍晚去 ASDA 超市购物，有幸见到她那在超市工作的儿子/女儿。他/她身着一件不太合身的涤纶黑色连衣裙，抱着与前女友所生的女孩，全然一副家庭主妇的派头。大家不约而同地叫他"萨莉"。"萨莉"是一个常见的女孩名，我又很好奇。"您女儿在叫'萨莉'之前叫什么名字？"我问。"叫'大卫'，"她说，"是十年前改名为'萨莉'的。既然儿子执意要当女儿，那就随她去吧。"显然，房东并没因儿子选择了当女儿而跟她过不去。

4月20日星期五

红玫瑰、白玫瑰、薰衣草

  所住房子以剑桥标准衡量，不大也不小。上下两层共五个房间，楼上楼下由一个陡且窄的楼梯联接起来。楼上楼下各有一个洗手间。客厅比国内常见的四居室套房客厅小得多，只有十五平方米左右。

  房龄较老，估计至少有六十年。但状况并不算差，再加上房东最近将内部简单装修了一下，或者说油漆了一遍，所以十分适合人类居住。有一点，是国内一般住房无论如何比不上的，那就是后花园。由于地处市中心，花园宽度只有六米左右，但长度竟达二十米以上。太过狭长了一点，但在这里很常见，左邻右舍每家每户的花园都是这种长条形状。

主人或房客似乎从来不打理花园，显得有点杂乱。有好几丛灌木，其中一丛正盛开着白花，树丛下草地上覆盖着厚厚的一层落英。草相当茂盛，齐膝深了，也没人修剪。一面园墙上倚靠着四五辆自行车，是从前房客留下的。其中二辆只能算自行车残骸。一辆只剩下一幅车架子，另一辆只剩下一个轮子。远端靠墙处还有一个破旧长沙发，也是前房客扔掉的。这是垃圾，本该由房东处理，可能因运走得花一笔钱，房东便不管了。花园里靠房子一端有一个小棚屋，塞满了杂物和工具。

无论如何，对房友们来说，花园还是饭后的一个好去处，尤其是当两大丛高高的白玫瑰和红玫瑰开花之时。除了红白玫瑰，还有三丛薰衣草，已能见得到密密麻麻的小花蕾。房友约翰说，要等到6月下旬，薰衣草才会开出淡紫色小花来。

4月21日星期六

跳蚤市场今非昔比

上午10点，曹山柯的房东太太专门开车来住处接我，要送我去十公里以外的一个跳蚤市场买东西。她是主动提供帮助的。她认为，不应步行这么远去办这事。

目标是：买辆二手自行车。有了车，我在剑桥就有了"机动性"，活动范围就能大大增加。由于停车难，把我送到目的地时，房东太太违规停车以便我下车。她很是害怕，仅停了几秒钟，连"再见"也来不及说便把车开走了。

出乎意料是，这里人山人海，热闹非凡。来淘货的人也不像我先前想象的那样，有色人种多，穷人多，外国人多，而看上去大多是体体面面的白人。原因只有一个，所卖东西都是二手货。一盏台灯只一两镑钱，一只铝锅也只一两镑钱，至于盘子、碗、杯子、刀叉等更只是一二十便士，而且质量相当不错。

　　对于一个人口流动性极强的社会来说，有这跳蚤市场对大家都是好事，对于并非富裕的工薪阶层来说尤其如此。如果你不在一地久住，最多只住一两年，日常用品又不得不备，那么到跳蚤市场买一些便宜东西对付一下，是很正常的思维。同样，如果你在一个城市只住一两年，如果已制备了一整套日用必需品，现在却得到另一个城市工作，扔掉这些东西又太可惜，那么到跳蚤市场卖掉，也是一种正常思维。

　　注意到这里有很大一个停车场，停了不下两百部车，这说明许多人是开车来的。其中一些人很可能从老远的地方赶来，所买东西的价值很可能只花了几镑钱，不及开车本身的耗费。但如果你打算到超市或其他商店买"正品"，要比这里贵出三四倍甚至十来倍，而且也得开车，那么到这里买东西，开车不开车，都是合算的。

　　更重要的是，能物尽其用。如果一件物品看上去虽然旧，但质量并不差，把它当垃圾扔掉岂不可惜？这与国内一些先富起来的人们把明明能用的东西扔掉以炫富，形成了鲜明对比。同样，西方人上餐馆吃饭一般是吃多少，点多少，没吃完的还打包回去继续吃。这又与许多国人上餐馆吃饭，扔掉三分之一甚至更多的食物，形成了鲜明对比。显然，西方人的做法更合理。也更环保。如果能物尽其用，地球的负担最终将减轻。

　　与八九十年代的跳蚤市场相比，今天中国人的比例小得多。那时的跳蚤市场上，十个人里边一定有两三个是中国人。而今天，我看到的中国人比例可能是几百个人里只一个。这说明一二十年来，中国国力有了明显提高，出国的人更有经济实力。既然留学或侨居英国的中国人觉得星期天有更重要的事要做，为什么总是来跳蚤市场来淘货？

　　从十几辆旧车中，挑了一部轮胎硬朗的，十五镑（二手自行车的通常价格），加上打气筒和锁，总共花了二十镑。但骑车出市场不到一百米，链子便断掉。推车回来，让卖者修理。修好后又骑。

这一次还没出市场，链子又断了。于是干脆换另一部车。这部车看上去轮胎也更硬朗，同样是十五镑。这一次，骑起来虽觉得有点沉重，车速也总是提不起来，但终究还是把车骑回了住处。

4 月 22 日 星期日

家电不如国内

今天曹山柯陪我去市中心买手机。

市中心的商店比弥尔路更密集，看上去也更时髦，但电器店里商品种类和款式跟中国商店相比，并非丰富，也不新潮。手机款式更新换代的速度明显比国内慢，手机店里和路上行人的手机款式都显得落后，甚至是一些国内早在三四年就已经淘汰的款式。

同类电器的性价比也不如国内，在质量、款式大体相当的情况下，价格一般也比国内略贵。商店的规模也不大，人流量更明显不如国内大城市，即便"有效"人流量或有购买力的人的比例大于国内，也意味着"人气"不足，说明英国经济活力不如中国。但是，市中心有一类国内不大见得到的商店，如专卖"自然、健康食物"的商店，再如说专卖手工制造的"自然"化妆品或护肤品的商店。看来，国内商业还有很大的潜力可挖。

对手机要求不高，只需有两个功能：一，电话，二，收音机。一款相对便宜的诺基亚手机满足了这两个要求。

4 月 23 日 星期一

电台节目质量高

晚上发现，手机的收音机功能很有用，很容易操作，音质也很清晰,能收到的节目相当多。BBC第三和第四台节目尤其对我的胃口,可以说给我打开了一个崭新的天地。第四台全天播放新闻、时事、故事、文学、历史、哲学、辩论、广播连续剧、知识竞赛等节目,几乎不放音乐(除非是音乐知识竞赛);第三台是古典音乐台,二十四小时不间断地播放古典音乐,但晚上9点35分至11点15分有高质量的知识分子节目,11点15分后更有实验性极强的音乐节目。你如果喜欢音乐,又喜欢知识,这应该是你最好的去处。

中国为什么没有BBC三台、四台这样的电台?除了经济、政治因素外,人口"素质"是一个重要因素。当然,中国目前社会发展程度仍不如英国,这才是最根本的原因。目前我国音乐人口和知识分子比例太小,还不足以支撑如此高密度的阳春白雪式的节目。

4月23日星期一

房友詹妮弗

今天终于有机会同詹妮弗聊了一聊。她是英国人,早出晚归,甚至夜不归宿,所以在其他房友看来,她很少现身。这就是为什么我入住好几天后才见到她。

詹妮弗大约二十五六岁,小脸,不漂亮,个子中等偏矮;从眼神上看很不自信,甚至总好像在防备着什么,仿佛总是在遭人迫害。尽管她不沉默寡语,但仍从她口中了解到,她本科拿的是英国文学学位。我们算是同行了。不过,她显然不喜欢谈英国文学,自称在校时没有好好念书。这跟中国年轻人的心态很不一样。中国人对自己学习成绩不好或未能好好学习不会感到光荣,不大可能主动披露这种经历。

詹妮弗告诉我,她在一家银行工作。这引起了我的兴趣。我试着从她那里打听一下银行工作的收入情况。当然,不能直接问她的收入是多少。这不礼貌。但很想也应该了解这方面的情况(另一个房友约翰就曾主动告诉我,他现在失业,每月二百二十镑拿社保金;如果能申请到住房补贴,还另有二百四十镑,只是他现在因仍然在找工作,还未申请),所以不得不问一些一般性的问题,比如像她这样刚毕业不久的人,在剑桥一般银行工作,年薪大约多少?詹妮弗很机灵,也用迂回的方式披露了相关信息。

"剑桥这个地方不好,甚至可以说很不好,"她说,"即便在银行工作,你也挣不了多少钱。如果你在伦敦一家银行工作,一年能挣上一万七八千镑。在剑桥就少多了。"

"在伦敦银行工作税后所得应该有多少?"

"大约一万二三千镑,"她说。

不好再问下去,但现已不难判断,她的税后工资应是九千至一万镑,不高。

4月24日星期二

房友希拉里

还有一个房友,叫希拉里。她三十岁出头,中等个子,很漂亮,也活泼大方,甚至可以说很善于交流。读大学时,她念的是"历史文化"专业,这又跟我的专业兴趣一致。只是当我试图跟她谈一谈学问时,她显得不太情愿。这时她跟詹妮弗没有什么两样。她解释说,在大学念书时,并没有花太多的心思学习,所以现在讲不出什么名堂来。

"'历史文化'的学科界限不明确,"我仍然不死心,执意要聊几句"学问",沾一点边也行。"'文化'概念尤其模糊。它到底是什么?我觉得,文学、语言、历史、地理,甚至人类学、社会学、政治、经济它都会沾一点。最后你弄不清学的究竟是什么,对不对?"

"的确如你所说,"她说,"正因为如此,我最后到底学了什么,自己也说不清楚。"

但她对英国文学表现出了兴趣。知道我来剑桥研究当代英国小说后,她说她读过伊安·麦克尤恩和马丁·艾米斯的小说,还向我推荐麦克尤恩的《赎罪》(Atonement)。她说不仅她认为很精彩,读过此书的朋友都认为值得一读。及至此刻,我几乎可以肯定楼上洗手间墙壁上华兹华斯最著名的两首诗——"我孤游四方,像一片云"(I Wandered Lonely as a Cloud)和"作于西敏桥上"(Composed upon Westminster Bridge)——是她贴的。弄清楚这一点后,我和正在看电视的房友英国人约翰共同得出一个结论:在厕所里张贴著名诗歌,是一种别出心裁、富于洞见的文学批评形式。

一周后,希拉里将开始为期一年的环球游。第一站是世界热地印尼的巴厘岛(看来巴厘岛对西方人的吸引力非常大,即便发生了死亡二百四十多人的针对西方人的大爆炸,其吸引力也未减弱),经新加坡飞到那里;玩一两周后到泰国、越南;停留两三个月后再到南美的智利、阿根廷;接下来是美国;最后从美国返回英国。

"你可以到中国去待两三个月,"我企图说服希拉里改变行程和计划,"我可以介绍你教英语,挣点钱,然后再去其他地方。中国很大,有趣的东西很多很多。"

"我哥哥目前正在福建,"她没有正面回答我的问题。

"他在那里做什么?"

"教英语。"

很显然,我没能说服她。希拉里在剑桥市看守中心工作,跟国际人权组织联系紧密。她似乎对中国人权状况有看法,但又不好意思向我明说。

4月25日星期三

房友卡洛斯

卡洛斯是另一个房友。葡萄牙人,在英国已六年,很熟悉这里情况。

今天他去康河撑船(go punting)打工。他在剑桥一个不知名学校读书,学数字图像设计。他的生活很有规律,每周学习五天,打工两天,星期天偶尔同一伙欧洲大陆国家来的人打打手球。他说,每周打工两天,就可以挣足生活费。工资加小费,一天可挣八九十镑;暑期再打工三个月,不仅可以挣足一年的学费,还可以到国外玩一玩。

从他那里了解到,现在欧盟国家人们到英国来读书、工作,既不需签证,也不需工作许可。记得在八十年代,欧洲大陆人来英国工作,必须申请工作许可(work permit)。现如今,英国到处都是欧洲大陆人,读书、工作、旅游,不一而足,真是今非昔比。

一伙房友今天又谈到了这种情况。对此,暂时待业的约翰有点不以为然,说到处都是其他欧洲国家的人。他未明言的是,他们抢走了一些英国人的饭碗。但卡洛斯提醒说,不仅眼下英国到处是欧洲大陆的人,欧洲大陆也到处是英国人,南欧(他的祖国葡萄牙所在)尤其如此。我帮腔说,现在是全球化时代,人口流动性强,所以剑桥的外国人很多。

"虽然是全球化时代,人口流动,但我从不考虑去美国,"卡洛斯要将话题岔开。

"为什么?"我问。

"美国人会以我的长相把我当阿拉伯人,进而怀疑我是恐怖分子。所以我决不会去美国。我很想去印度。"

"你看上去不大像一般欧洲白人,而很像印度人。你在印度如果自称是印度人,应该没有人怀疑。"

这话让他很是得意。

卡洛斯肤色偏黑,确实有点很像中东、南亚一带的人。想起昨天看一个关于葡萄牙的电视节目,见到一个魁梧的摩尔人(有阿拉伯血统的北非黑人)警察,便问他葡萄牙是不是有一些摩尔人?他说的确有;他自己就有摩尔人血统,这是他爸爸告诉他的。

接下来跟卡洛斯开玩笑说:

"这么久(大约一年)没有女朋友,真是奇迹!"

"我可以很久没有女朋友,"他说,"也可以同时有两个女朋友。"

"你真行。我知道一些英国人可以同时有好几个女朋友。怎么顾得过来?"

"那得看情况。"

约翰一脸邪笑插话说:"得看他们的荷尔蒙水平。"

4月26日星期四

房友蒂娜猫

还得介绍最后一个房友。她叫蒂娜,是一只猫。大约三个月前,她收养了 Hemingford Road 38 的全体房客(但我们很快发现,她同时还收养了隔壁 40 号的四五个房客。在那里,她的正式身份不是"蒂娜",而是"Chairman Miao")。

蒂娜的毛色为黄褐色。从后腿比一般家猫粗壮来看,她应该有一定的野猫血统。她品行优良,从不在屋子里乱排泄。她甚至有点洁癖,除了睡觉、吃东西外,其余的时间都在舔洗自己。我以为,她是个超级洁癖,做事情务求尽善尽美,连爪子上的一小点儿白毛也不放过,把自己舔得一尘不染。她习惯好,不像国内某些被人类宠坏了的猫,总是爬上饭桌抢吃人类的食物。她像我们中国人那样极有耐心。如果她想进屋子,会爬屋外到窗台上,连续等上几个小时,直到某人为她开门;同样的,如果她想出去,也会长时间守在后门口,直到有人为她开门。当然,如果她刚有这种表示时人类就看到了,她就不用等这么长时间了。

只有向人类发出要进食的信号时,她才发出一种不耐烦的叫声。她喜欢芝士,但有时也很挑剔,如果是丹麦蓝霉丝芝士,她绝对不吃。你如果给她一截辣味香肠,她的反应会非常有趣。初时如临大敌,继而绕香肠转上两圈,打量半分钟,终而发起猛攻,激情澎湃地咀嚼之吞咽之。如果太饿,她也会屈尊吃一点面包屑。有一次,我和约翰看到她在好几分钟内不停地吃嫩草尖。我以为,她一定是身体缺乏某种维生素或矿物质了。

如果有四五个人类同时在客厅聊天,看电视,蒂娜是绝对不会放过这个凑热闹的好机会的。她会轮番爬到每个人怀里,有节奏地抓毛茸茸的人类衣服玩。以这种方式,她把爱均匀地分发给每个人类。她是政治家,一碗水端平,决不冷落任何一个被她收养的人类。

4 月 27 日星期五

约翰的帮忙

发现房友们有一条不成文的规矩:一人做饭、吃饭后不必马上洗锅洗碗。这肯定会影响下一个人。我不给你造成了不便?是的。不过你不同样也给我造成了不便?彼此彼此,拉平了。还发现了另一个国内很少见的现象:大家相互拿错了东西,既不道歉,也不弥补,只当事情没有发生。也许事情太小,大家都觉得不必太当真。有一次,英国房友约翰竟然当着我的面倒我那罐牛奶喝,仿佛是他自己的。他可能并非不知道这不是他的牛奶,也可能由于牛奶之便宜几乎与瓶装水相当,算不了什么。但这是我的有机牛奶啊!

其实我并不心疼。约翰帮了我很多忙,我还没有机会报答他。

帮了什么忙?帮我从园子里几辆旧自行车上拆零件,装配成一辆不仅能用而且好使的车。我有自行车,为什么还要装一辆?从跳蚤市场买的那辆,几天下来发现根本不能骑。原因在于后轮不平整,骑起来费力不说,还使车首的扶把老向一侧移动,骑了不到一天,扶把已完全偏了。事实上,这辆车不仅不能用,还有严重的安全隐患。我在跳蚤市场上了一个大当,十五镑钱白花了。那天我们试的第一辆车也根本不能用。付了钱后,刚刚把车骑出市场,车链便断了,赶紧推回去让卖车人修好。第二次,车还没有骑出跳蚤市场,车链又断了。只好换一辆。可这一辆问题更大,没有出安全问题,已算幸运了。

这件事差不多完全改变了我对英国小商贩的印象。先前我一直认为,他们比国内的小商贩更诚实。现在看来并非如此。他们是专搞这一行的,不可能不知道两辆车都有严重的问题,但居然一辆接一辆把车卖给我这样的傻瓜。

4月28日星期六

国王学院教堂圣事

下午5点从英语系回来,顺便去国王学院教堂(King's College Chapel)参加"晚歌圣事"(Evesong Service)。国王学院唱诗班水平极高,所以这里的圣事不仅是国王学院也是整个剑桥的保留节目,来剑桥者必得亲历,否则可能被视为没到过剑桥。

记得八十年代在爱丁堡时多次参加当地一个教会(苏格兰长

老会一个支部）和其他一些教会的类似活动，对圣事有所了解，可是今天的体验颇为不同。首先，唱诗班水平极高，音色极纯，音准极佳，各个声部起承转合，交相呼应极流畅、极精确，所以极有震撼力。据说，黛安娜死于车祸后，国王学院教堂悼念仪式的合唱作为正式代表国家的悼念音乐向欧洲和全世界播放了。以我对基督教音乐的有限了解及个人经历来看，只有 1985 年在巴黎圣母院（教堂）听到的合唱可与今天国王学院唱诗班相比。

此外，圣事每个环节——游客和本地教徒多次全体起立听合唱或读祈祷词，多次全体坐下听牧师讲道——的指令在一个十六开的精致本子里有详细交待。人手一册，所以出错的机会大大减少。每个座位上放有 Hymns 和 Psalms 各一本，当日圣事要讲的某号 Psalm 早已公布在一个小黑板上。最后效果是，每一个环节都丝丝入扣，没有半点差错。考虑到来此参加圣事的多为宗教旅游者，第一次来体验国王学院的圣事，教堂组织工作之完美，令人佩服。中国也有宗教，也有仪式，但工作效率并没有达到这样的水平。

与巴黎圣母院一样，国王学院教堂把旅游与宗教天衣无缝地结合了起来。

4 月 29 日星期日

有机食品热

昨天约翰说，在这里只要你愿意花钱，几乎是吃什么都可以选择有机食品。今天办完报到手续后，兴致勃勃地来到约翰所推荐的塞恩斯伯里（Sainsbury）超市，找"有机食品部"。结果发现，虽然并没有设专门的"有机食品部"，但的确如他所说有很多有机食品。没有集中在一个地方，而是分散在各处，分别在放蔬菜、水果、面包、糕点、牛奶、芝士、果酱、干果的地方。还发现,有机食品价格虽然贵一些,但并不离谱。有机牛奶比一般牛奶贵百分之二十,芝士贵百分之四十左右,蔬菜贵百分之三十左右。

背一大包有机食品回到住处,第一件事便是尝一尝这些有机食品到底是什么味道。结果发现有机牛奶的奶香味的确浓很多。一种叫"flapjacks"(大麦、奶油做的糕点)的有机糕点味道特别浓郁。有机草莓酱特殊的醇香味更是从未体验过,尤其让我感动。于是定下一个计划,在这里逗留的几个月里,尽量多吃有机食物,也尽量向同事们推荐。约翰目前处于失业状态,领社保金,尚能保证其百分之六十的食品为有机食品,我们再怎么也得尝试一段时间才是。毕竟一回到国内,因法律法规方面的问题,所谓"绿色"食品的质量是很难保证的,而且,国内"绿色"食品种类也远不如这里多。

得感谢英国人,他们不仅有严格法律法规来保障有机食品的质量,不仅办了大量有机农场,而且有众多的有机食品消费者。要保证有机食品业的繁荣,这三个方面缺一不可。中国有机食品业目前尚处于起步阶段,大约相当于英国九十年代初的样子。只要有法可依,执法严格,中国开展大规模有机耕作,形成大规模有机食品工业,应该不是问题。毕竟我国劳动力丰富,有能力将价格维持在一个合理的范围。最大的问题在法律法规方面。国内不是没有法律法规,但执法不严。当然,消费者的有机食品意识、知识和消费欲望也有待提高。只有这三方面都达到一个良好状态后,中国的有机食品生产和消费才可能真正起飞。

4月30日星期一

五月

人人都有生育的权利？

从广播上听到,加拿大一位妇女将把自己的卵子冰冻起来,供有生理缺陷,不能产生卵子的女儿将来使用。她和丈夫声称,这样做是为了给女儿留下生育的权利,使她长大成人后能够在生育与不生育之间做出选择。一个明显的伦理问题是:从基因构成来看,女儿所生的女儿或儿子同时也是她的同母异父的妹妹或弟弟。一个更大的伦理问题是:每个人,包括那些因有生理缺陷或因病、因伤而不能正常生育的人,是否都有生儿育女的权利?被采访专家没有直接回答"是"或者"否",而是圆滑地说每个人都有"建立家庭"的权利。

5月1日星期二

"爆炸"的时代

下午伦敦一大学的斯蒂芬·科纳(Steven Connor)教授在英语系会议室讲"阵发性的爆炸史"(A Spasmodic History of Explosions)。这个题目被归在"文化"名下,由英语系首席教授玛丽·雅各布斯(Mary Jacobus)教授主持。

演讲持续了一个小时,前五十几分钟全讲的是科学常识或科史意义上的"爆炸",例如宇宙起源的"大爆炸"理论,中国唐代发明火药,再到工业化时代发明 TNT,最后当然少不了原子弹和氢弹,甚至还提到人类肠气的"爆炸"。演讲人说,这些爆炸形式"阵发性地"出现在人类历史上。但这与英文学到底有什么关系呢?直到最后六七分钟,演讲人才在演讲内容与英语系"文化"研讨会之间建构了某种联系。他说,我们正处在一个"爆炸"的时代,一切都在加速度发展,一切都表现出一种摆脱有序状态的趋势,一切都越来越失控,或者说一切都处在"爆炸"之中。这的确是一个"爆炸"的时代,信息在"爆炸"、环境在"爆炸"性地恶化,天天有恐怖分子的爆炸,等等、等等,不一而足。其实,演讲内容可以同基督教末世论联系起来,可以把眼下种种"爆炸"视为"末世"的表征,甚至可以说"爆炸"只是末世的代名词。或许宗教在英国学界不像在国内时髦,所以演讲人未提到末世。

讨论时我发言,认为可以在已经列举的各种"爆炸"之外,再加一种,即洗涤过程中泡沫的形成和破裂。这也是一种"爆炸",只不过是一种能带来清洁的、温和的"爆炸"。作为中国人,我们经历了周边环境的急剧恶化,所以很理解演讲人对"爆炸"的忧虑,但没有必要过分悲观,因为中国只有发展了,许多问题包括环境恶化问题才可能得到解决,看似不可收拾的无序局面才可能得到控制。至少对于恐怖主义,也不必过分焦心,看看两次"世界"大战,死的人不知比现在多出多少倍;现在媒体太过发达,人类容忍无端伤亡的能力也比从前大大下降,所以大家觉得恐怖主义不得了,其实现在是一个相对和平的时代,恐怖分子的爆炸与几十年前的战争相比,实在是小巫见大巫。人类从发现火到发明农业,总共花了几十万年时间;从文明诞生到当今"爆炸"时代才过了几千年,跟几十万年相比,只是很短的一段时间;从长时段历史的角度看,文明进程本身就是一种"爆炸",因为与文明出现之前的时代相比,文明中的人类实在处在一种"爆炸"性的快速演变中。在一种本体论的意义上和宇宙论的规模上,总是存在着一种平衡、校正的机制,所以"爆炸"终究能够得到纠正和控制,所以大可不必杞人忧天。其实,所谓"爆炸"的概念,实在只是人类自己尺度的产物,是人类狭隘认知的产物,而在宏大的宇宙过程面前,人类的认知是非常有限的。

今天演讲在国内英语界或中文界都是不可接受的。我若写类似文章或作类似报告,篇幅会压缩到二十分钟以内,结尾部分会大大加强,这样效果也会好很多。但某些英国人学问路子之野,剑桥大学英语系对"文化"的容忍度之高,也可见一斑。

5月2日星期三

"中国殖民者群体"

下午去市中心甘维尔与基斯学院(位于克莱尔学院与圣约翰学院之间),参加剑桥大学英语系前副教授、诗人蒲龄恩(J. H. Prynne)的一个小型茶会。今天,这位左派诗人要跟中国学者聚一聚。

蒲先生已退休,是左派、中国迷,也是诗人,既同中国诗界有联系,也常去国内一些英语院系讲学。我们今天下午能见面,全赖广州商学院英语系教师,诗人曹山柯介绍。

蒲龄恩不到七十岁,能讲一点中文,也能写一点中文,甚至还会一点中国书法。他出示了自己手书的一首自己创作的汉诗。这是一首七言律诗。如果要求不那么严格,也过得去。无论如何,不会有人认为这不是一首七言律诗。至于书法,据说蒲龄恩在杭州曾拜师过一个书法行家,所以他的字既有一种过分规矩的嫩拙,又有一种难以名状的老到。

大约很久没有遇到好的听众了,今天蒲龄恩特别健谈。他称我们为"剑桥的中国殖民者群体"(the Chinese colony in Cambridge)。但聚会的基本格局不像是茶会,更像是一场讲座或一次访谈。不用说,蒲龄恩是讲者,"中国殖民者群体"是听者。甚至可以说,他扮演了一个"吉姆老爷"形象,而"中国殖民群体"则扮马来土著。几乎全是我们提问,他回答。只是我们每提一个几秒钟的问题,他会用十分钟以上时间来回答,免不了说一些并非直接相关的话。但他毕竟是剑桥大学英语系前副教授,又是诗人,思路是清晰的,即便走题也并不过分。也许上了年龄,他发的每个 s 音,听上去都有点像 sh。

他所讲之事大多与中国有关。问他,对邓小平的改革开放政策有何感受?他说他有一种非常复杂、矛盾的感觉,觉得改革开放使中国走上了一条"错误"的资本主义道路,对此他感到很遗憾;但中国又因此变得强大起来,而作为一个左派,他从来都希望中国强大,因而又感到很高兴。他认为中国别无选择,只有这么做才行;为了强国,为了在列强把持的世界上生存和发展,中国必然做出这种"战略"抉择。我以为,对于一个英国老左派来说,这种看法不仅自然,而且必然。但他同时也认为,目前中国贫富差距越来越大,这是极其危险的。在这个问题上,他措辞激烈,情绪激昂,大有若不立即采取措施,矫正错误,就将万劫不复的意思。对于他这一看法,我们是赞同的。

我说,剑桥这个地方出了很多左派,出了很多共产党员,甚至出了不少苏联间谍。前不久在电视上还看到过七八十年代在前苏联露面的剑桥间谍。他说,剑桥出间谍这事并不重要,重要的是这里产生了一波又一波的社会主义思潮。这话不无道理。

茶会 6 点结束。在扑面而来的阴暗、冷湿中离开甘维尔学院。

5 月 3 日星期四

音乐会:献美酒不献鲜花

晚上8点骑上自行车,前往菲茨威廉学院听音乐会。

从圣玛丽大教堂的招贴看,五首曲子中有两首属世界首演,但音乐会宣传页上却没有强调这点。走错了路,迟到了两分钟。好在大门开着,蹑手蹑脚走了进去,找了个后排座位坐下,其他听众根本没有注意到。要是在国内,我今天就已被挡在门口了,因为音乐会一开始就会把门关掉,而且一定有人把守,以音乐正在进行为由不让迟到者进入,除非第一段曲子结束。

兼作音乐厅的演讲厅不大,大约只能容纳一百五十人。乐队成员看上去全是学生。也许因上演曲目均为不太有名的作曲家的作品,所以听众不多,不到一百人。作曲家本人帕特森(J. Patterson)到场了。他大约五十六七岁,在演奏前为自己的作品做解释。"旋转世界的静点"一曲有较强的实验性,开首处由小提琴、中提琴奏出一个绵延不断的单音代表"静点"。在大约四五十秒钟内,此单音显得很突出,其后当其他乐器变得越来越强时,仍然如此。从乐队规模看,今晚的音乐只算是室内乐。乐队大约三十人,第一小提琴六把,第二小提琴六把,中提琴四把,大提琴四把,低音大提琴两把,还有木管和铜管乐器。

真正让人兴奋的,还是那首大提琴协奏曲。这是一首新曲子。但与通常意义上的"实验音乐"或"当代音乐"不同,这首曲子不仅旋律性很强,而且跌宕起伏、激情澎湃,很能打动观众,曲终时获得的非常热烈的掌声便是证明。

音乐会最后一个曲目是一组"祝你生日快乐"变奏。演奏前,指挥让观众中两人当天过生日的站起来,全体听众鼓掌祝贺他(她)们生日快乐。曲子由十来个变奏构成,其中一些变得面目全非,如果没有曲名提示,得费很大一番工夫才能辨识。至少有两首变奏带有明显的爵士味道。所有的变奏都很漂亮,总体风格让人想到中国画的大写意。

谢幕时,女铜管手献给大提琴独奏员一瓶葡萄酒,一瓶看上去很是"高档"的红葡萄酒。这颠覆了我心目中音乐会的正常程序。献的不是鲜花,而是美酒!但是指挥既没得到美酒,也没得到鲜花。这大概因为他是老师,也可能是他自己的意思。

在剑桥,只要不是在假期,这样的小型音乐会很多。今晚的音乐会是菲茨威廉学院主办的,是该学院的一个小型音乐季(日程大体上与学期重合)的一部分。不过,乐队应该是剑桥大学多个学院的学生组成的,尽管菲茨威廉学院的人也不少。从宣传材料看,不止一个学院连续几周都有音乐节目推出。不妨把这种安排视为各学院的小型音乐季。

5月4日星期五

博物馆:积极服务公众

上午与曹山柯参观了剑桥的招牌博物馆:菲茨威廉博物馆。

与英国大多数博物馆一样,菲茨威廉馆是免费的,但今天游客之少,有点出乎意料。我们10点过一点到达,也许太早了一点,里边之安静,让人觉得诧异,甚至让人觉得这里不是博物馆。其实是很大一个地方,有三层楼,十几个大型展厅。据说,除了大英博物馆以外,菲茨威廉就是英国最大的综合性博物馆了。可是,除了十来个初中学生再加两个带队的老师,所有游客加起来不足十人。由此不难看出,英国人均享有的文化资源是非常丰富的。要是在中国,这么好、这么大一个博物馆,即便适当收费,也会挤爆。

尽管在规模上,在展品质量和数量上,菲茨威廉馆同纽约的大都会博物馆不可同日而语,但在格局或安排上,两个馆是相似的。两个馆都有埃及厅、希腊罗马厅、兵器厅、东亚瓷器厅、十八世纪欧洲瓷器厅。菲茨威廉馆有一个庞大的意大利油画厅,展品相当丰富,为大都会博物馆所不及。但就展品数量和质量言,菲茨威廉的埃及厅、希腊罗马厅、兵器厅根本没法同大都会博物馆相比。大都会博物馆专馆展出古代两河流域物品,更是这里根本没有的东西。在菲茨威廉馆,东亚瓷器厅展品质量也明显不如大都会博物馆,更不像后者那样,收藏了一大批2000年以来问世的顶尖级日本先锋派瓷器作品。不过如果没记错的话,十八世纪欧洲瓷器厅是纽约大都会博物馆所没有的。也许,世界一流的大都会博物馆不屑于收藏不够古老,艺术价值也不如其他展品的东西。

在中央大厅二楼贴墙的展廊上,有十来副威廉·布莱克(William Blake)的画作。这很是出乎我意外。先前只知道布莱克为不少图书画过插图,并不知道他也画过油画。不过这里展出的布莱克画作形制均较小,艺术价值显然不能同欧洲大陆和英国的名画家相比。但绘画只是布莱克生命的一个方面。他主要是诗人,一个出生贫寒的诗人,仅此一点便说明他很了不起,也说明产生他的十八世纪英国社会很有活力。

总的说来,这里十八世纪以前的油画展品较多,十九和二十世纪的较少,印象派以后的作品几乎没有。由此可见,作为一个老博物馆,菲茨威廉馆的收藏政策是保守的。

同西方其他综合性博物馆一样,菲茨威廉馆不仅展出艺术品,而且举行大型或小型演讲、小型午餐讲座、小型音乐会、艺术知识培训班等活动。因而,参观者与博物馆方面的关系不简单地是一种主动与被动、看与被看(当然不是博物馆人员被看)的关系,而也有生机勃勃的互动,博物馆的教育作用由此倍增,成为社会公众提高修养、开阔视野的好去处。

就积极为公众服务,成为除学校以外最重要的教育资源而言,我国大多数博物馆可向西方博物馆学习之处还很多。

5月5日星期六

剑桥的大学都沾光

下午去格拉夫顿中心,路上看见了卡洛斯所在的大学安格利亚·拉斯金大学。傍晚对讲跟他聊起了这个学校。他说这所大学喜欢招收亚洲学生。

"为什么?"我问。

"欧盟以外学生所交学费比欧盟学生高出两倍!"

"这是因为亚洲人不为欧盟国家纳税,所以交高学费是必然的。但如此大量招生,能保证教学质量吗?"

"当然不可能,"卡洛斯说,"但学校教师拿高工资,年薪五万英镑,不大量招生,行吗?他们甚至到处打电话招生,只要在电话上聊几句,便算录取了,无论那学生从前的学业如何,也无论他或她的英语是否好到能听懂英语讲授的所有课程。"

"卡洛斯,再问你一个问题:你们的学校是否觉得同剑桥大学相比,就像月亮遇到了太阳,那一点光芒完全被遮盖了?"

"哪里的话,我们感谢剑桥大学还来不及呢!托剑桥大学的福,我们才招收了这么多学生。如果有人问,'你在哪里上学?'我们会骄傲地回答:'在剑桥上学!'其他地方的学生能这样吗?"卡洛斯明亮的黑眼睛里闪烁着得意。

"你的话很在理。你们这样讲完全符合事实。"

不用说,除安格利亚·拉斯金大学之外,剑桥市还有其他一些"大学"沾"剑桥"两个字的光。其实,英国还有大量三四流大学虽然不一定沾某个城市或大学的光,但沾"英国"两个字的光却是不争的事实。几十年来，它们一直在国外尤其是东亚狂招学生，以至于现在已在很大程度上靠海外生源来维持。离开了海外生源，很多英国大学很快就会办不下去，英国大学从业人员的高工资、高福利就难以为继。其结果是，只要交得起昂贵的英国学费，就不可能上不了英国的大学。至于教学质量，就别管那么多了。即便我们承认英国教师普遍比较敬业，效率也较高，但毕竟生源水平是不可能根本改变的。既然如此，大学工业的最后产品也就不可能真正有料。这是目前国内大城市就业市场已不看好英国学位的根本原因。

在国内常常能听到这样的故事：某个中国学生在国内上专科线都很勉强，却被英国某大学录取了；来英国后一年拿一个硕士，拿了两个硕士后，紧接着又在读博士了。就业市场上这种人如果太多，岂不乱套？在国内读硕士，除了必须通过严格的考试（淘汰率可以高达百分之九十），还得苦读三年，写一篇长长的论文，最后还得通过答辩才能拿到学位。在国内"考博"，也得过五关斩六将，不脱一身皮是读不上博的。但在英国，这一切竟来得如此容易。据说，日本历来不承认日本人在一般西方大学拿到的学位，虽然名牌大学另当别论。在台湾、香港的就业市场，近三四十年来，西方国家的学位也遭到了类似的待遇。这不是没有缘由的。这种事在中国内地也正在迅速发生。毕竟内地就业压力大得多。

5月6日星期日

东亚系学术会议

下午5点去东亚系公共活动室（也用作会议室）听会。美国俄克拉荷马大学中国问题专家葛小伟（Peter Gries）讲2005年中国的反日民族主义。

我没有听出什么新意来。演讲人过分关注走上街头的中国人,认为他们是"非理性"的一群人。我以为,演讲人有这种倾向,即把那些在街头游行呼口号、抗议日本政策的中国人看作全体中国人的代表,而忽略了中国知识分子的真实想法,尽管他注意到网上有激烈的反日言论(其实,西方媒体对戏剧性或刺激性事件更感兴趣,而不太花大功夫研究中国知识分子到底在想什么)。我向他推荐了《读书》杂志和"天益"网站,说从这里可以听到知识分子理性的声音(同时也怀疑,他是否有理解《读书》艰深文字的能力)。

会后同今天主持会议的斯文森-赖特(John Swenson-Wright)聊了聊。他是东亚系国际政治学讲师,专门研究日美关系,我却不合时宜地提到,1998至1999年我在哈佛燕京学社访学时,注意到在哈佛大学东亚系,中国研究占明显优势,日本研究则被边缘化。他显得很吃惊。我说,这与费正清个人的影响有很大的关系。他同意这个看法,说费正清是西方汉学界"大腕"。他问,中国人对韩国有何看法?我说韩国在中国的文化影响很大,"韩流"刮遍中国,人人都喜欢韩剧,甚至胡锦涛同志也看《大长今》。还说,中国许多大学已开设了韩语课。这出乎他的意料。他以为只有韩国学中国的,今天才知道中国也学韩国。

也认识了日本人铃木攸司。他看上去四十岁左右,为日本驻英国大使馆参赞,目前在剑桥进修国际政治。他娶了一个中国妻子,是东北人。能讲一点汉语,也能读汉语,但英语发音很差,每个音节在喉咙里被揉来搓去,或干脆被吞掉,但就每个音节所含信息量而言,却胜过许多发音准确的中国人。问的问题很到位,交谈时也没有废话,还有日本式含蓄。

我们谈到2005年"东亚峰会"。在这个问题上,他很清楚日本拉澳大利亚和印度参会是为了牵制中国。我说这么一来,峰会岂不成了神仙会？怎么可能取得真成果，与 APEC 有何两样？又问他，东盟＋中日韩会议是否更具实质意义？他没有直接回答问题，而接着 APEC 讲。我说，中国很多人知道日本在 1997 年东南亚金融危机中发挥了重要作用。他说中国在那次危机中也发挥了重要作用。我们都认为世界银行和国际货币基金组织在解决危机上开错了药方。但他说，中国有大量国内问题尚未解决，却援助非洲。这句话酸味十足。

5 月 7 日星期一

教授的局限

下午 2 点半按约去英语系普尔（Adrian Poole）教授的办公室。他正教授历代荷马史诗英译的课程。我以为他的学问跟我手上的一个古典学翻译项目有关，于是就所选书目向他请教。他不仅是教授，也是英语系主任，杂务繁多，能抽出时间跟我谈很难得。

不出所料，他果然问所拟书单上的书是怎么选的？我说很简单，必须有一些原则。第一是研究性著作，而非泛泛而论的普通读物，因为中国人接触希腊学问已久，现在应向深度和广度推进；第二是综合性强、涵盖面广的著作，希腊文明方方面面都应有所涉及；第三是近年来出版的书，若为多年前出版但多次再版的，也在入选之列。

当我提到八十年代在爱丁堡大学拿的"学位"时，他以为是学士学位，又问我是怎么让他们"接受"我的？我说首先在曼彻斯特大学读了一个语言学位，这是录取我的一个必要条件，但最根本的原因还在于爱丁堡大学有接纳东方学生的传统；一些学校眼光不如爱丁堡大学，常常把中国学生拒之门外。看来，他先前并不知道这点。

他又问,除了翻译项目以外,这次来剑桥访学还有其他什么研究任务?我说研究英国跨文化小说,即"intercultural fiction",即奈保尔、拉什迪、石黑一雄等人的小说。他说"intercultural"这个词很好,他会采用的;他和同事们一直苦于找不到一个好术语,以至于剑桥英语系通行的术语为"Commonwealth and international literature"(英联邦及国际文学),十分笨拙。他说在全球化时代,英国人值得向外部学习的东西很多。我说在全球化时代,大家都应该相互学习。但心里却很是惊讶,剑桥大学英语系教授们竟然不知道"intercultural"一词。英国人的保守可见一斑。美国大学的自由派喜欢玩术语,这固然不好,但"intercultural"这个词太常见了,怎么说也是应该知道的。看得出,普尔教授并非故作谦虚才说剑桥大学英语系应该使用"intercultural"一词。

我说,中国有很多人研究英语文学,但主要不是用英语而是用汉语写作,因为读者是中国人。他看上去两眼发愣,似乎听到了一件闻所未闻的新鲜事。中国竟然有大量专门研究英语文学的学者?!他们中大多数人竟然用汉语写作?!他问,用汉语研究英语文学究竟是怎么一回事?我说其实跟用英语研究英语文学相似,尽管看问题的角度不同,论说风格和语言风格也不同。我说中国英语文学研究界与英语国家学术界联系很少,原因在于出国机会太少,也在于文化隔阂;如果今后有强大的翻译软件,中西学术交流就不那么困难了。

5月8日星期二

维那斯有多个版本

一直撺掇同事们去参观剑桥大学古典学考古博物馆,今天终于凑在一起,来到古典学系教学楼。博物馆在古典学系大楼的二楼,面积约五百平方米。

古希腊著名雕塑,拉奥孔群雕、掷铁饼者、胜利女神、维那斯等等,应有尽有,全是与石膏铸模复制件,与原件一样大小。由于工艺特殊,雕像看上去很光滑,甚至有汉白玉的温润质感和半透明光泽,对于非考古专业的人来说,根本就不是石膏像,而是希腊罗马时代传下来的汉白玉原件。直到一个值班人员解释后,我们才知道真相。

尽管如此,很多复制件也已有一百多年历史,其本身也价值不菲(现在不再时兴制作石膏铸模了)。对于古典学系的教学来说,博物馆的作用自不待言,虽然全是复制品,但总比看图片、画册直观得多。事实上,我们参观时,至少看到三组学生和老师在现场上课或讨论。对于公众,博物馆显然也有教育作用。

今天了解到,"维纳斯"是罗马人的叫法,中世纪以来欧洲人沿用该名至今。专业叫法是"米洛斯岛的阿芙洛狄忒",因为它是十九世纪法国人在雅典以南的米洛斯岛上发现的希腊雕像,希腊人叫"阿芙洛狄忒",而非像罗马人那样,叫"维那斯"。

今天意识到,"维纳斯"有多个版本!她们并非全都断臂,断臂部位也不尽相同,但身体重心在右腿,左肩高右肩低这点却是一致的。还看到了两尊不那么生活化,也不断臂,而是正襟危坐,一本正经扮演女神的维那斯。这完全颠覆了先前的维纳斯概念。

5月9日星期三

学院与大学的关系

前不久曾问英语系秘书海迪,剑桥大学三十来个学院与英语系的关系如何?她说受雇于英语系的教师为剑桥大学校聘教师,向全校所有学院的学生开英语文学课。但她又说各学院也聘有自己的英文教师。我问,这些英文教师与英语系的关系如何?她说,很抱歉,这个问题她不太清楚。

下午又与受雇于格滕学院的一个英文教师聊了聊,才弄清楚院校关系。大体上可以这样描述:学院均为私立,大学却是公立;学院所聘教师主要是由学院付工资,也主要给驻院学生授课,偶尔也参加以系为单位的教学活动(这位英文教师就在英语系辅导了一两名学生);在学院里,授课方式为一对一、一对二、一对三或四的交谈或辅导,平均说来是一对二,就是说,院聘教师上的是辅导课而非大课。

在一次茶会上也问过英语系一位副教授,学院和大学关系如何?他的回答大体上与格滕学院这位老师一样,但他强调,学院是独立的经济实体,与大学没有上下级关系,是实体与实体或法人与法人的关系。院聘教师主要从事学院教学工作,在系里虽然也可能有教学任务,但不多,比如说指导一两篇本科论文;如果到校属各系上课,大学得付一定酬金,但不多;同样的,校聘教师到各学院上课,学院也得付酬,尽管也不多。从世界范围来看,校属各系与学院既相互独立又相互交叉的情况,仅见于英国牛津、剑桥和杜伦大学。

习惯了美国和中国大学建制的人们应注意,挂在剑桥和牛津之下的几十个学院决不是通常教学和行政意义上的学院,而是集日常生活和学习于一身的住宿学院。结果是,一个剑桥的学院里不仅住有文学、历史、哲学、中文、日文学生,也可能住有理科、法律、艺术或音乐学生。这种体制的教学成本很高,但学生得到的辅导时间较多。对于打破学科壁垒,方便学科互动和交流,整合学科资源,这也许是有利的,至少从理论上讲如此。对于同学科乃至不同学科学生的文娱和社交活动,学院制也很有利。事实上各学院组织的文娱、社交活动非常丰富,有各自的深厚传统。这对一般非学院制大学来说是难以想象的。

既然各学院财政独立,学院之间贫富不均,便很自然。国王、三一、圣约翰、克莱尔等老牌学院底子非常厚,财大气粗,一般学院是根本比不上的。

他们还说,学费只占学院运作经费的很小一部分,大部分经费来自院基金。院基金并非死钱,而是一笔活钱,一笔被投资生利的基金,主要的投资方式是证券!为此,大一点的学院竟雇有专业"操盘手"!但若作重大战略性决策,必须经院董事会集体投票表决。

5月10日星期四

希腊雕像披红挂绿

下午5点去古典学系听研究生研讨会。有两个演讲人,一个讲希腊汉白玉雕刻作品的着色传统;另一个讲德谟克里特哲学。

讲雕像着色传统的那位出示了一副根据专家研究还原了原色的作品:一个年轻女性的汉白玉雕像。如果是汉白玉原色,应十分赏心悦目,但现在她披红挂绿,"土气"十足。但演讲人说,人们习惯的不上色的汉白玉雕像其实是文艺复兴以来的一个误解。她说希腊汉白玉雕像从来都是有颜色的;直到现在,博物馆里一些作品还有着色的痕迹,便是明证。

我发言说,如果希腊人给木雕作品和陶俑作品上色,是容易理解的,但给汉白玉作品上色,却有点费解,因为汉白玉就其质地来说其本身就很好了,上了色也极易褪色。希腊还有木雕像(甚至还有金属雕像),给这种作品上色很容易理解,但给汉白玉雕像上色,却匪夷所思。问在座各位:古希腊人是如何解决褪色问题的?

几个研究生不约而同地说,跟保持油画色彩的做法相同,过一段时间再上一次色。我说黄河流域不产汉白玉,所以中国古代没有太多的汉白玉作品流传下来,但中国有悠久的玉文化传统;中国人对玉石爱好之深,欣赏水平之高,其他民族区难以匹敌。

5月11日星期五

转基因人

BBC第四电台一个节目讲,人类现在正处在有能力对自身进行大规模基因改造的门槛上,就是说,很快就将有能力按照自己的意愿选择身高、体格、长相和智力水平。

可以预见,一旦解决了相关技术问题,地球上将出现一种新人类,或转基因人类(转基因大豆、转基因棉花已在美国、中国和巴西大面积种植)。他们总体上或在某些方面明显地比从前的人类"优秀"。他们如此优秀,以至于很有必要重新定义"人"的概念。这也意味着,在很长一段时间内,将有两种人类同时存在:转基因人与自然人。

问题就来了。两种人的关系怎么处?在当今人类所理解的形形色色的竞争中,如果转基因人以其基因优势取得优势,自然人应该服输吗?这里显然存在着难以预测的极大的伦理风险,也必然将方方面面异常复杂的社会、政治和经济问题牵涉进来。

也许,目前就讨论这种问题还为时尚早,但有一点很清楚,即当今人类的经济、社会和政治结构远非完善,人类的巨大潜力之所以远远未能开掘出来,与这种结构性的不完善大有关系,所以与其用风险极大的基因技术来改造人类,还不如对人类现经济、社会和政治结构进行深刻的改造,通过这种方式来提升人类的整体生存状况。也只有首先对经济、社会和政治结构等"基础设施"进行了深刻改造,基因技术优生运用的风险才可能减低。

人类历史上从来就没有缺少过优生学理论和实践。在古代斯巴达,一个婴孩是否有资格被扶养成人,并非由父母决定,而是由长老会决定的。不说缺胳膊少腿、眼瞎、耳聋的非正常婴孩,就是智力显得迟钝的,也会被淘汰,即置于山脚河边,任其自生自灭。在人权意识增强的启蒙运动以后,也出现过类似的做法,最臭名昭著的莫过于纳粹的亚利安优生运动。包括两个方面:灭绝非亚利安人种或亚利安血统不纯的人种,这导致对犹太人的大屠杀;对所谓纯种亚利安人种进行优化,即进行优生选择和优生培养。

古典学界尽人皆知的一个事实是,古希腊斯巴达人的做法虽然在短期内维持了其战争机器的高效率,但长远看却是得不偿失。至西元前四世纪中叶,斯巴达"公民"人数锐减,仅为一百年前的约十分之一,即一千来人。在残酷的古典时代,即便斯巴达人有极高的作战效率,以这么一点点人口,要在古代世界立于不败之地,实在是天方夜谭。

5月12日星期六

笨拙的威廉

同约翰聊天时,新来的荷兰人威廉拿着两根胡萝卜走过来问我,怎么弄?我说,将头削掉,再将根须处脏物刮掉即可。过了一会,他又来问,纯粹一条鳕鱼怎么做?我说我也是懒人,只知道买裹了玉米粉的鱼条来炸,不知道怎么做,叫他问约翰。约翰只是说烤也行,煎也行,炙也行!再过了一会,我们回到厨房,只见威廉已把那条肥美的鳕鱼做成了一盘锯末。晚饭之后,威廉要在厅里一个长型木柜上熨衣服。桌子有点脏,只见他二话不说,拿起一把刚扫过地的扫帚便扫起桌面来。我说可用抹布抹,他恍然大悟说"对,应该用抹布抹!"

5月13日星期日

跨语饭局让人难受

今天下午在东亚系听德国背景的博士生费列克斯讲三四十年代国民党政府的进口税政策与"现代性"。会后,会议主持者日本和中国问题专家顾若鹏(Barak Kushner)邀请我跟一些同事一起出去吃晚饭。我们来到康河(即徐志摩"再别康桥"里"康桥"所在的河)边一家泰国餐馆。饭菜味道并不好,原因可能在于太过迎合西方人的口味,也可能是因为在英国弄不到正宗的原料。

很快发现,饭桌上的一个白发老者是顾若鹏的父亲(看来蹭饭是世界性现象)。他从前在新泽西一家大学教书,教戏剧,自己也演剧,现已退休,这次同老伴来剑桥看儿子,顺便到英国其他地方玩一玩,明天就要去爱丁堡。他很健谈,性格也很开朗,不愧是既教戏剧又演剧的人。

一起进餐的有个叫约翰的美国人,较为矮小,体形偏胖甚至臃肿。他是东亚系的博士生,研究朝鲜科技史。可能因为不够自信,他总是抢话头。但谁都看得出,他想跟顾若鹏的老父亲套近乎,以此讨好顾若鹏本人,而顾若鹏在剑桥的东亚研究方面可以说是一个明星学者。约翰说他读了三个硕士学位,其中一个是在普林斯顿拿的,大家都对此表示惊讶。这时他大概意识到说漏了嘴,很是尴尬。西方国家如果一人拿了几个硕士学位,甚至拿了不止一个博士学位,通常意味着失业。找不到工作,所以才不停地读学位。

总的说来,在今晚的国际饭桌上,西方人说话多,声音也高,而东方人(除我之外还有一个学科学史的韩国学者和一个武汉来的学经济的中国学者)说话少,声音也小。如果说当今世界存在着英语霸权,今晚这次西方人声音明显压倒东方人声音的聚餐是一个活生生的例子。从我的经验看,在国际聚餐场合,如果以英语为母语者居多,他们通常会毫不在乎其他人的感受,仿佛人人都是在英语国家长的以英语为母语的人。

我以为,在英语仍是最强势的语言,英美国家仍势力强大时,今晚的情形几乎是不可避免的。反之,在国内讲中文的人居多的跨语饭桌上,虽然通常也很难避免尴尬,但一般说来,中国人会努力照顾不会讲汉语者的情绪,逼自己讲英语。在这种跨文化情景下,英语是很难讲顺当的,因为进餐时要找到适宜于当时场合和每个进餐者情况的话题,非常困难;用英语谈中国菜,不仅有表达上的困难,英美人对中国文化和中国菜的生疏也会增加交流的困难。无论原因为何,最后结果是吃饭不再是享受,而是让人难受。

饭后同主讲人费列克斯聊了聊。他今年二十六岁。问:你做这种研究,汉语必须非常好,至少阅读能力得非常强,你的汉语是哪里学的?他说,他是在牛津读的中文本科,后来又去中国南京学习过。又说,差不多本科一读完,便到剑桥来念博士了。他强调,按英国体制,读博士前不需要读一个硕士学位。我说这跟中国情况迥然不同。中国人本科毕业后,一脱一层皮才能考上研究生;研究生毕业后,又只有很少的人能考博士,难度也非常大。他还说,星期二、星期四龙应台演讲他来不了;他是一天主教会唱诗班的成员,要去练唱。听了这话,我开他玩笑说:却原来你是个"唱诗班男童"(choir boy)! 又问:有没有过变声的麻烦?他说是十八岁以后才参加唱诗班的,这样就避免了十五六岁变声的问题。

5月14日星期一

没趣的 F·R·利维斯

晚上读完了 F·R·利维斯的《小说家 D·H·劳伦斯》。此书 1955 年出版,除了"引言"部分激情澎湃地狠批文坛大佬如 T·S·爱略特一类人有意识地压制劳伦斯,很值得一读以外,其余部分并不值得读。总的说来十分沉闷、乏味。引文太多太长,有时一段引文竟长达三页,用现在的学术规则来看,绝对是犯规。现如今,如果有读文学的博士候选人胆敢这样写论文,是拿不到学位的,恐怕连答辩机会也得不到。不过话说回来,此一时也,彼一时也,没有利维斯的大声疾呼,劳伦斯很可能仍被视为一个二流作家。

5 月 15 日星期二

小脚与巨乳

晚上同约翰聊天时,谈到了中国旧时裹脚的习俗。

"这种习俗很令人厌恶,很不人道,"约翰说。

"女孩子开始裹脚的几个月里会吃一些苦,再往后就不是大问题了。至于是不是'令人厌恶',那要怎么看。"

"你们中国人有什么看法?"约翰好奇地问。

"女子裹脚是特定历史状况下形成的习俗,尽管有今人看来不人道的一面,但在当时条件下,对于许多人家来说,却是非常必要的,对于妇女本身来讲,也是实现人生价值的一个重要的方面。"

"这个我倒是从未听说过。"

"其实无论东方还是西方,人性是相通的。西方也有大量类似于中国裹脚的习俗。"

"比方说?"约翰睁大了眼睛问。

"十七世纪以来逐渐发展起来的芭蕾舞,就是一个很好的例子。你不觉得至少从外形上看,芭蕾舞女演员的脚尖与旧时中国妇女的小脚相似吗?"

"的确很相似。"

"当然,芭蕾舞女演员的脚尖、脚弓包含了大量语言,或者说富于艺术表现力,同小腿、大腿乃至整个身体配合起来,能表达丰富、细腻的情感。但你不得不承认,芭蕾虽然是一种艺术,却是建立在对身体的人为操纵甚至扭曲之基础上的。"

"芭蕾是艺术,而裹脚根本不是,"约翰说。

"按柏拉图的说法,艺术归根结底是人类性欲(Eros)的外化;按弗洛伊德理论,艺术不过是人类爱欲的'升华'(今人不如古人直率,但凡在与性有关的事情上会遮遮掩掩,所以发明了'升华'一类词语)。裹脚虽然称不上'艺术',却是通过对身体的改造,人为地制造出一种额外的性器官——小脚(在极端情况下会有"三寸金莲")。正如现代西方以女性的丰乳肥臀为美,旧时中国以女人小脚为美。男人对妇女的小脚欣赏或不欣赏,会在很大程度上影响她们的自我感觉,影响她们的婚配,最终影响她们的社会地位。"

"可是芭蕾是艺术,而裹脚根本不是,"约翰仍然不太明白我的意思。

"我要说的是,在一个更深层面上,人性是相通的。甚至在女性的脚被用作性器官的替代品方面,西方和东方也一样。不然,为什么在'欲望城市'(Sex and the City)电视系列剧里,曼哈顿一家时髦鞋点的男店员会在一个女顾客试鞋时逮住她的脚不放,抚摸、把玩个不停?事实上,西方人和东方人都会通过操纵身体来改变自我、扩张自我。这种改变了的、扩张了的自我归根结底是人类性欲或'权力意志'(借用尼采的术语)的表达。"

"这么说来,现代女性化妆,如描眉、抹粉、涂口红也可以视为对身体的操纵啰?也可视为'权力意志'的表达啰?"

"当然!还有男男女女喷香水,女性穿十几厘米高的高跟鞋,用紫外线晒肤机晒黄皮肤,得皮肤癌也在所不惜(据有关统计,1970年代以来美国二十五岁以下女子皮肤癌患者增加了70%)。我觉得在操纵、篡改身体方面,西方人比中国人有过之而无不及。"

"何以见得?"约翰问。

"你不觉得你们西方人发明的隆胸术、吸脂术比裹脚更有害,更危险?你不觉得这不人道?你不觉得,西方男子大量服用类固醇类药物,以长出球状性感肌肉(美其名曰'健美'),很不人道?你不觉得今日这种不人道与裹脚的不人道无本质区别?"

"这些现代发明的确不人道,"约翰承认。

"描眉、抹粉、涂口红、喷香水古已有之,东方有,西方也有。只是隆胸、吸脂一类篡改身体的手术、大量服用药物以长出性感肌肉的做法,的确是西方的伟大发明。我甚至在某些半色情杂志封面上见过两个英国奇女子,她们'长'出了一对极度丰满的乳房,又圆又鼓又大,一点不夸张地说,就像两只足球。不动大手术,不填入大量硅胶,是绝不会取得这种效果的。对她们来说,一对巨乳并非不人道,反而非常光荣,还能获大奖,但在我看来却很恶心、很恐怖。这与中国的小脚相比,有什么本质区别?"

"的确没有本质区别,"约翰说,"但对于芭蕾舞女演员来说,丰乳不仅不是美,反而是丑。我一个儿时的朋友五六岁起就跳芭蕾,起初胸部还不怎么突出,感觉不错,但到了十二三岁,胸部开始发育,就有问题了。到了十五六岁,乳房更大,问题也更大了。这时,她万分自卑,几次偷偷跑去见医生,希望能得到'治疗'。医生说要变小,就得长期服药,除此之外,别无他法。她不能接受这一暗淡前景,从此告别了芭蕾舞圈子。"

"芭蕾舞女演员如此众多,个个胸部大小正常(相对而言),说明芭蕾舞界的审美标准与一般以大为美的审美标准不同。可是很难保证她们不使用药物或其他手段来保证瘦削的外形。但大量芭蕾舞女演员要确保相对较平的胸,比她们多得多的一般妇女要确保丰乳甚至巨乳,不使用这种或那种非自然的手段,是绝对不可能的。在这个意义上讲,小脚、丰乳、平胸是一回事,都是人为的,不健康的。"

约翰同意我的说法。

5月16日星期三

猫口控制

傍晚与约翰在花园里聊天,正好蒂娜也睡在园里的椅子上。我们以她为话题,认为从毛色和体态判断,她是一只健康的猫。我们又谈起她的年龄。约翰认为蒂娜大约三岁。

"这猫被阉割了(spayed),"他说,"英国所有的猫都必须做绝育手术,大约在六七个月大的时候就得做。"

"谁负责做这事?"又问。

"猫主人。"

"可是蒂娜没有主人。"

"她原来是有主人的,"他说,"所谓 spay,就是从背部用手术刀切一个小口子,将卵巢摘除。这很野蛮!"

"这的确很野蛮,可如果不这样做,猫口将大增,势必猫满为患。"

猫同狗一样,成功地利用了与人类的合作关系,实现了在自然状态下绝无可能的繁荣昌盛。与狗不一样的是,猫虽然与人类合作,却很大程度保持独立。离开了人类,许多猫种仍可能存活,这很值得赞扬。狗却不然。大部分狗种太享受人类世界的温柔乡,流连忘返,早已失去本然狗性,如果放归自然,很可能需要花几代时间才能重新适应。但大自然有自己的游戏规则,不会给狗们几代时间的。很可能,大多数狗种连几天都熬不过去。

5月17日星期四

教师偷拍学生违法

一电视节目讲,一位女教师因上课时偷拍学生情况而被判有罪。她申辩说,这样做是为了"维护公众利益",是要向社会揭露,当今学校课堂纪律是多么糟糕,学生是多么目无师长!但法院判决认为这是欺骗;作为教师,她辜负了社会、学校和学生对她的信任。如此看来,法律就是法律,其精髓在于程序的合理,并不为实质合理的做法所撼动。

5月18日星期五

偶遇霍金

下午又与同事曹山柯去国王学院教堂参加了一次圣事。

圣事开始之前,我们在国王学院对面遇到了斯蒂芬·霍金。他正坐在那辆我们在电视上早已熟悉了的电动轮椅车上。轮椅车右扶手上装有特殊的电子设备,没有这套装置,霍金根本无法同其他人类交流。他控制发声的所有肌肉早已因病萎缩而失去了功能。

值得注意的是,不仅霍金一行人不搞排场,也根本没人对他进行围观。也许一个残疾科学家即便影响巨大,也不可能像年轻的歌星、球星或影星那样能吸引成千上万的粉丝。反过来这也说明,西方人不再崇尚科学,或者说崇拜科学家时代,已然成为历史。

上帝太会跟霍金开玩笑了,给了他一颗神奇的脑袋,却剥夺了他躯体的健全。他的躯体实在是所剩无几。他那骨瘦如柴的"皮囊"就剩下那可怜的一点点。皮包骨头的躯体费力地支撑着耷拉在肩上的一颗巨大脑袋,显得非常勉强。这是一幅灵魂与肉体二分的绝佳写照。霍金存在的全部意义正在于这颗歪斜耷拉着的大脑袋。

一个三十几岁的女性,很可能是他的第三任妻子,跟在他身前身后,在几个大汉的帮助下,把他推上了一辆中型面包车。我们猜想,他大概要去某个空间训练中心接受训练。媒体最近正在宣传,霍金不久就会上太空。

我以为,霍金的脑子一直关注空间,一直关注整个宇宙,一直在思索宇宙的起源和最后的归宿,所以,他像企业界的大亨们那样遨游一次太空,是应该的。

5月19日星期六

音乐系期末音乐会

整天呆在住处听广播,看书,很是乏味,直到六点钟吃了饭,去大学中心(University Center)上网,并准备去音乐厅听音乐,才有了一点生气。相比之下西方人很会玩,找乐子的动力大大高于中国人,方法也大大多于中国人。在这方面,我们是否应向他们学习?

晚上7点50分到达West Road"音乐厅"(Concert Hall),听八点钟开始的剑桥大学音乐系期末学生音乐会。其实音乐厅就在英语系隔壁,属于剑桥大学音乐系,也叫Auditorium,兼有大课室、音乐厅和演讲厅的功能(匪夷所思的是,英语系的中国访问学者有十几人,无一不比我早到,有半数左右早我半年就到了,却几乎没人知道隔壁音乐厅的存在,至少没有人主动向我提起过,也没有听说过谁来这里听过音乐会)。

我出示了工作证,门票立即由十二镑打折到四镑,很是便宜。听众中有一半以上看上去是学生,也有不少退休老人。音乐厅不大,能容纳约五百人,装修朴素,音响效果并非一流,但作为音乐系的教学演出场所,条件已经算很好了。

音乐会由"剑桥音乐协会"组织,乐队以音乐系学生为主(国内正规音乐院系在期末一般也举办专场音乐会,乐队也主要是在读学生)。上半场的指挥是音乐学院的老师,下半场的指挥看上去很年轻,应是指挥专业的学生。曲目上半场是查维兹(Chavez)的"印度交响乐"(Sinfonia India)、肖邦第二钢琴协奏曲;下半场是拉赫曼尼诺夫的交响舞曲。

"印度交响曲"用了不少印度旋律,很热闹,尤其在结尾处,这与许多中国当代交响作品很相似。这是我平生第一次听印度主题的交响乐。肖邦钢琴曲的演奏者可能是音乐系学生,个子不高,一张娃娃脸,看上很朴实,不像一般音乐家那样风度翩翩,但技术娴熟,没有出什么错,至少我听不出来。但他的演奏缺少激情,看不出有何出彩之处。尽管如此,听众对他毫不吝惜掌声,热烈鼓掌了很久,致使他和指挥谢幕三次。

拉赫曼尼诺夫交响舞曲的演奏很粗糙,乐队音质明显不如所听过的演奏那么纯正。演奏"印度交响曲"时,双簧管便出了纰漏。幕间休息时,到音乐厅外面走了走,听到旁边练习室里两个学生拼命练习拉赫曼尼诺夫交响舞曲里的那一段著名的抒情旋律,但演出时,木管和铜管部分还是出了错。不过作为学生,能有这样的演奏质量,已很不错了。中国中央音乐学院学生演奏水平可能超过他们,但他(她)毕竟是从十三亿人口中选出的尖子。

肖邦钢琴曲进行到慢乐章时,背后一个略略发福的中年人竟然打起了呼噜,起初声音不大,只有近旁的人能听见,后来"由弱渐强",远处听众也听到了,纷纷转过身投以责备的目光,他身旁的人也试图叫醒他。一切都无济于事,台上音乐声较弱时,此处的呼噜声构成了一个突显的声部。好在进入快乐章后,他终于被激越的旋律唤醒,呼噜声遂停。

总的说来,听众素质仍高于国内。

谢幕时,独奏演员和指挥接受的又不是鲜花,而是美酒!

下午打电话给何晓阳和阮有有。阮有有正式宣布:今夏不来英国旅游,而要回中国,但暑期在新泽西"打工"的原计划不变。

5月20日星期日

与导师通话

晚上打电话给导师彼得(Peter Keating)。老同学比尔告诉了我他的电话号码。彼得仍然住在爱丁堡老住处,电话号码也没变。

他多次说,很高兴与我通话;从我的声音听得出,我干得不错。

我也多次说,同他通话,很是高兴。问他和瓦莱丽(Valerie Shaw,彼得的伴侣,亦为爱大英语文学系教师)现在身体如何?他说,他们都很好,尤其是瓦莱丽,她的病治好了。我很高兴。记得十二年前跟瓦莱丽在 Peter 家中相聚时,她正患有一种难治的慢性病。分别时她很是伤感,说怕是再也见不着了。我也很是怅然,毕竟在当时条件下,我们再见面甚至通话的可能性都很小,那时中国和西方似乎仍然是两个世界。

彼得早在1990年五十一二岁时便提前退休(即"早退")了。现在,他赋闲在家,在网上写作并发表一些自己喜欢的东西。记得他退休后曾给我写一封信,说他最终还是做出了提前退休的决定。从语气上看,那是一个犹豫再三、颇为痛苦的决定。今天他说:I have had enough of it(相当于"我已经受够了",但语气没有这么重),现在真是该做自己想做的事情,写自己想写的东西,所以对大学和"学术"已是久违了。

但他又说,他所做之事虽然跟"学术"、跟大学没有太大的关系,但在吉卜林诗歌"研究"方面却颇有心得,所写的东西已由企鹅出版社出了书,甚至声称他在这方面处于"世界前列"。我以为,这是一种不以拿"项目"、当教授为目的的学术。

我说,自己近年来在西方"古典学"方面用力甚多,正在写一部希腊研究的书。他说吉卜林特别喜欢贺拉斯,甚至翻译过贺拉斯的诗。我说没有意识到吉卜林居然喜欢这个古罗马诗人;他十三岁时从印度回国,应该是此后才学了拉丁文。他说的确如此。

我告诉彼得,我在剑桥主要研究当代两国的"跨文化"小说家,如V·S·奈保尔、萨尔曼·拉什迪、毛翔青(Timothy Mo)。他说他喜欢奈保尔,不喜欢拉什迪。

我说,除了研究"跨文化"小说家外,我在剑桥还为翻译项目——"古典学译丛"——搜集资料,并因此与英语系教授埃德里安·普尔保持一点联系。彼得说,多年前他与埃德里安·普尔有过交往;当时他们的研究领域相同,都是十九世纪末、二十世纪初的英国小说。他说,最初见到普尔时,他还是雷蒙德·威廉斯的博士生,那时他与威廉斯联系紧密。他叫我一定向埃德里安·普尔问好。

5月21日星期一

房友的粗话玩笑

傍晚回到住处时,闻到一股烤肉香,卡洛斯又在园子里烧烤了。威廉也在园子里,宣称今晚他又是第二次吃晚饭。约翰以两个三明治加入他们的穷作乐。我虽然不喜欢吃肉,也以几块烤香肠卷参与。四条汉子一起喝酒吃肉。卡洛斯吃到兴头上了,连说

"fuck!"(可译为"我操"、"他妈的"等)以表达痛快的心情。我说在巴斯看到一家成衣店,名叫 Fcuk,问这个词怎么念?他们说不知道。约翰和卡洛斯都说,这个品牌一度很红火,但现在很少见到了;看来消费者并不是傻瓜,不会永远花钱买噱头。约翰说,他有过一条 Fuck(Fcuk)牛仔裤,质量很好。威廉说他也有过一条漂亮的 Fuck(Fcuk)衬衣。我说:A Fuck (Fcuk) shirt is fucking good!众人大笑。卡洛斯说 Fuck the Fuck(Fcuk) shirt!众人再大笑。我问威廉,荷兰有什么著名的品牌?他一时想不起来。我说有 Shell。他说还有 Heinnecken,说着喝下一口手里的 Heinnecken 啤酒。我说中国有一种荷兰品牌奶粉,叫 Dutch Lady。约翰邪笑着说,难免被理解为"一个 Dutch lady 的奶"。

5月21日星期一

政客说一套做一套

晚十点一时事节目里的学者说,西方政客表面上讲多元文化、多边主义,实际上搞的却是西方中心主义和单边主义,就是干涉他国内政那一套。其最大后果,是发动伊拉克战争,陷入泥淖,不能自拔。目前,苏丹达富尔地区发生了人道灾难,西方国家又是个个义愤填膺,甚至摆出要进行军事干涉的架势,但没有一个国家真正愿意出兵,甚至连制订一个军事行动计划的愿望也没有。原因很简单,有伊拉克之鉴摆在那里。可大家却口口声声地说,不是我们不愿干涉,而是中国和俄罗斯不允许干涉;这两个国家甚至不同意进行经济制裁!这位学者认为,这只是一个借口;中国和俄罗斯的立场只是替罪羊而已。另一个学者说所谓两次"世界大战",很大程度上其实只是"欧洲内战"(European Civil Wars)。

5月22日星期二

安娜的危机

昨晚在厅里休息时，接替希拉里的房友英国人安娜也来了。她中等个，三十来岁，在一家销售电脑配件的公司工作。她抱着一部手提电脑，似乎要写什么，可是把电脑放到桌上以后，又去厨房找吃的，回来以后却并没有要用电脑的意思。我意识到，她可能是要找一个说话对象。果然她说今天"心情不好"，公司里有"坏消息"。我问，什么坏消息？她说，经理要把她一直在做的两份工作合并为一份新工作，让她和另一个女孩子明天正式申请这个新位置。她两次提到，她做的那份工作事情很多很多，那个女孩根本做不了；而那女孩子做的那份工作的事情很少很少，所以明天她很可能不申请这份新工作。

我叫安娜放宽心。既然自己有明显的优势，就不必那么紧张。她说，得做好"失败的准备"，所以现在就得修改或重写简历；如果明天面试失败，得不到新职位，便立即着手另寻工作。我又一次对她说，其实没有必要这么紧张、这么沮丧。她说，一遇到这种事她就总是紧张、沮丧。她已经失败过两次了。我说，即便明天面试不顺利，也用不着立即开始另外找工作，所以应该放宽心才是。她说，不行，不行，因有债务在身！哪有欠债之人不挣钱还债的道理？我不好意思问为什么欠债。她提着电脑回自己的房间准备简历去了。不一会，安娜又下楼来洗澡。等到她洗完澡出来时，为了让她分心，我告诉她刚才两个球队各进一球，最后比分是米兰二比一胜利物浦队，获本届足球联赛冠军。但这并未让她分心，她心思仍在明天的面试上。她宣布：即便是坏事也得往好处想，她现在就尽量往好处想。

今天下午回家后，在园子里见到安娜和约翰。我想面试结果一定很好。我问安娜,今天面试结果如何?她说通过了面试,拿到了工作。我说她的机会本来就比那女孩大得多,结果理应如此。晚饭后,只见她穿得漂漂亮亮的又到花园里来,好像要去那里,果然她问我要不要去酒吧,和她、约翰一块去喝一杯?这显然有庆祝她通过面试的意思,我很应该去,无奈已经吃了饭,再加上明天一大早要去伦敦,今晚得早点睡觉,只好推辞了。顺便对安娜说,我要是她的老板,就不会自讨麻烦,搞什么面试,因为我对自己两个员工的工作情况太了解了。她说不行,这是违法的。法律规定必须过这个程序。整个过程应该是,首先董事会提出意见,即她们两个人的位置应合并成一个;接下来人力资源部宣布这一决定,然后由其组织面试(面试进行了一个小时),但最后做决定的还是公司经理。她说这个程序是非过不可的,否则就不公平,未被录取的人尤其有意见,弄得不好就会上法庭打官司。

在 ASDA 超市买了两合印度咖喱鸡饭,用微波炉加热时,整个房子香味四溢,正要出门喝酒的安娜和约翰连声称"香"。完了安娜向我庄严宣布:她回家时将顺便去圣斯伯里超市买一份咖喱鸡:"这都是你的错,你的咖喱鸡害得我好嘴馋!"

5 月 23 日星期三

布什入选"七大奇迹"

晚上在客厅里,正在看电视节目"大哥"的卡洛斯和威廉问我和约翰,"七大奇迹"是什么?我和约翰都只能答对两个:埃及的金字塔和巴比伦的"空中花园"。他们说电影里边讲,金字塔必须是前面有斯芬克司的那座大金字塔。

"空中花园既然早已不存在,凭什么说它是'世界奇迹'?"约翰问我。

"这个问题问得很好。所谓'空中花园'有文献资料为据。虽然'空中花园'的确是古巴比伦的一个'奇迹',但与其他'奇迹'相比,不具耐久性,因而早已不存在。其他'奇迹'的建筑材料多为石头,所以能保存至今。"

"原来如此。"

"如果大家都不大清楚'世界七大奇迹'是什么,"我继续说,"这就表明它们很可能是少数人想当然弄出来的名堂,不具有足够的代表性,只能视为'西方的七大奇迹'。既然没有足够的代表性,便没有资格称为'世界七大奇迹'。所以,旧'七大奇迹'的说法有问题,是很难成立的,或者说没有什么意义,应该废除。考虑到中国长城和印度泰姬陵根本不在旧'七大奇迹'里边,这一点就更清楚了。如果制造旧'七大奇迹'的说法的人们根本不知道东方奇迹一直存在,而且存在了那么久,这种说法就更应该废除了。"

这时约翰裂开他那非洲人般的厚嘴唇,一脸邪笑地说:"要是让我来挑选'世界七大奇迹',我会选乔治·W·布什那只在显微镜下才看得见的(microscopic)生殖器。"

众人大笑。

"你为什么对布什如此眷顾,约翰?"我问。

"他挑起了伊拉克战争。美国和英国军队在伊拉克已杀死了成千上万的无辜平民。顺便说一句,两年前英国皇家空军给我一份工作,被我拒绝了。"

"工作性质是什么?你为什么拒绝?"我问。

"机械工程一类的工作。工资相当高,其他待遇也很不错,医保、社保、退休金明显比一般工作好,而且还会逐年稳定地加薪。但我拒绝了。这不符合我的信念。我把飞机调整到最佳状态,你从上面发射导弹炸死无辜平民,有这个道理吗?"

5月24日星期四

斯人已逝，其著未竟

下午去了大圣玛丽亚教堂(Great St. Mary's Church)附近的剑桥大学出版社(University of Cambridge Press)书店。

里边卖的全是剑桥大学出版社的书。有不少研究著作，也有不少教材。同前一段时间逛书店的方式相同，今天又是直奔古典学图书专架。那上面的书又细分为希腊罗马文学、哲学、历史，以及综合几大类。

发现了一个书架上一半的书是李约瑟的《中国古代科学与文明》，有分为六大卷，除了第一、二两卷，其他几卷又分成若干"部"，每部都是一本大部头的书，讲古代中国科技的某个方面，如物理（当然不是现代物理）、化学（不可能与炼丹术截然分开）、武器、植物、农业、农业器械、炼丹术等。第五卷第六部专讲实验器械和蒸馏、提取技术，长达七百七十多页（开本为小十六开）！作者以李约瑟为主，但有些卷是他与其他人合著，还有好几卷为其他人按照他的大思路所著。这些与他合作的人中，中国人西方人都有。遗憾的是，中国作者名字拼写用的是台湾通用的韦氏拼音，又没有附汉字，所以除了少数对整部《中国古代科学与文明》的写作过程有了解的人，一般中国大陆人不大可能知道他们的汉语名字，他们的身份和生活经历就更难了解了。也许因为这套书太过专业，李约瑟在世时便与罗南(Ronan)合作，于七十年代将十几本的巨著（现已有二十几本，最终出齐后有三十本以上）缩编成一个五卷本出版。五卷本也摆在书架上，今天只缺第一卷。

由于好几个"部"不见于书架，问店员这套书出齐了没有？

"第五卷第八、第十两部尚未出，"他在电脑上迅速查了一下，回答说。

"是不是还没有写出来?"

"是的。有两个学者正在写。"

李约瑟是1995年3月去世的,十二年后,其巨著仍未完成。斯人已逝,其书未竟,仍在写作中(严格地讲,是他的"项目"仍然在进行之中)!这两部出版时,署名方式将与其他几部主要由李约瑟合作者撰写的书一样,两人都署名,甚至署名的字体大小也一样,只是李约瑟作为这套书的主脑,名字在上,主要著作者的名字在下。

"据我了解,中国国家图书馆只有这套书的缩略本,没有全本。"

"这很遗憾,"他说,"剑桥大学出版社应该送中国国家图书馆一套。"

"请问知不知道这套书的印数?"

"无从了解,"他说,"出版社并不给书店提供数据。估计印数不大。太贵了。"

5月25日星期五

巨石阵和古罗马浴池

今天与一群同事去了索尔斯伯里的巨石阵(Stone Henge)和巴斯城。

巨石阵在画片和电视上早已熟悉,今天一些同事觉得从栏杆外面看一看也就够了,未进去,但显然只有进去,才能从各个不同的角度欣赏这一"史前"奇迹。关于遗址,仍然有一些情况没有完全弄清楚。比如它的功能到底是什么?用于祭祀?用于天文历算?或两种功能兼而有之?在"史前"技术条件落后的情况下,如何把一块块重达二十来吨的砂岩巨石从30公里以外的地方运来？又如何把重达十几顿的楣石弄到圆型石柱上去的？那个修建巨石阵的"史前"民族为何在一千多年时间内多次重新排列石柱群？

下午一行人来到巴斯。记得1985年4月的一个清晨，与几个朋友坐火车路过这里，专门去简·奥斯汀故居朝圣。但今天最重要的节目却是参观古罗马浴池。这是1880年代发现挖掘出来的遗址，有多个浴池遗迹；一个较小浴池是一女神的专用池，人类不得进入；池旁还装有供热的暖房。从遗址的文字介绍来看，当时外地人会千里迢迢来这里沐浴或朝圣。当时人们不能解释地下为何会冒出温泉水，更发现泉水可以治病，于是认为这是神灵所赐，所以此温泉也被视为"圣泉"。浴池管理方面提供的小册子说，古罗马时代这里是男女混浴，很多时候甚至是裸体混浴；哲学家皇帝哈德良曾颁令禁止，但法不治众，男男女女照旧混浴。但管理方面有一个重要的情况没有对游人讲，即，古罗马时代的浴池不仅有沐浴的功能和精神上的意义，也是重要的社交场所；正如当今英国人总是喜欢泡酒吧，一泡就是七八个小时，罗马人也会泡温泉，一泡也是好几个小时，甚至整天呆在浴室里，同朋友聊天或以浴会友，淡天论地，谈生意，谈重大军事行动计划，甚至密谋政变！

游完古罗马浴池，在大门外与一个演奏类似于木琴的vibraphone的俄罗斯街头音乐家聊了聊。他向我推销他所在打击乐队录制的打击乐音碟。出于爱好，也出于对音乐人的支持，买了他的碟。一盘有莫扎特的"小夜典"、维瓦尔蒂的"四季"和亨德尔的G小调第七号组曲。另一盘上有一些现代曲子，如斯特拉文斯基、法什（J. F. Fasch）等，但也有巴赫的曲子和俄罗斯民歌。总共二十镑。应该买下来，以后到最大的音乐店也未必能买到。

5月26日星期六

英国人曾不那么科学民主

英国的五六月可谓雨季。在雨中出游,能有多少快乐?

今天我们正是在风雨中游了斯旺西(Swansea)附近的考尔港(Port Cowl)。这是一个有一大片沙滩的小海湾,本来是计划中重点浏览的对象,却因刮风下雨,大多数同事竟然花了钱却不游,龟缩在车上。为了不至太过窝囊,我与王欣鼓起勇气,在风雨中把海湾跑了个遍,包括一个布满了涨潮时被淹、退潮时露出怪石的小海滩。我们还与一个钓鱼俱乐部的七个年轻人合影留念。这些英国人身穿红、黄、黑三色雨衣,在悬崖边顶风冒雨钓鱼,我们也顶风冒风跟他们相会、合影。大约这种事发生的几率很小,他们很是诧异、兴奋。

中午在斯旺西一家购物中心吃饭。除此之外,我们根本未能去斯旺西其他地方。托天气的福,堂堂二十六万人口的斯旺西市,我们只看了一个购物中心。

因天气缘故,也因时间原因,去另一个海滩游玩的计划被取消。

下午 2 点到达威尔士首府卡迪夫。如果有时间,本来应该浏览一下卡迪夫的市容,但今日只能在风吹雨打中到卡迪夫古堡(Cardiff Castle)一游了。在古堡围起来的巨大院子里,有一个圆锥型的小丘,小丘顶上是古罗马人修建的一个大型碉堡,两千多年后依然屹立在风雨中。事实上,我们今天看到的要塞建筑大多数石块仍坚硬无比,尽管少数石块已有明显风化的迹象(那些"插塞"的新石头一看就知道是后来换上的)。

在一个狭窄的瞭望口前,一个理科留学生说,从这里可以打枪,还可以用望远镜观察敌情。看来,学科学的人缺乏科学史知识并非罕见。这两样东西都是十四、十五世纪以后才发展起来的;古罗马时代并没有热兵器,更不可能有望远镜。

对古堡本身的参观,主要是听一个讲解员讲述古堡内各个房间的故事。各房间里维多利亚时代的装饰品看上去艺术价值并不高,明显太过俗气,尽管不乏历史和收藏价值。一个房间装修用金量甚大,极尽奢华之能事,现在估价竟高达一千五百万英镑。

讲解员的介绍中有两件事给我留下了深刻印象。

第一件事是,直到十九世纪七八十年代,英国淑女(ladies)们还十分迷信。她们睡觉并不是全躺着,而是身子朝上半躺着。这是因为她们认为,如果全躺着,魔鬼会以为她们已经死去,就会来"收走"她们的灵魂。看来,在达尔文进化论已然问世的英国,在科学昌明的十九世纪下半叶的英国,人们仍然很不科学,仍然在讲怪力乱神。

第二件事是,在餐厅,古堡主人要女佣人服务时,只按一下铃,她就会无中生有地从一个壁橱般的"房间"里钻出来,殷勤为主人服务;就是说,在不需要服务时,她们除了蜷缩在狭小的空间里随时待命,还必须隐匿在主人视线以外,以免有碍观瞻。看来,民主已嚷嚷了好几十年的英国,仍然很不民主;体面人尤其不讲民主,不讲平等、博爱。当然,现如今中国很多富人也是这样对待仆人的。

5月27日星期日

美国大使谈朝鲜

下午去东方系听演讲,演讲人是美国驻华大使雷德(Clark T. Randt),演讲内容是中美关系。英国前驻香港总督威廉逊(Alexander Wilson)和两三个英国驻华外交官也前来捧场。由于这些原因,尽管一直下雨,今天东亚系公共活动室仍然爆满。

雷德的谈吐有一种美国人当中难得的谦卑。这可能是由于伊拉克战争已把美国搞得太臭，外交官必须低调，也可能是他生性如此。无论如何，如果是他而不是布什做总统，美国的形象应该比现在好。雷德也很幽默，很会调侃。一个东方人很容易做到谦虚，但很难做到既谦虚又能幽默、调侃。雷德两种优点兼而有之，东方人应该学习。

不过他所讲主要内容大多在网上能看到，没什么新意。但也有一些我平时没有注意到的信息。比如，十七大后中共政治局常委几乎肯定会改组，几乎肯定有一个至两个新人进入（这时他提到了胡锦涛同志，说中国人从来不称国家元首为"总统"，只称"主席"，因为只有党"主席"才是真正的国家首脑）。再比如，一些西方人认为在朝核问题的历次六方会谈中，中方对朝施压不够，所以一直难以取得突破；可实际上，中国在这个问题上与美国利益一致，并不愿意朝鲜发展核武器，因为这会危及中国的国家利益；这样一来，韩国、日本也会跟进，整个东北亚的核平衡就会被打破。他说，目前中朝关系已发生了"质"的变化，中朝已不是"唇齿相依"（a lips-and-teeth relationship）和"同志加兄弟"式的关系了；小金不像老金那样在中国受教育，能够读中文说中文，所以他对中国远不如他老子友好，常常跟中国过不去，甚至有怠慢中国之处。比方说，在平壤的朝鲜战争殉难烈士纪念碑上，对中国志愿军的巨大牺牲不著一字；再比方说，前次唐家璇访朝遭冷落，未能受到小金接见。

雷德还认为，中国人权状况虽不太理想，但比1974年他第一次访华时已有了很大的进步；目前中国，一方面在言论、结社、宗教信仰方面实行严格的管制，另一方面又在搞党内选举，党内民主正在稳步推进。他最后提到，眼下中国援助非洲的方式很"传统"，结果是使很多非洲国家陷入了债务。

我不太明白他最后的话的意思，会后找机会请他解释了一下。他说，世界银行和国际货币基金组织现在援助非洲的方式都是把优惠贷款直接投给非洲公司,而中国的援助方式却是把钱给国家,再由国家把钱分配到公司;由于管理上的腐败,最后到公司手上的钱就很有限了;公司赚不到钱,国家自然就穷。我以为,这个解释只是美国人的看法;中国不可能像西方国家那么做,因为有政治因素在起作用;中国在台湾问题和许多国际事务上都需要非洲国家支持,如果把钱直接投给公司,就根本没有这种政治效果,只能是肉包子打狗。不过假如中国较少考虑政治因素,而是采取一种更接近发达国家的方式援助非洲,也未尝不可。

会后,顾若鹏对我说,很快就放暑假了,东亚系的中国日本系列讲座将告一段落,但秋季开学以后又会重起炉灶,到时是否可以来讲一讲?我说新学期一开始(十月初)我就得回国,怕是讲不成。他不再提讲座之事,只说我新学期若能在这里呆一阵子,就太好了。这时他把一个叫萨拉的女孩子介绍给我。

萨拉个子高挑,长相端庄,看上去很聪明,是学国际政治的,剑桥大学毕业,目前在英国驻华大使馆工作。我略带调侃地问:是不是文化参赞?她连声说:不是,不是,只是一般工作人员。因时间关系,跟她只聊了四五分钟。她说我英语发音非常标准,像BBC播音员,可以肯定我曾在英国长期住过;又说,中国必将对世界产生巨大影响;中国经济之所以能够迅速发展,是因为中国人爱学习,是因为中国人谦虚地向西方学习;中国人光是来剑桥来学习的,就有数千甚至上万人,而英国人到北京学习的却寥寥无几,差别实在太大。

5月28日星期一

垃圾处理需要觉悟

今天我终于让房友约翰和威廉解释清楚了英国的垃圾分类及

处理体制。

每户都有黑色和绿色塑料桶（高约1.1米、长约60厘米,宽约55厘米）各一个,黑色和蓝色塑料盒子（长55厘、宽45厘米、高32厘米）各一个。除了黑桶装不可回收垃圾以外,其他桶和盒子都装可回收垃圾。绿桶装有机或蔬菜类垃圾,回收之后用于制造有机肥料;黑盒子装报纸类、玻璃瓶,以及金属罐头饮料瓶（垃圾车来收垃圾时,工人将这三类物质分类,装入不同容器）;蓝盒子则装塑料垃圾。垃圾处理公司收集可回收垃圾和不可回收垃圾的时间都是星期一,一个星期一收集可回收垃圾,下一个星期一是不可回收垃圾。

我以为,至少在目前,这种制度在中国是不可能实行的,因为对公民自觉性的要求太高。你比如说果酱瓶、花生酱瓶在作为垃圾处理之前,应当洗涮干净,更不用说费心思自觉对垃圾进行分类了。可能正是由于对公民的自觉性要求太高,眼下英国有用垃圾的回收率并不理想。由于垃圾处理费包括在税收里边,也就是说不用另交垃圾费,所以舆论认为目前垃圾处理费用太高,如果有用垃圾的回收率不提高,或者说垃圾回收所得不增加,就应该提高垃圾处理费,这笔费用最后会落到每个居民头上,所以英国的自觉性得继续提高才行。

问荷兰人威廉:荷兰的垃圾处理机制如何？他说只有两个桶,没有盒子。一个桶装不可回收垃圾,另一个桶装蔬菜垃圾。其他四类垃圾怎么处理？说把报纸捆好或装在盒子里,放入一个小汽车大的公共容器里。其他三类垃圾——玻璃瓶、塑料瓶、金属罐头饮料瓶——都是有价垃圾,就是说,由居民带到超市卖给垃圾公司。我以为这个制度更简单,更合理。约翰说,英国多年前也实行过这种制度,后来不实行了,不知何故。

他问我:中国是怎样处理垃圾的？我说目前城市居民虽然尚未对垃圾进行分类,但除了蔬菜类垃圾,其他几类可回收垃圾基本上由农民工加以分类,最后也有很大一部分回收了,只是由于没有制度上的保证,回收率可能大大不如欧洲国家。我说,我个人的习惯是,平时把可回收垃圾收集起来,清洁工来做清洁时便送给她们。

据说,日本垃圾分类比英国和荷兰更严格、繁琐,每家每户有六种垃圾桶,对公民自觉性要求更高。好在日本人觉悟高,纪律性强,所以这种制度能够推行。至于美国,我只知道新泽西州的情况,该州制度与荷兰相似,甚至比荷兰还简单:每家只有一个垃圾桶(或根本没有,视各地情况而定)装不可回收垃圾;可回收垃圾由各户放入公共容器;至于蔬菜垃圾,新泽西州目前还没有以制度的形式加以回收,至少就我所知如此。

无论英国、芬兰、美国还是日本,都有严格的垃圾分类和处理机制,公民自觉性也都很高,中国与这些发达国家相比有相当大的距离,但应该开展宣传了。

5月29日星期二

英国人不环保的一面

早上一则新闻说,在德国参加八国会议(即将召开)的中国代表团已表态说,中国未来在政策制订和技术革新两方面都将加大环保力度,但由于中国是发展中国家,人均二氧化碳排放量只有发达国家的三分之一,所以中国继续发展以摆脱贫困,增加就业,是无可非议的;继续发展意味着,在未来二三十年,中国二氧化碳排放量继续提高将不可难免。该新闻节目说,这是一则坏消息,但对中国立场并没有提出反驳意见。

据观察,英国人的确表现出了强烈的环保意识。比如电台、电视台上天天都有环保消息(比如说,今天就从电台上听到一群观鸟者凌晨三四点在野外观鸟录下的带解说的实况),隔三差五就会搞环保活动,如环保节、环保游、公民环保教育,学校也组织中小学生去野外实地体验;再如实行严格的垃圾分类制度,对环保车型实行优惠政策(约翰说伦敦开电力汽车者不用交路税,在泊车和交通拥堵时享受优先待遇;开hybrid"混血"车者也享受一些优惠政策),甚至实行排炭量配额制度,等等、等等,不一而足。

由于英国人的环保热情普遍很高,所以他们把中国这个二氧化碳排放大国(据说在两三周内中国的碳排放量将超过美国)也盯得很紧。可是,从一个发展中国家的观察者的角度看,尽管英国人在环保、节能方面所做的努力很值得学习,但他们所做的一切却明显只是治标不治本。因为与所有发达国家一样,英国生活方式本身建立在巨大能耗的基础上。

再明显不过的一个例子是,大多数政府、公司、医院、学校大楼、私人住宅以及公共和私人交通工具内都装有恒温装置,设定一个被认为对人体"最佳"的温度,比方说摄氏二十度。低于这个温度,供暖装置便自动启动;高于这个温度,制冷设备便开始工作。五月下旬一天下午2点左右,几个同事在英语系公共活动室休息,发现室内开着暖气,而这时室外却是风和日丽、艳阳高照,气温至少是摄氏二十度,对大多数人来说是非常舒适的温度,室内并没有必要开暖气。分析起来,可能是由于前几天气温较低,窗户紧闭,因而温度感应器读到的气温没有达到设定的"合理"温度,启动了大楼供暖设备。可是至少在夏天,为什么不可以经常打开窗户,调节气温?至少在夏天,为什么不能把自动恒温系统停一停?为什么不能冬天把"最佳"温度略略调低一点,夏天再调高一点,比方说冬天十八度,夏天二十五度?再比方说,英国在全国范围内实行供应冷热水制度,不仅冬天如此,夏天也是如此。这节能、环保吗?为什么不能从大处着眼,切切实实地降低能耗?你可以说,我用的是电,并不排放二氧化碳。但即便在英国这样的发达国家,非化石性能源大约仅占所消费能源的三分之一左右,所以用电越多,最终排放的二氧化碳越多。

显然，如果英国人能从大处着眼，多花一点力气，更上一层楼，其所做出的环保努力就更值得发展中国家尊重和学习了。

5 月 30 日星期三

不喝酒，何以承受生命之重？

晚上四位房友在厅里玩 Texas Hold'em，一种扑克牌赌博游戏。不过我们赌的是塑料块。黄块代表一镑，红块代表两镑。塑料块不够，又用较大的圆形木块代表五镑。

大约 12 点时，安娜回来了。荷兰人威廉给了她一个熊抱并三个欧陆式亲吻以示祝贺。作为英国人，约翰较含蓄，送给安娜一张生日卡。我说，难怪你刚才问今天安娜去哪里。安娜不在，准备好的生日卡岂不没得送？

安娜加入我们的牌局。打了一会儿，她说，今天跟母亲和四个好友在一家餐馆吃饭喝酒，现在仍有点醉，所以牌打不好。但是，她刚刚把话说完，便把昨天剩下的小半瓶葡萄酒倒在一个较大的玻璃杯里，示意大家轮流喝这杯酒。

过了一会，安娜又表示她有点坚持不下去了。这时我炫耀说：平生只醉过一次酒。那是多年前在雅典旅游的时候，同一个叫米歇尔的法国人一起喝一瓶葡萄酒；喝得并不多，但醉了。我怕大家不明白我所谓"醉"指的是什么，解释说"醉"对我来说，是精神或肢体上不能自制。我说，那天我控制不住自己，总想说话，说话时有一种强烈的快感，同时非常清楚自己已醉酒，所以这只是小醉。又说，只一点头晕不算醉，因为自制能力并没有丧失。还说，两年前一次聚餐时喝多了一点酒，说话特别出彩，语惊四座，连我自己也很惊讶。安娜说她如果中午喝点酒，下午干活会更有效率。我接过她的话头,大讲酒的"正面"作用,历史上的中国人充分是肯定的;不喝酒,诗人不出诗,画家不出画,拳师打不出好拳。

可是对我平生只醉过一次酒,安娜至少三次睁圆她那双大眼睛,表示至为震惊! 幸好我没有披露,许多中国人压根儿就不喝酒,所以无所谓醉酒。她无比认真地问,如果人人都像我这样平生只醉过一次酒,艰难时日怎么打发? 生命之重如何承受? 又说,你知道在我们英国,人人隔三差五狂喝一次醉一回是极其正常的事。不喝酒,不醉一醉,日子多难过,生活多难熬! 尽管如此,我们英国人确实不应该喝得太多。这很不好! 尤其是我自己,更不应该喝得太多。

这已是她第三次作自我批评。

接下来她再次表示很难受,牌打不下去了,说着便起身到厨房弄点吃的。我和卡洛斯聊了一会,起身要去睡觉,与大家道晚安。这时,安娜来到厨房与客厅之间。她也是来道晚安的。在厨房较强的灯光下,我看清了她的眼睛,一双朦胧醉眼,令人难忘!

5月31日星期四

六月

拦路的老人

　　下午去一家电脑店，路上在圣菲力普街看见一个七八十岁的老人，正坐在狭窄街道正中的一部轮椅里，使后面十几辆小汽车不能通行。已有人在鸣笛。终于有一中年人从车里出来跟他交涉。听到此人的脚步声，刚才还挺着头的老人急忙把头垂下来，做精疲力竭状，背对着那人说："我很累哦！我真他妈累！"。因急忙赶路，接下来发生什么没有看到，但是不难想象，那中年人好言相劝，帮助老人让出路来，以让后面十几辆车通行。

　　这是我第一次见到单独坐轮椅出行的老人。他看上去半身瘫痪，或至少半身不遂，显然是孤独、无助的。他这样挡大家的路，也许并非完全有意为之，但很可能不能像健全人那样，听到有汽车来便能轻松地把轮椅摇到路边。不过说老人完全是无意造成了交通堵塞，也未必尽然。他实在没有必要挡住这么多车。挡住第一、二辆后，再怎么也有足够的时间把车慢慢摇到路边了。所以，这应既是无意为之，也是有意为之。

　　不过总的说来，英国残疾人生活状况大大好于发展中国家。即便如此，七八十岁的老人坐轮椅单独出行，也是比较少见的。这恐怕不能完全用英国人不孝顺老人来解释,与英国人(包括老人)崇尚独立自主也有关,尽管有时候老人尤其是残疾老人要做到独立自主很勉强。英国的公共设施尽量考虑残疾人的困难,我见到的任何街道、公路、十字路口都做到了"无障碍"。事实上整个城市的道路都没有路坎。公共洗手间依法设有残疾人专用厕所,公共停车场设有残疾人专用的宽敞停车位,超市、购物中心等公共场所全都备有专供残疾人使用的购物车。所以,到处都能见到坐轮椅的人出行、购物或做其他事情。

相比之下,由于无障碍问题远远没有解决,在国内就是在最发达地区,残疾人也很难独立出行。虽然最热闹的大街大道或新建成的住宅小区,新修的地铁和机场等地方已做到了无障碍,但稍稍僻静一点的道路或公共场合却还没能做到。这很大程度抵消了为方便残疾人而投入的巨量资源。这至少是为什么国内很少看到残疾人出行的原因之一。

6月1日星期五

老年人问题

晚上回到住处,约翰正高分贝地放着节奏性强的流行音乐。他和安娜都喜气洋洋。原来又在烧烤了。我以一瓶雪利酒、一份沙拉、几个烤香肠卷加入。很快,烤鸡腿、烤火鸡香味四溢。蒂娜跟着鼻子走回家了,还带来了一个其貌不扬的伙伴。隔壁学法律的英国学生劳伊德(Lloyd)跟着鼻子走,不请自到,也像蒂娜和她伙伴一样,一点贡献也不做。卡洛斯未征求大家意见便请了两个朋友,还叫他们顺便拎了一箱啤酒来。大家以为今晚威廉会住在伦敦,但他回来了。一伙人在烛光和音乐声中热热闹闹,用纸、酒精就着枯树枝烧起一堆篝火,一直闹到凌晨两点半才歇息,撒下一园子的酒瓶、杯盘、刀叉和塑料垃圾。

我向大家讲述了昨天在圣菲利普街遇到的老人拦路的故事。

"这是为了向社会抗议,抗议它忽视孤独无助的老人,"我最后说。

"我以为这只是一种怪举,"约翰评论道,"剑桥以怪人怪举闻名。怪人怪举是剑桥不可分割的一部分。不过你的解释也很有道理。应该把两种解释合在一起。"

"圣菲利普街常常发生奇事,我就遇到过好几次,"劳伊德插话,却并未举例说明。

"也可能是他显示自己存在的方式,我拦故我在"我又说,"不过如果在中国,你家老人若得不到适当照顾,你会觉得羞耻。老人没人照顾的情况在英国多不多?"

大家说这种情况较为常见。

"我外祖父这几天正命垂一线,"坐在旁边的安娜悄悄对我说,"他九十二岁了。可能还有两天可活。我妈和他七十多岁的妻子在照顾他。"

"在医院,还是在家里?"

"在家里。他怎么也不去医院。我想去帮忙,但她们不让去,说外祖父不愿让人看到临终时赤条条的可怜样子。"

我对安娜表示同情。

"我亲眼目睹了祖父的死,"安娜又压低了声音对我说。

"他最后一程你陪伴在旁?是最后几个月?或是最后几天?"

"不仅最后几天,甚至最后几分钟。经历了全过程。他是九十六岁时去世的。死前一定要见他儿子、我叔叔罗伯特。可他在德国,回不来;于是我哄他说罗伯特来了,就在这里,他恍恍惚惚,懵懵懂懂,信以为真了。"

"这是美丽的谎言。不过九十几岁去世也算寿终正寝。"

我以为,这种情况若发生在国内,儿女、孙儿女的做法应该与安娜一家差不多。

6月2日星期六

大学植物园

下午与威廉去游剑桥大学植物园。这是我迄今为止看到的最专业的植物园。

有七八个暖房。其中一个专养原产于澳大利亚西南角的干旱植物。这个地区在上千万前以前与大陆其他部分是分离的,所以这里植物与世界其他地方的植物不一样。在热带植物暖房中第一次看到了咖啡树、可可树。这里也有"水稻",但可能因生长时间太长,所以看上去与实际种植的水稻全然不同,像是一种根本不同的植物。还有木瓜、香蕉、芋头。这里看到的纸莎草(papyrus)比在宾夕法尼亚州的 Longwood Botanical Garden 看到的高一倍以上,约有四米,禁不住连连称奇。威廉不知道这是什么植物,更不知道我为什么惊叹。向他解释了纸莎草在古代文明中的作用——古代埃及人乃至整个地中海西亚世界的人们把这种草的茎加工成"纸"或paper,古代文明在很大程度上是由这种"纸"来传承的。

我们在这里还看到了十几种"食肉植物",长长地排成一串。

有一个石灰石地植物群落,养在一个凹凸不平的石灰石小丘上。见到了一处用草丛拼成的中国式八卦阵,但小得多,也简单得多。

也发现了一个大型玫瑰园,里面有几十种玫瑰,包括数种从中国引进的玫瑰。欧洲最早引进中国玫瑰是在十八世纪末。我告诉威廉,玫瑰花在中国是一种草药,也是香味剂,甚至是食品,并且现身说法,吞食了几片玫瑰花瓣,让他很是惊讶。

还有十几个"系统育床"(systematic beds),按主题分门别类展养植物。其中一个专养蔬菜,如胡萝卜、西红柿、土豆、白菜。另一个专养药用植物,如奎宁及用于提取阿司匹林的柳树一类的树。还有一处专养香料植物,如香草(第一次看到)、薰衣草、百里香(thyme)和茴香、薄荷等。威廉第一次见到薄荷,不知是何物,我将一点嫩叶揉搓后让他闻。他闻出味道来后异常兴奋,说这是candy(糖)!摘了一枝嫩叶以作纪念。

我们掐了几种香料植物的一小点嫩叶、嫩花,搓揉后使劲地嗅,还用舌头轻轻地舔。这应是犯规动作,但毕竟了解到在自然状态下,这些植物的气味和味道。如果除了用眼睛,还能用鼻子和嘴来认知植物,植物园的价值便能更好体现出来。

但愿其他游客别跟我们学坏了。

我以为,剑桥植物园在两个方面比其他植物园更高明。第一是知识含量更高,比如说把小麦从十九世纪初到二十世纪末的演变用活生生的植株展示出来,即把各时期小麦栽培成长长的一串,用牌子标示不同时期,直观显示小麦的进化,起到对公众进行科普教育的作用。1800 至 1820 年的小麦看上去是一种不结籽的野草,经过近两百年的培养,最后演变成长有沉甸甸麦穗的高产谷物。就是说,两百年的进化被压缩在六七米长的育床上。第二是环保意识更强。比如说,一个小园子摆放着各种容器,分步骤直观地展示如何把植物垃圾制成有机肥。再比如,专门设有一个节水(water-wise)花园,在土壤准备、植物选择(挑选耐旱植物)到浇灌方法等方面,对公众进行直观的指导,倡议大家经营一个省时、省力、省水因而更环保的"干"花园。剑桥位于英格兰东部,降雨量不像英国西部那么多,不到 600 毫米,所以剑桥大学植物园倡导"干"花园理念。中国大部分地区缺水,养花者可效仿。

中国的一流大学如北大、南大、复旦、中大,都有很强的生物专业,什么时候它们能办起自己的植物园?但愿中国的名牌大学能够像剑桥大学这样,有自己的植物园,既能兼顾教学,又能在植物知识和培育方面对公众提供指导。

6月3日星期日

研究非洲叛军的"博导"

中午12点45分至2点在CRASSH参加一个午餐研讨会。听会者不多,连演讲人在内总共才八人。演讲人为德文·科蒂斯(Devon Curtis),一个相貌平平、三十六七岁的高个子女性。她在斯坦福大学读的国际关系学博士学位,还拿了一个政治学硕士学位。听口音,她好像是英国人。她今天讲非洲的"叛乱运动"。

德文·科蒂斯对非洲各国叛军的情况非常熟悉。

"有没有一个非洲国家没有任何叛乱活动?"我在讨论时间问。

"卢旺达即是,"她回答说,"这是因为政府对人民的控制太过严密,其镇压机制太强大,所以一些人即便想叛乱,也根本没有机会,没有可能,但这并非意味着人民心中没有怨言甚至仇恨。"

"是否有些叛军如此成功,或者说占据某些地盘如此之久,所实施的治理如此有效率,以至于已经获得国内和国际承认?"

"这样的例子很多,"她说。

"你是专家,当然熟悉非洲情况,但我们都知道,'民族国家'对非洲来说是一个全新的概念,甚至是西方强加的概念;仅仅一百来年前,整个非洲大陆还根本没有现代意义上的民族国家,所以对非洲的'叛军'乃至'国家主权'等,应该有合理的认知。"

"不可妖魔化前者,也不可神圣化后者,"她说。

不过很明显,她总体上对叛军是很同情的,几乎把他们当作西方反对党的对应体。比如她说,西方有些人认为叛乱者因对权力或金钱的"贪婪"而起事,这其实是一种简单化的认知;实际原因是多方面的,非常复杂。

"中国对非洲很多国家进行了经济、文化、教育和医疗援助",我会后对她说,"尤其是在1960和1970年代,目前中国对非洲政策总原则是'互惠互利',但去年中非论坛在北京召开(绝大多数非洲国家派代表团出席了)以后,中国免去了非洲国家所欠中国的大多数债务,现在非洲国家对中国的看法如何?"

"六七十年代中国在非洲的形象实在很好,"她说(至于现在怎样,她未置一词)。

"一些西方人说中国在非洲搞'新殖民主义',所以中国特别注意自己的形象。"

"是的,"她同意这一说法,"一些非洲国家的确认为西方经援的附加条件太多,干涉了其内政,有所不满;现在它们认为可以不那么依赖西方人了,因为中国人也提供援助。"

"我所做'跨文化小说'研究中的一个作家是V·S·奈保尔。他在六十年代拿过一些基金会的资助,在非洲呆了好几年,写了一些游记和小说发表了,算是对基金会的交待。你做非洲叛乱运动研究有没有资助?"

"我已做完了的东非两三个国家的研究,靠的是美国某基金会的一笔资助;现在我正在申请另一笔资助,已递交了申请,正在等结果,不久就会揭晓。"

"祝您成功!"

她说马上要去见一个博士生。

"你在剑桥大学有教职?"

"刚刚拿到,在国际政治系。"

很明显,她是"博导",但西方大学并不把"博导"当作头衔,她刚刚拿到教职(讲师)便带博士了。最后,我们交换了电邮地址。

6月4日星期一

待业艺术家

上午约翰拿出一种黑刺梨(sloeberry)杜松子酒给我看,说是他妹妹将杜松子酒与黑刺梨和白糖混在一起泡成的。我尝了一小点。是英国少见的烈酒,极甜。我说中国有成百上千种药酒,其中很多有甜味,甚至与这种混合酒一样甜,不过药酒是用来健身、治病的。

这时约翰第 N 次把他制作的两支拐棍拿出来炫耀,一根是用后花园里一根红木枯木做成的,另一根是他妈园子里一根白蜡木枯枝做的。这些"艺术品",他每天花大约两小时用砂纸打磨,并在不同时间上好几次油(用营养极佳的橄榄油),花了三个星期才做成。他说已把照片和有关信息公布到 e-Bay 上,红木拐棍要卖一百五十镑,白蜡木拐棍要卖六十镑。我怀疑这些拐棍能否卖出去。我刚搬进来时约翰便说,要出售他的几幅画(其中一幅画的是中国玉佩图案),但迄今为止还没有一幅卖出去。不过拐棍也好,画也好,卖得出去还是卖不出去,总算给待业的约翰找了点事做。几天前见他在洗一大缸碗碟,我说你这是做好人好事啊!他说只是"开始"洗,说并不介意做这种家务活;还说洗碗对他来说是"冥想",说着就出了门。这时我才发现那一大堆脏碗碟并没有洗,只是整理了一下放在洗涤槽边;若干时间后,当他正式开始"冥想"时,这堆脏碗碟才会变干净。

6 月 5 日星期二

牛顿著作珍本

上午 11 点与英国头号斯巴达专家、古典学系教授保罗·卡特利奇在克莱尔学院餐厅二楼喝咖啡。他大约五十三四岁,戴深度近视眼镜,看上去全是学者的样子;身高约一米七三,在英国人当中只算是中等偏下个子。他送给了我一本去年出版的《温泉关战役》(*Thermopylae: The Battle that Changed the World*,2006)。

保罗对古典学出版界的行情极为熟悉,对我为"古典学译丛"所选的大部分图书,他都能立即给出简明扼要的评论。我的"古典学译丛"在选题方面第一次得到了"行内"专家的意见。我立即做出决定,淘汰原来书目中约五分之一的选题,如 William Percy 三世的《古风希腊的恋童癖与教育》(作者本人是同性恋,认为现代人在同姓爱恋方面做得很差,应该向古希腊人学习,所以这本书的"同志"意识形态色彩过重),John G. Warry 的《古典世界的战争》(并非"圈内"人士所著),以及 Westra Laura 的编著《希腊人与环境》(他不知道这本书,但此书是论文集,所收入的某些文字——如从亚里士多德著作里摘出的一些话——仅仅沾了一点"环境"的边,所以应该剔除)。这是今天最大的收获。

我们对书单上的最后一本书《黑色雅典娜》进行了调侃,说这是一部好玩的"巨著"。几个月前在国内时,我选这本书时的确是犹豫再三。它部头太大,牵涉到的古代语言太多(除希腊语外,还有各种古代闪语),但作者又并非真正的古代语言专家。其主要卖点是批判十八世纪中叶以来西方古典学将希腊文明与其东方渊源割裂开来的做法。但是在伯纳尔以前,主要用德语写作的瑞士学者布克特(Walter Burkert)已写了《希腊的东方化革命》一书,所讲的全是希腊文明对两河流域和埃及文明的继承。诸如此类的著作虽然没有用"种族主义"来概括十八世纪中叶以来的西方古典学传统,但应该是《黑色雅典娜》的先行者。无论如何,《黑色雅典娜》与我先前所选的其他书截然不同。今天,保罗说,马丁·伯纳尔是个"圈外人",说他的书已经出版了两大卷。我说他已在第二卷的行文中为第三卷做了宣传,但不知第三卷何时问世。保罗说,这本书的意识形态是明言的,不像有些人把意识形态隐藏在论证里。又说马丁简直"疯"了。意思是他在意识形态方面太过狂热。但从他以"马丁"称呼马丁·伯纳尔来看,他们应该很熟。他还说,"马丁"来克莱尔学院演讲过,目前在国王学院担任某种名誉性职位。

"您能否推荐一本书?"我问。

"就我的《温泉关战役》,"他不假思索地说。

"从内容看面太窄,《斯巴达人》似乎更适合中国读者。"

"你说得对,《斯巴达人》更适合中国读者。"

接下来保罗告诉我,克莱尔学院是剑桥第二古老的学院,但总是处在国王学院的"阴影"下。这话有两层意思:一,克莱尔学院建筑与隔壁国王学院相比,显得矮小、卑微;二,从地位和名气看,国王学院的光芒掩盖了克莱尔。

"你主要是在克莱尔学院还是在古典学系工作?"

"主要在系里。事实上,整个剑桥大学教学和研究重心在各系,而非在各学院。牛津情况刚刚相反。"

"克莱尔学院虽然是第二古老的学院,但看上去并不显得很古老,"我说。

"虽然是第二老学院,但建筑本身并非最老,十五世纪一场大火烧掉了原来的建筑。目前的房子是此后盖起来的。"

从餐厅里餐桌、餐椅分布看,这里明显设有相当于国内"主席团"的位置。保罗说,那里是 fellow 们就餐的餐桌。"主席团"后面靠墙处还有四个显然更尊贵的位置,应该是克莱尔学院权力中枢就餐的地方。保罗还说,每周三的晚餐,一个客人也不能请,每个 fellow 必到,似乎是一种神圣仪式,但其他时间则很自由。

最后,他打开桌子旁边的一扇门,进去后又打开左手边另一扇门,在门后墙上用磁卡刷开第三道门,于是我们进入一间书房。他说这里是 fellow 们做研究之地,学生不得进入。屋子约有一百五十平方米大,四壁全陈放着十五至十八世纪出版的珍本书。屋子中央有八个玻璃柜,其中一个里边展有十八世纪首版的牛顿划时代著作《自然哲学之数学原理》(*Philosophiae Naturalis Principia Mathematica*)。这是珍本,看上去书况甚好。另一个展柜里有一部本·约翰逊(Ben Johnson)收藏过的解剖学家 Andreas Vesalius(十六世纪人)所著解剖学著作的初版,看上去书况也不错。还见到了一些十一、十二世纪的羔羊皮手抄圣经,十六世纪的威尔士语圣经,甚至还有一部十七世纪出版的印第安语圣经。所有古书保存有方,状况良好。

6月6日星期三

英语系捉襟见肘

下午5点,四川师大校友郑鸿颖来英语系公共活动室。她在塞尔文(Selwyn)学院(距英语系大楼六七十米)读硕士。聊了两小时四川师大的情况。离开四川师大已十八年,师大周围的大片桃园、橘园已不复存在,为办公楼和居民小区取代,很是伤感。

出大楼时,我请她留意英语系大楼内部装修情况。总的说来,所用材料质量不好。在许多部位,如地下室、天花板、多处墙壁,甚至在楼梯脚踩不到的一面,没有通常应有的墙面材料,全是裸露的水泥。原因在于各系没有系财政,修房子全靠学校拨款,钱不够就得募捐。从英语系前几年印发的材料看,大楼主体工程于2004年完成后,没钱搞内部装修并购买办公家具,缺口近一百万英镑,于是发动系友捐款,最后勉强凑了一笔钱,装修成目前这个样子。从此事可以推断,剑桥大学内部贫富不均,国王学院、三一学院、圣约翰学院等是大户,各系则相对贫穷。这是因为大学作为财政实体不富裕,各方面开支太多,很可能只处于中游水平,下属各系自然就很拮据了,所以有英语系大楼落成以来的尴尬局面。CRASSH财政身份也能说明问题。该机构用副校长"战略基金"和三一、圣约翰学院三方的资助(各方出资比例多少,外人无从了解)共同建立,这表明大学财政并不富裕。但经费不足,却能发动校友捐助来解决问题,这又说明英国社会仍很富裕,公民的公益意识仍很强。

之后,郑鸿颖邀请我去塞尔文学院吃晚饭。我从来没有在学院吃饭的经历,接受了她的邀请。她再三说,这里饭菜很差,让我有思想准备。我们各要了一份土豆泥肉末,我还要了一份今天唯一的纯素菜:一堆煮烂了的大葱。这里"饭"的确难吃,撒了胡椒粉和盐巴仍难下咽,后来回厨房要了一种奶白色带葱花的"酱"(原料为土豆、奶油和葱等)浇上,才完成了任务。不过很便宜,一顿饭不到两镑。但这里伙食差劲,并不等于其他学院的伙食差劲。从许多学生较为随便地用餐情形看,并非像从前听说的那样,学生每晚吃饭都得穿上学袍,饭前得做祈祷,还一定得有好酒。确实有这种正式、隆重的进餐,但并非每天举行。

饭后散步时,又谈到八十年代中国学生在英学习时,一门心思读书,无暇了解英国社会细部。现在看来有一个"前知识"问题。当时中国与西方差距比现在大得多,中国人的生活世界与英国人犹如两重天,即便有心去了解,难度也太大,再加囊中羞涩和急于拿学位的因素,干脆就不费心思去了解了。现在情况大不一样,中国经济形态与英国已相当接近,英国能见到的跨国公司,中国都有;英国处处可见的超市、咖啡厅、旅游热点等,中国也有。中英两国在政治形态上虽仍有差异,但由于信息时代的耳濡目染,英国政治对于我们来说一点也不陌生了。郑鸿颖在国内带过四川师大英语辩论队,前不久去过伦敦议会大厦现场观摩政客辩论,这对八十年代留英的中国学生来说,是无法想象的。既然中国和西方在很多方面已是大同小异，眼下中国人当然更容易了解英国、了解西方，因为我们已有了足够的"前知识"。

6月7日星期四

媒体恶搞女王

　　BBC电台一广播剧拿女王与布莱尔和布朗开涮。只听见一女王声音问：你们是否已然脱光？布莱尔与布朗齐声报告：我们都已宽衣解带，现在已是赤条条的了。接下来，离任首相布莱尔汇报任期内工作情况。再下来，女王问新科首相布朗：你打算如何尽你的责任？布朗像小学生背课文一样回答，"尽我最大的努力"。看来，这个节目是在开最近举行的首相职位交接仪式的玩笑。后来问安娜，对于这种显然有损王室尊严的恶搞，王室会有何种反应？她说不会有事的。她说这种玩笑现在十分常见，王室已经完全习惯了；至于来也匆匆、去也匆匆的政客，恶搞恶搞他们更是家常便饭。在我印象中，八九十年代的英国人对王室还不至于像现在这样不恭敬。看来，英国民主又上了一个台阶。

6月8日星期五

有名英雄纪念碑

　　下午一群中国学者徒步远足，在剑桥郊区和乡间走了十八、九公里，花了大约五个小时。我们从耶稣公地出发，沿康河走大约三公里后，开始围绕一个巨大农场划一个巨大的圈，约十二公里后，再回到康河，沿着河的另一岸再走三公里，最后回到耶稣公地。据说这条路线是Oxfam（英国公益组织）在全英开发的数十条经典远足路线之一。

今天天气好,康河上划船的人很多,但全是进行九人赛艇(八名划手,一名舵手)训练的。有女队,也有男队。有两个队比赛的,也有进行一般训练的。一般情形是赛艇里九人在河上划,另两个人沿河骑自行车当拉拉队并计时,所以一个团队至少有十一人。各队速度都很快,相当于骑自行车的中等速度。国内也有赛艇队,但除了参加大型比赛尤其是奥运拿奖牌的,没听说有什么业余赛艇队的。据说全中国只有清华大学有赛艇队。

农场那几千公顷大的一望无际的油菜地给人留下深刻印象。还看到好几种叫不出名的大型农业机械。从前在英国坐车,沿途看到的农田大多是小块的,从来没有见到这么大块的地。看来,集约化耕种已不是美国人的专利。

返回时在康河边见到一大群五颜六色、身材佼好的奶牛,有五六十头。一路同行的东北师大博士生刘风光拍照,使我们得以荣幸地与靓牛们合影留念。

回剑桥路上,在一个小镇子的十字路口看到一个一战、二战中阵亡将士的纪念碑。战死者人数不多,加起来二十几个,但全是当地人。碑上不仅刻有每个人的全名,还刻有其军衔。石碑不高,也不大,所用石料很一般,既非大理石,也非花岗岩,但区区一个小镇便能树这样一个纪念碑,可见英国人对生命之尊重,对为国捐躯者的生命价值之充分肯定。这对凝聚共同体精神所起的作用可想而知。事实上,不仅英国,整个西方的做法都如此。美国华盛顿有著名的越战纪念碑,把近五万个战死者的名字全都刻在碑上(众所周知,对战争的评价也刻在碑上,而且与美国政府的立场相距甚远)。相比之下,中国有大量无名烈士墓,无数为国捐躯者真的甘当"无名英雄"? 他们的家人和后人也真的愿意他们当"无名英雄"? 2001年10月去湖南衡山,看了民国时期修建的"忠烈祠"(状况虽然过得去,但游人稀少),发现那里有为抗战中捐躯者设立的几百个牌位,但他们全是师级以上的军官,下级军官的名字根本见不着,更不用说普通士兵了。

6月9日星期六

河上音乐会

晚上在三一学院康河岸边听该学院合唱团演唱。

这是一年一度的"河上音乐会"(Singing on the River)。这种音乐会已有悠久历史,别出心裁之处在于表演者坐在六只特制划艇上演唱,而观众坐或站在康河两岸的草地上欣赏。与音乐厅里举行的一般音乐会不同的是,今天的音乐会不仅免费,而且很随和,让人觉得很亲切。听众中有很多学生早早就来了,一群一群打开毯子席地而坐,又吃又喝,又说又笑,把音乐会与野餐聚会结合在一起了。当然,也有一些老人带着自己的折叠椅早早地坐在那里等候。

7点45分许,三十几个合唱团学生登上了泊在西岸的六条划艇(听众主体在东岸),紧接着指挥也上了船。没有一般音乐会指挥出场时观众鼓掌这一仪式性程序。这大概是因为船上重心不稳,指挥不方便站起来向观众致意。所以,音乐会是在许多人没怎么注意到的情况下开始的。我也是在纯美的人声从河上升起以后,才意识到音乐会已然开始。

与一般音乐会一样,今晚的音乐会分为上下两场。上半场演唱了一些二十世纪以前的作品,下半场主要是二十世纪的作品。上半场有十三世纪的歌曲"夏天来了"(Sumer is icumen in),用古英语演唱;也有文艺复兴时期的歌曲,如"知更鸟,柔美的知更鸟"(Ah Robin, Gentle Robin),甚至有亨利八世作曲、作词的"昔日友情"(Pastime with Good Company)。

由于是露天演出，无伴奏合唱，也不使用扩音设备，所以音量较小，但演出效果一点不比在音乐厅差。正是在这种没有一点回声的自然状态下，人嗓发出的乐音听起来更为纯真，和声听起来更为和美，各个声部的此起彼伏、起承转合听起来也更为清晰。

傍晚时分，垂柳依依的河岸草地上密密麻麻坐了一千五六百人。除了歌声，整个地方竟是一片寂静。时不时游来一群归巢的野鸭或天鹅，像一只只无声驶过的小舰队，在水上舞台与观众之间雍容优雅地通过。它们似乎意识到人类在进行特殊活动，偶尔嘎嘎一叫，也压低了声音，对音乐会一点也不构成干扰。离水上"舞台"约二十米处有一座小石桥，通往各人文学系所在的 Sedgwick Site。

与这种环境和气氛完全适应的是，今晚曲目大多短小、活泼，或者说有一种严谨的轻松。大多数曲子只有一两分钟的长度，最长不过三四分钟。没有一首用拉丁语演唱的"正式"的宗教歌曲。下半场曲目比上半场更轻松，有的曲子甚至明显带有蓝调或爵士味道，如 The Full Heart 等。只是到这时，才加入了少量乐器：两把低音提琴和一个架子鼓。三个新加入的乐手都在紧靠水上舞台的岸上演奏。

仔细观察了架子鼓的演奏。在国内看到过的架子鼓乐手大多不考虑音量，大音量（甚至大到震耳的程度）是常态。可是今晚的乐手竭力控制音量，生怕鼓声、钗声太大，会压制人声，破坏音乐的整体效果。低音提琴一直在拨奏，所起作用很像打击乐，或者说跟架子鼓大体相当。虽然增加了乐器，但因音量明显受到控制，合唱听起来仍非常清爽。

10 点钟左右音乐会临近结束。天终于黑了下来。早在下半场开始之前，六只划艇上便打开了彩色装饰灯。天色既黑，装饰灯便显得特别亮。演唱最后三首曲子时，四名白衣大汉各持一根长杆，开始撑动水上舞台。这时才发现六只划艇捆在一起，也就是说

"舞台"不仅在水上,而且能够行驶。演唱倒数第三首曲子"长日将尽"(The Long Day Closes)时,水上舞台在优美合唱声中缓缓驶向听众较少的小石桥方向,再缓缓驶回听众主体所在位置。演唱倒数第二首曲子"睡"(Sleep)时,水上舞台满载歌声,驶离两岸的听众。

演唱最后一首"甜夜漫漫"(Draw On, Sweet Night)时,在听众的热烈掌声和喝彩声中,合唱队和彩色装饰灯缓缓驶向六七十米远的另一座桥,一过桥便消失在黑夜中。这是因为康河在那里转了一个陡弯。没有献花,没有献酒,"河上音乐会"结束。

6月10日星期日

"零碳"2016年

早晨从BBC电台听到一则新闻,说英国从2016起,所有新建房屋都将实现"零碳"排放即"零排放"目标。在当今英国,住宅占二氧化碳排放总量的百分之二十七。从理论上讲,如果届时真能实现"碳中性"或"零碳"目标,那么全英国2050年实现二氧化碳排放量减半计划(这是欧盟制定的全欧统一目标)将不是问题。只是实际操作肯定有极大难度。目前建造零碳排放的房子,需要在房顶、外墙、地板部位大量使用绝缘材料,另外还得安装风力发电装置和太阳能装置,所以即便以住宅小区的形式大面积开发,将能源设备安装和使用的成本大大降低,其造价也比普通房子贵出百分之四十(从长远讲,多花这百分之四十的钱是值得的,因为电费、气费或油费将少得多)。但即便是目前的房价,也已经疯涨了许多年,只有百分之七左右的年轻人才有能力购买。所以,2016年以后拟在全国范围内实现的新房零排放目标,最大的挑战将来自新一代人的购买能力。如果大多数新人连一般房子也买不起,如何让他们买昂贵的零排放房子？另外，即便 2016 年能够实现目标，现有的旧房将仍是英国房屋建筑的主体。这些房子很难得到根本改造，又不可能在短期内淘汰，所以对它们进行接近零排放的改造，可能比建造零排放新房意义更大，否则传统意义上的碳排放仍将继续，2050 年碳排量减半的目标便不可能实现。

见几个房友（安娜除外）一个月来总是喝便宜的 Carling 牌啤酒，于是把三罐"原味"基尼斯（Guinness，英国著名黑啤酒）给卡洛斯和威廉各一罐。他们很是兴奋，连称"好酒"。

6 月 11 日星期一

伊曼纽尔学院的午餐

中午，德文·科蒂斯邀请我去伊曼纽尔学院（Emmanuel College）用餐。

学院位于 Parker's Piece 附近的主街圣安德鲁街（St. Andrew's Street），建筑格局与其他学院大同小异。来到主楼二层"院厅"时，端头一张四米的长桌已坐满了教师，与此张尊桌垂直的方向，二三十个学生围着两张长达十一二米的超长桌子用餐。今天来的学生并不多，餐位起码空出三分之二。大约出于对权威和师长的敬畏，他们都坐在远离教师餐桌的那一端。这一格局跟克莱尔学院很相似。按规矩，教师如果带客人来，就在学生位靠教师餐桌的一端就餐，饮食还是教师的饮食，所享受的服务还是教师应该享受的服务。

学生饭菜如何不得而知，但教师午餐异常丰富，除了没有酒，正餐所有食品和饮料就种类而言是应有尽有，主菜在吞那鱼和一种叫"红龙"的肉馅饼中选择，此外还有起码三种鱼（其中两种带薰鱼味）、五种芝士，当然少不了蔬菜、沙拉、面包。餐后甜品可选择酸奶或糕点。程序跟正餐或正式午餐相似,饮料、主菜、副菜、餐后甜点。有男女侍者服务,其中一个年龄偏大的男性不太礼貌,收餐具时动作过分迅速,头也偏向另一边,与我们根本没有眼神接触。但一个年轻男侍者却很礼貌、友好。这应是一种正式的午餐,但餐厅气氛显得并不那么正式,教师和学生说话声音都很热烈。德文说,对教师来说午餐是免费的(与国内大学相比,伊曼纽尔学院福利太好了);说食物太丰盛,不敢常来,以免长胖。

她还说,这里晚餐更丰盛,也更为繁琐,除了比午餐质量更好、分量更大的主菜、副菜、餐后甜点以外,还有好几种酒,吃甜点还得到一个专门的房间,整个过程竟然耗时两小时!所以她很少来。当然少不了餐前祈祷这一道重要程序。不过与国王学院相比,伊曼纽尔是小巫见大巫。国王学院的餐前祈祷词并非用拉丁语念出,而是由一个站在室内墙台(balcony)的唱诗班演唱。作为在北美长大的人,她对这一切规矩或者"传统"有点不以为然,说自己在这里只是一个"旁观者"。言下之意,她被英国"主流"圈子排斥在外。

德文在加拿大渥太华地区出生长大。在斯坦福大学读的博士学位,去年九月拿到剑桥大学伊曼纽尔学院终生教职前,在纽约哥伦比亚大学做过博士后,或有过该校临时教职,一年前在剑桥大学纽南学院(Newnham College)也有过非终生教职,目前在该学院还有教学任务。她上大学时便对国际关系感兴趣,毕业后多次去非洲,也在联合国驻意大利、法国的机构工作过。她不喜欢机构里的官僚程序,说年轻人在里面没有发言权,得事事服从资深人士或上级的意见,所以最后选择了学术道路。毕竟学术界自由度大得多,你在学术上若不同意资深人士的意见,可以当面表达,并不犯忌。她说,中国驻南非大使馆邀请她去中国讲学,但这边的教学和其他活动安排得满满当当的,所以无法承应。还说早在九十年代中期,便有中国石油公司在苏丹了;中国在非洲很活跃,参加了联合国在一些国家的维和行动。

我说,这在中国并不是新闻;中国还向加勒比海地区和东南亚派有维和部队。但作为大国,中国目前对世界所做的贡献还不够,跟它的人口、经济和军队规模不成比例。今后几十年来,这种情况会有所改变,中国将比现在更积极地参与世界经济建设和维和行动。这是必然的。因为中国对全球经济参与的程度越来越深,中国经济所需要的原材料供应地和市场已经遍布全球,中国国家利益也因之扩展到全球。

德文又说,一些非洲国家最高领导人在巴黎、苏黎世、伦敦等地拥有私人住宅,一年中很大一部分时间住在欧洲享受安逸,人民却生活在艰苦的环境中;还说,去一些非洲国家时,"签证费"被边境士兵收到自己腰包了,根本到不了政府手中。我接着她的话头说,非洲国家的根本问题不是民主或不民主,而是国家建设。没有国家,没有起码的国家意识,一切都免谈。没有国家,吃饭穿衣的基本生存权都难保障,人权何从谈起?德文大体上同意我的看法,说民主的精髓在于参与;欧美式民主的确不大适合目前非洲的情况。

她说非洲食物普遍不好,往往早餐吃香蕉,中餐吃香蕉,晚餐还是吃香蕉,或煮或炸或蒸的香蕉。她说那里肉类种类少,质量差。还说中国菜很好,可以"一辈子只吃中国菜"。我说中国菜的确是一流,但如果有机会也愿意冒冒险,体验一下其他民族的饮食。

6月12日星期二

与美国学者赌台湾未来

下午3点邀东亚系研究中日关系的顾若鹏去Sidgewick Site唯一的咖啡厅(十分简陋)聊天。

他四十二三岁,普林斯顿大学博士,去过日本多次,1996年在中国呆过,去年十月才拿到剑桥的位置。他超健谈,语速超快,日语讲得很好,也能讲一些汉语,对中国情况非常熟悉,处处显出机灵。从他组织了一系列有关中、日、韩三国的研讨会,不难看出他人刚到这里,也并没有什么头衔,便很快进入"状态",超级活跃,这在中国是很难想象的。

从他那里又获得了剑桥大学建制的新信息。他说各学院都是私立的,而大学却是公立的。就是说,各学院都有自己的老底子或其他经费渠道,基本上不靠国家,而大学的办学经费却来自国家。这是先前遇到的所有讲学院与大学关系的人们讲得不太明白的一点。还说最近在阅卷,每份卷子由两个老师改,经讨论得出一个中间成绩,因此相对客观。如果学生对成绩有异议,可向有关部门反映。我说这种评卷方式对学生更公平,教学质量也可能更有保证,但教师工作量太大。他说中国和美国都是一个老师给成绩,开支小,办学效率高;相比之下剑桥的做法使每个学院(也许几个王牌学院除外)都财政拮据,入不敷出。

务实话题到此为止,转为务虚。

"作为美国人,你对朝鲜战争有什么看法?"我问。

"朝鲜战争是冷战的开始,"他说,"其结果对中美双方都是可悲的。直到1948年,中美关系都非常好,可是一两年后情况急转直下,共产主义在中国取得胜利,然后又爆发了朝鲜战争,中美成为敌人。就此而言,美国是输家。"

听起来又像是美国"失去了中国"的老调,但他接着又说,"中国也是输家。朝鲜战争的直接后果是美日关系巩固了,美台关系也巩固了,日本经济迅速恢复、起飞,中国大陆却遭到几十年的国际孤立。其实,朝鲜战争爆发之前,中苏关系已很微妙。由于地缘政治的关系,中苏并非真正的'同志',所以毛泽东曾试着跟美国套一套近乎。战争爆发之前,毛泽东曾向杜鲁门发过一封示好的电报,但杜鲁门出于势不两立的意识形态立场,没有回应。"

"确有其事?"

"千真万确。"

实际上,朝鲜从1945年日本战败起分裂为南北两个国家,是大国角力的结果。作为二战东亚战场的战胜国,美苏把南北朝鲜看作各自的势力范围。不料金日成在中国共产党取得全国政权的情况下,一时头脑发热,贸然发动了"解放"战争,入侵南朝鲜。这样一来,大国间平衡被打破,于是有美国撺掇联合国出兵,干涉朝鲜战局。

顾若鹏承认,中国在北朝鲜入侵南朝鲜以前,曾竭力阻止过。但他仍然认为,中国出兵与美国为首的联合国军队对抗,是"可悲"的。但他也认为,中国学术界目前对朝鲜战争的看法已不像从前那样,总是把责任推给美国,而是认识到北朝鲜也负有责任。毕竟当年是北朝鲜不顾中国劝告而入侵南朝鲜,引发了朝鲜战争。

"你们研究中朝关系的西方人知不知道在清代、明代甚至更早的时代,朝鲜与中国是一种什么样的关系?"我问。

"朝鲜在1895年便是日本殖民地,"他说,"一直由日本占领着,到1945年已有五十年,所以它早已不在中国影响的范围之内了。"

他居然有这种看法,真让人大跌眼镜。

"你真的认为这五十年如此深刻地改变了朝鲜半岛人们的文化心理,以至于他们认为在历史、文化和地缘政治方面与中国已不再有任何联系?"

"我们美国人不像你们这么看历史。我们并不看得这么深,这么远。"

看来某些美国学者心目中的"文明"、"历史"概念与中国人大不相同。顾若鹏今天老是提到中国共产主义,对共产主义之前几千年的历史文化视若无睹,对东亚地缘政治的历史根源置若罔闻。

朝鲜战争话题就此打住。

顾若鹏对他九十年代在中国的经历仍感到不愉快,说沈阳是一个"腐败"的地方。我很吃惊,问他何故?他说到档案馆查日本人留下的资料,居然收费一千美元!一个穷学者哪有这么多钱!他也到过成都、重庆查阅抗战时期档案,这两个地方给他的印象较好,但最终还是到台湾以后,才弄齐了所有材料。我说那是九十年代中期的事情,现在中国已大变。他承认这一点。

接着我们谈起了台海局势。他很悲观,说永远不会统一。我不同意他的看法。

"咱们今天打赌,三十年后中国将最后统一,台湾已回归大陆。"

"你说三十年后我们回到今天的地方,看结果如何?"他问。

"是的。你想赌什么?"我步步紧逼。

"One dollar? 赌人民币,还是美元?"他有点胆怯地问。

"当然是美元。但不是赌一百美元,而赌一千美元。"

"可是二十年后一百美元只相当于现在五美元了。你为什么这么乐观?"

"台湾和大陆的整合并没有因'台独'而中止。两岸文化相同,共享中国文化;语言更不用说了,地理上紧挨在一起。现如今,台湾越来越离不开大陆,越来越多的台湾人到大陆来工作,大陆给他们提供了大量机会,再加大陆本身也在变,所以统一是迟早的事,也符合区域整合的世界趋势。"

但他并不承认文化对于一个国家的重要性。

"'中国文化'这个概念并不成立,因为中国早就西化了。"

"我承认当代中国已接受了很多西方制度和文化要素,但中国还是中国,中国人还是中国人。中国不是中国,是什么国家?中国人不是中国人,是什么人?'中国文化'后面是深厚的地缘、历史、文化背景。我的《地缘文明》就是从地缘角度讲中国文化的。"

他对我的书很感兴趣,表示"不好意思"向我要一本,因为中国收入低,但想"买"一本。我说虽然只带了一两本来,但仍愿意送给他一本。

6月13日星期三

东方著作出版难

下午到顾若鹏办公室,把一本《地缘文明》给了他。

见是很厚的一本书,他首先找到"后记"翻了翻,然后又看目录,与国内学者见到新书的反应一模一样。他问是否已有书评,像《纽约书评》上那样的文章?他似乎非常习惯于通过书评来了解一本书的内容。我说,正式的书评杂志在中国还不存在,但网上能找到一些评论。又说,不幸的是,书评制度在中国很不健全,尚没有一个公认的权威杂志;《中华读书报》每周虽有两版书评,但因追求发行量,所评之书多为大路货,不能准确反映中国学术界和思想界的最新动向和研究水平。他问没有好书评,如何了解最新学术成果?我说,我个人的解决办法是定期去书店买书,看书名、目录、前言、绪论、后记,再仔细读一两页,就知道该书大概讲的什么;当然,网上也能搜索到新书信息。

"是否想将《地缘文明》翻译成英文出版?"他又问。

"有这样的意思。"

"这里翻译出版东方人写的书极难,除非有一大笔资助。出版商不愿冒风险出外国人写的学术著作。我想翻译出版好几种日语著作,都没有成。"

"翻译出版东方人的文学作品,似乎容易得多,"我说。

"的确更容易,但这也只是最近几年的事。退回去十年,连文学作品也无人问津。也许还要过一代人时间,才会有根本变化。"

最后他答应趁 7 月 5 日去日本以前,把《地缘文明》粗粗看一遍,以便能和我讨论。

6 月 14 日星期四

低调纪念福岛战争

这几天英国人正在纪念福克兰群岛战争二十五周年。但总的说来显得很低调,恐怕与英国卷入伊拉克战争不能自拔有关。尽管如此,有关方面仍把王室成员如威廉王子邀请到福岛实地考察,让当年力主对阿根廷开战的 Lady Thatcher(封了爵号的撒切尔夫人)发表纪念演讲。她声音虽已老朽不清,但内容仍很高调,说当年英国人用"勇气证明了自己"。但恰恰听到的两次相关广播节目只有几十秒时间,只算是提及纪念活动。电视上则根本没有看到任何纪念节目(至少黄金时间在几个 BBC 频道上没看到)。这可能与各电视台的自由主义倾向有关。但各媒体也不会走这么远,即,明确反对这场后殖民时代英国进行的海外战争。

6 月 15 日星期五

牛津印象

中午 12 点半左右到达牛津,在这里读硕士的侄女阮元按约来到 Gloucester Green 汽车站接我。

牛津市中心人流量很大,与剑桥相当,但建筑明显比剑桥老旧。许多老房子外墙明显未能适当保养,看上去黑乎乎的,给人不愉快的感觉。好几个牛津学院的房子同样如此。元元认为,这里房子之所以比剑桥房子老旧,是因为本来就比剑桥房子更古老。

但所谓"牛津大学"明显比剑桥大学小,往往一个学院紧挨另一个学院,绝大部分学院间距离在步行范围以内,稍远一点的抹大那学院离市中心的谢尔顿尼亚剧院也只七八分钟步行距离。

1点钟不到,我们来到位于市中心的贝利欧尔学院(Balliol College)吃午饭。这个学院的院厅(Hall)比剑桥一般学院的院厅大,学生餐位也比一般剑桥学院多,但保养得不是太好,有点嫌旧,更糟糕的是,有一股明显的异味,但这里的伙食比剑桥塞尔文学院好一点。院厅为长方形,厅顶或天花板为拱形,离地板高达十来米。厨房方向离地三米左右的墙上有一个七八米长的厅内阳台,是举行仪式时唱诗班所在的位置。厅里三墙面赫然挂着十几幅历任院长(Master)的大幅肖像。及至此刻,终于弄明白为何牛津大学出身的小说家C·P·斯诺(科学家、小说家)会写出名为《院长》的讽刺小说来。既然一当上院长便能将把自己的肖像秀到院厅墙上永垂不朽,让一届又一届精英学生瞻仰,那么为了当院长、为了如此"不朽"而明争暗斗、勾心斗角,便理所当然了。

饭后,我们步行来到基布尔学院(Keble College),办好入住宿手续,放好东西,然后去Bodleion图书馆和附近的Borders书店。

下午4点来到著名的阿什莫利博物馆(Ashmolean Museum)。该馆比剑桥的菲茨威廉博物馆略小,但展品却更有特色。所藏古希腊雕像乍看上去很完整,但仔细打量,便不难发现大多为复原品。博物馆方面没有隐瞒这一点,反而对之进行了利用,即鼓励参观者自己去找出一座雕像有多少部位是复原,以及哪些部位是复原。由于原作所用材料与复原部位的材料并非一致,有可辨认的接口处,只要愿意花时间,一个雕像多达二十处的复原是不难发现的。这里的古希腊陶瓶全都藏在精致的玻璃柜里,状态极佳。其中有两三件看上去像是最近几十年的新作品,而且不是复原品。值得赞扬的是,博物馆方面根据瓶上图案,将陶瓶按"日常生活"、"神话"和"战争"等主题分类、分柜展出。甚至有一个"会饮"

(symposium)专柜。运用一下想象力,便不难在这些陶瓶上体验到当年苏格拉底、柏拉图和亚西比得之流如何一起饮酒作乐,谈天说地。

但给人印象最深的还是几大房间的埃及展品。阿什莫利博物馆的木乃伊并不多,只有几具,根本无法与不列颠博物馆相比,但这里按主题展示的埃及人日常生活用品却远比不列颠博物馆丰富(至少就九十年代中期以前的不列颠博物馆而言如此)。与同馆的希腊展品一样,这些展品也按不同主题分柜展出,如日用器皿、布匹、印章、护身符等,但比希腊展品丰富得多,很方便令人对古代世界的认知。相比之下,纽约大都会博物馆虽也有不少埃及展品,但其分类似乎比不上这里。也有不少绘画和大型石雕作品。

6月16日星期六

令人失望的"巴赫合唱团"

晚7点20分,按十几天以前制定的计划来到市中心谢尔顿尼亚剧院(Sheldonian Theatre)听音乐会。门票三十六英镑(约合人民币五百五十元)。这是合唱音乐会,由牛津市有名的"巴赫合唱团"担纲演出,曲目为阿根廷作曲家拉米莱兹(Ariel Ramirez)、英国作曲家威廉斯(Vaughan Williams)、斯坦福(Charles Villiers Stanford)和兰伯特(Constant Lambert)的声乐作品组成。

除了拉米莱兹的歌曲比较有激情、打动人以外,几个英国作曲家的作品实在让人提不起兴致,尤其是这几个人中名气最大的威廉斯的那五首"神秘歌曲"(Mystical Songs)。简直不像音乐。这可能与作品的质量有关,更应该与演出水平有关。今晚的演出主体巴赫合唱团,是一百八十人的大型合唱团,但演唱水平却并不比国内业余水平高。有时,他们几乎是在用本嗓吼叫,让人有点弄不清那究竟是乐音,还是噪声。除了这个合唱团,还有两个儿童合唱团参加演出。同样的,这些中小学生也没能得到合格的训练,所发之声与剑桥、牛津主要学院的唱诗班或合唱团的纯正童声有天壤之别。

我们最后意识到,今晚的音乐会可能是一种社区活动。但从材料上看,巴赫合唱团又很像是一家公司,目前正在广招团员。从招员广告来看,似乎不必通过严格的试唱便能进入。你如果举办婚礼、生日、周年纪念,或还有其他什么需要,合唱团居然还可以将自己"出租"给你!从今晚五镑、十镑、二十六镑、三十七镑的高票价来看,"出租"费一定不菲。合唱团还拥有多个电话号码、多个电邮地址和一个网址。可以说,"巴赫合唱团"品牌已然形成。事实上,只要希望宣传自己的公司愿意付钱,就能以赞助商的名义把公司名与"巴赫合唱团"之名长期捆绑在一起。此外,巴赫合唱团还利用节目单为客户大做广告,整页广告九十五镑、半页广告六十镑,税金另付!这显然是一个善于经营的合唱团。

早就盘算在牛津时一定得听一场音乐会,一直得意于这个计划,现在却很失望。

6月16日星期六

牛津自然历史博物馆

上午11点在基布尔学院的院厅吃早午饭。院厅格局与贝利欧尔学院相似,只是院长们的肖像更大、更多,厅顶墙和天花板保养得更好,厅内布置也更好。

饭后去参观牛津大学自然历史博物馆(Museum of Natural History)。该馆就在基布尔学院斜对面,分上下两层,占地面积虽然不大,但展品十分丰富,展品陈放非常合理,强过我所看到的所有大学博物馆,包括哈佛大学自然历史博物馆在内。

比如说围绕主展厅的两面墙壁展出了大量古生物化石。展示方法是,以展品配以各国文字(除了各主要欧洲文字,还有中、日、韩三国文字)来介绍地球生命的历程。地球诞生后最初几亿年没有生命,大约四十亿年以前生命诞生了,然后是各个"纪",如寒武纪、侏罗纪、二叠纪、三叠纪等,或者"世",如上新世、中新世、更新世、全新世。第三面墙展示的是从无脊椎动物到有脊椎动物的生命进化。每个"纪"、"世"、无脊椎动物和有脊椎动物部分的文字介绍下面,都配有大量相应的化石或图片,所以观看这些展品等于上了一堂实物的古生物学概论,这是只读教科书不可能有的效果。为了使认知能力有限的人类更好把握古生物进化的宏大进程,展品说明把地球生命史压缩为一年,现在是12月31日,人类文明史只是一年中最后一日的最后几分钟,人类个体生命的跨度更仅占1.5秒。

展厅中央是许多大型古动物骨骼的化石展品或石膏仿制品,还有大量鱼类、鸟类、昆虫和哺乳动物的标本。见到了一种先前从未见过的十分人性的做法:鼓励小孩用手轻轻触摸动物或化石标本。这样不仅方便了认知,也拉近了人类与古生物的距离。

不过,给我们留下最深印象的并不是那些巨大怪异的远古动物的骨骼,而是一种仍活着的动物:日本巨蟹。这种蟹若展开蟹足,直径可达两米;蟹腿直径可达到三至四厘米,长度可达一米,所以光是一只蟹腿里的肉就足够一个人吃一顿了。这种巨蟹生活在日本周围海底约三百米处的深度,以吃海底腐烂动植物尸体为生。日本渔民中的传说认为,巨蟹专吃遇难海员的尸体,但这并不妨碍他们以巨蟹为美味佳肴。

接下来,我们看了大门开在自然历史博物馆之内的另一个博物馆——皮特·里弗斯博物馆(Pitt Rivers Museum)。这个馆有较强的认知价值,但观赏价值却很成问题,主要原因在于展品实在是太多,密密麻麻挤在玻璃柜里,有一种局促感,甚至有压迫感,想赶紧逃走。与自然历史博物馆一样,这里所有展品都按主题分柜展出,把人类物质文明的发展演化用实物形式展示出来。比如有专柜展出各种 head-rest(或可译为"枕架",因为那很可能只是一个木头支架)、钱币或充当钱币的物质(西藏茶砖便有这种功能)、刀、锯、锉、钻、衣物、药品等等。馆中央有一组专柜展示人类传播工具的发展情形,有前现代各民族的书写工具、书写材料和各种用于传递信息的物件(遗憾的是,此馆并没有也不可能展示古代中国如何用烽火、狼烟传递信息)。另一组有趣的展品是从古到今的舰船模型。创意很不错,但有一个很大的缺陷,即展品覆盖范围严重不足。比方说,欧洲虽有近代以来的舰船模型,但希腊罗马时代著名的三层桨船(trireme)既无模型,也无文字介绍。同样,中国有各种舢板船模型,甚至有装有六门大火炮的"军舰"(年代应为明末清初)模型,但巨大复杂的郑和宝船("下西洋"所用的主力舰只)却既不见模型,也不见哪怕一行字的介绍。

下午元元带我参观了基督教会学院(Christ Church College)和抹大那学院(Magdalene College)。两者都是王牌学院,都有不止一个院子,而有两个以上院子,再加其他地皮,占地面积之巨大,均超过剑桥任何一所学院,包括国王学院在内。基督教会学院的院厅为游者必到之地。该厅比一般院厅略大,厅墙、天花板和几十幅无可逃避的院长肖像状态都非常好,餐桌上餐巾的布置和桌上灯具显得十分豪华,明显好过所见过的其他院厅,凡此种种说明基督教会学院是多么财大气粗。

6 至 7 点,我们参加了基督教会学院大教堂的晚歌圣事(Eve Songs)。该教堂内部状态非常好,也比见过的任何大学教堂更显豪华,但唱诗班的水平明显不如剑桥大学国王学院。

6 月 17 日星期日

拉什迪封爵

晚上听到一则消息,巴基斯坦议会一致通过了一项决议,强烈谴责英国政府封萨尔曼·拉什迪为爵士(小说家、诺贝尔奖得主V·S·奈保尔1990年封爵,哲学型小说家艾丽丝·默多克1993年封爵),说这种做法将鼓励人们对穆罕默德不敬,对伊斯兰教采取一种污辱、亵渎的态度;还说这种做法将进一步疏离西方国家和西方人与伊斯兰国家和穆斯林的关系,加深宗教间的紧张、对立关系,甚至加深文明间的冲突。我不知道英国政府这么做的思路或理由是什么。到网上查询了一下,没发现政府方面的申辩。

6月18日星期一

黄种人入侵剑桥

下午在英语系公共活动室遇到长春师范大学陈晓军,她向我借剑桥大学身份卡,说长春市高教厅两位男士明天来剑桥,要参观一些学院,没有卡,就得买门票。只可惜明天一个同事也从贝尔法斯特来剑桥,我得陪她,卡是没法借了。顺便说到剑桥是个热地儿,街头随处可见国内考察团模样的旅游者。巧立"考察"、"调研"、"谈判"之名目公费出国旅游,是一种腐败,在国内并非秘密。官员们占有了太多社会资源。

但抛开社会财富分配不公暂不谈,国人出行国外的人数明显增加,终究说明国力上升了。更有意思的是,现在剑桥街头的餐馆、酒吧里随时都能见到黄种人,其中中国人不在少数。傍晚六七点在康河畔大学中心(University Centre)食堂用餐的,一大半是黄种人,说剑桥发生了黄种人"入侵"并不过分。这在八九十年代是不可想象的。那时东亚货币对西方货币比值很低,不说去餐馆用餐,就是去学校食堂吃饭,也嫌太贵。现在东亚货币对西方货币比值高得多,东亚各国人均收入也高得多,所以在食堂里有这么多黄种人。再过二三十年,大学中心的黄种人肯定更比现在多。

6月19日星期二

英国人知错认错

早上听 BBC 第四电台讲香港回归十年后的变迁。这个节目采访了撒切尔夫人、一个香港长大现在北京和香港工作的英国人,以及另外两个英国人。

撒切尔用她那老态龙钟的声音说,十年前我们所有的担心现在看来都是多余的。当时我们以为英国的制度在香港不能延续下去,很担心中国一接管香港,繁荣的香港便会立即垮掉。所以,我们当时与中方谈判时,力求尽可能多地将英国制度或做法保留下来。现在看来,我们当时的担心是不必要的。邓小平提出了"一国两制"和"五十年不变"的设想,对于香港挺过 1997 年的金融风暴,对于它的稳定、繁荣和发展起到了关键性作用。邓小平真是个政治天才。现在香港不是变糟了,而是比十年前繁荣得多。

其他几个人谈到了香港在文化方面取得的显著进步。如果说"马照跑、舞照跳"的政策还算不上什么"文化",十年来香港政府在其他方面的所作所为的确提升了香港文化。比如说鼓励音乐和艺术的发展。现在,香港的音乐生活比十年前丰富得多,由于大量内地和国际音乐团体来港演出,香港居民的音乐水平已大有提高,甚至有不少香港青少年要以音乐为终生志业,这在十年前是不可想象的事。香港的音乐环境已得到显著改善,连朗朗也以香港为基地进一步发展。现如今,香港的艺术品收藏市场也比十年前繁荣得多,这固然与内地艺术品市场的兴起和繁荣有关,但可贵的是,香港人现在也有意识地收藏中国新一代艺术家的作品,这不仅有助于提升香港人的艺术生活水平,对于内地的艺术发展也有很大的促进作用。同样,在电影制作方面,十年前香港只生产打斗片,现在因有王家卫等一大批电影人与内地电影界密切合作,香港生产了不少艺术片,已告别了先前那看似不可救药的浅薄。

在很大程度上,撒切尔夫人和其他受访者的看法代表了当今英国的主流观点。英国人知错即认错,这种态度很好,很值得中国人学习。

该节目认为,香港人仍崇拜金钱;对香港政府斥巨资建迪斯尼乐园也不以为然。

6月20日星期三

夜半造访的女朋友们

几天前晚上12点左右,睡意蒙眬中只听见楼下有一男一女在说话,过了一会儿又有人用厕所。我睡眠不好,很容易惊醒,醒后又不容易入睡,于是打开房门出去瞧瞧。只见威廉的门开着,其他房门都关着,这才明白威廉的女朋友终于从荷兰来探亲了。

我和卡洛斯曾经从威廉口中套话,问他一个人在英国,很孤单的,想不想他的荷兰女朋友?我们了解到,他女朋友曾是他的同班同学;他到剑桥一家公司工作,女朋友则留在荷兰,在一家小学教书。既然她从未到过英国,再加威廉在这里,所以一定会来这里会威廉的。我们开威廉的玩笑,问他:你那张床窄小无比,只有70厘米宽,怎么够两人睡觉?他豪迈地回答:既然是女朋友,怎么睡都可以!我们穷追不舍地问:到底怎么睡?这时他有点尴尬,回答不了。我们替他回答:女朋友在上,你在下,叠在一起不就行了?

昨日凌晨两三点,楼下说话声又把我吵醒了。这次又是一男一女,不过男声低沉,不像是威廉,仔细听了听,可以肯定是约翰。前不久约翰告诉我,他有过十几个女朋友,但搬到这里时已单身了两三年。无论这话是真是假,最近他的单身状态已告结束,却是千真万确的事。三天前,我起床后像平时一样去楼下洗澡,发现浴室门紧闭,听得见里边有人,是一男一女,其中男声是约翰。由于浴室门紧闭,听不清那女的到底是谁。我起初猜想她可能是安娜,因为这位漂亮的女房友一搬进来,约翰便对她大献殷勤,明显超过对先前两位房友——希拉里和詹妮弗——的态度。但回到楼上,我又看到安娜梳妆整齐,身着笔挺的工作装,正要去上班,这才明白约翰昨晚实实在在地有了个女朋友。

由于女朋友们都是深夜来访,第二天9点左右我起床以后,她们要么已离去,要么仍关在男朋友房间里,所以还没有机会一睹芳容。

今晚12点回到住处,只见厅里除了安娜,还有一位年轻漂亮的女士。卡洛斯主动向我介绍,说她是他的"朋友"。又是一位深夜造访的女朋友!我问她是不是像卡洛斯一样,也是葡萄牙人?她说不仅是,而且与卡洛斯来自同一个城市!我心里想,卡洛斯辛辛苦苦了一年,终于考试结束,且门门成绩都得A,现在是该好好放松一下了。当然啦,约翰和威廉所起的榜样作用也是不可低估的。我禁不住好奇地问卡洛斯:她是不是你的女朋友?他连忙否认,说她不是"女朋友",只是一个"朋友"。

看来,这里夜半造访的女朋友不像我想象的那么多。可是,凌晨两三点我又听见隔壁小房间一男一女在说话。这不是做梦,是千真万确的事实。他们是二三十岁的青年男女,却能如此"坐怀不乱"。这事若发生在中国,会被视为蹊跷,居委会老太太们不知道会有多么激动,会多么绘声绘色地演绎出一个精彩的故事,这故事又会多么跌宕起伏。

6月21日星期四

"激情自然"

下午2点,英语系和CRASSH联合组织的"激情自然"(Passionate Natures)学术会议在英语系大楼一楼106室开始。没有国内会议必不可少的开幕式,组织者宣布有关事宜只花了十五分钟。来了近一百人,但房间是将两间小教室拼成的一间大教室(将它们之间的活动墙壁搬走),没有演讲厅应有的坡度,所以视觉和听觉效果都不好。再加讲演者不使用麦克风,所以坐在后排的人多次表示听不清楚。尽管发言者提高了嗓门,但效果仍不理想。

六个演讲者的发言内容多属于国内也见得到的"生态文学"、"生态诗学"和"生态哲学"一类的东西,几乎可以说是老生常谈了。但从会议材料来看,演讲者的背景与国内一般学术会议有很大不同。六个人虽然多为大学教授,但有过作家、诗人或媒体人背景者不在少数;纯粹只在人文学术界工作的只有一人;普莱蒂(Jules Pretty)是南塞克斯大学生物科学教授,如果在国内,很可能便得不到这种人文学术会议的邀请做主题发言,尽管其背景完全是相关的。

各发言人提到中国的频率很高。其中一人说1954年,英国一议会代表团应邀来北京参加中华人民共和国建国五周年庆祝活动。代表团中有著名画家斯坦利·斯宾塞(Stanley Spencer),他出生在泰晤士河畔的村庄库克姆(Cookham)。该村在第一次世界大战前有点与世隔绝,十分"有机",十分"自然",像世外桃源,用斯宾塞的话说,是一个"天堂里的村子"(现在未必如此了,尽管那里有斯坦利·斯宾塞画廊)。学生时代的画家对库克姆极其着迷,嘴上老是挂着库克姆,以至于得了个绰号叫"库克姆"。成年后,斯宾塞对库克姆激情不减,画了不少以之为题材并带有"库克姆"之名的画。周恩来说,你们来中国,就可以好好了解中国了(那时中英尚未建立大使级外交关系,但英国在西方国家中率先在中国建立了代办处,相当于承认了中国);斯宾塞老兄却不知高低深浅地说,我们来中国,你们也能好好了解我的库克姆。与会者都笑了。这里有一点小小幽默。由于音响效果不好,又坐在后排,再加知识背景不够,我们当时没有听明白,是会后请人解释之后才弄清楚的。

6月22日星期五

宴会:形式大于内容

晚上,参加会议的学者们在圣凯瑟琳学院(St. Catherine College)共进晚餐。这其实是大多数学术会议的一道必要程序:会议宴会。但若要赴宴,得付三十镑餐费,这即便对英国人来说也是不小的一笔钱,所以大部分人没有来。

开胃汤又酸又稠,主要原料是西红柿。主菜是一块烤肉,副菜是煮花菜、胡萝卜和豆角等。餐后甜点还不算腻,主要原料为紫莓。酒有两种,一红一白。每道菜名和酒名都印在一张小纸卡上。进餐者名字印在另一张小纸卡上,放在固定的位置。仔细看了看,未发现有"尊位"和"末位"的区别。这很好,值得学习。"宴会"应有的程序今天全有。但菜和酒质量太差,不值三十镑。我以为,今晚宴会形式大于内容。事实上,不仅正式宴会,就是一般家宴,也是吃什么不要紧,味道更不值一提,但程序极严格:餐前酒、开胃菜、主菜(通常有烤牛肉、面包、煮花菜、煮萝卜、烤土豆什么的,盐和胡椒粉需自己撒)、主菜酒、餐后点心、餐后饮料(咖啡或茶)等一个节目接一个节目,毫不含糊,不容乱套。

BBC电台的蒂姆·迪(Tim Dee)坐在斜对面。了解到他是第三第四台的制作人,我很高兴,说我每天至少听这两小时第三、第四台。他说有人听电台,他很高兴。现如今,他们电台人最大的担忧,是听众流失。因越来越多的人只看电视、上网获取信息,"收音机文化"正在消失。不过,在英国六千万人口中,仍然有三百万人坚持听第四台,仍有四百万人坚持听第三台。这已非常不错了。我说我对BBC电台不打广告,又能系统地推出高质量的知识分子节目由衷地感到高兴。问不打广告,怎么维持?他说靠政府所收的收视费。不过,收视费主要归BBC电视台,电台在整个BBC预算中只占很小、很小一部分。

巴斯温泉大学(Bath Spa University)的凯里奇(Richard Kerridge)教授坐在我旁边。他是剑桥大学毕业生,在温泉大学教英国文学和创作。他说,他的创作班里有一个日本女生,其英语极佳,已发表了好几篇英语短篇小说。我说由于日语元音太过简单,再加语法与英语语法相差太大,日本人在东亚各国人们中学英语是最困难的。他说,知道了这点,就更珍惜她的英语水平了。

坐在我正对面的是耶稣学院的科学史和科学哲学研究员海伦·麦当劳(Helen MacDonald)。问她,"研究员"(Research Fellow)是否不教课,她说几乎不教,但这正合其意。说这是一种博士后位置。问她具体研究什么?说研究观鸟史。观鸟主要是英美现象,兴起于二十世纪初。她很怕冷落了我,与其他人讲话时,视线不停地扫到我这边。我理解她的好意,但其实没有太大必要。因文化、经历大不相同,今晚我必然是异类。

晚餐结束会,去到几米远处的玛丽·雅各布斯那里聊了几句。我说,要是加上关于中国山水诗的发言,会议就会更加圆满。她说的确如此,但只有等下一次开会再说了。她女儿弗朗西丝(Frances Jacobus-Parker)坐在她对面,是学艺术史的。玛丽·雅各布斯说她是一个"青年学者"。我问弗朗西丝,研究艺术史哪个方面,她很腼腆,有点尴尬地说,研究"当代艺术"。然后又说,传统艺术史的做法太保守,太注重技巧,不合她的口味。稍后了解到她在美国纽约上州的旖色加(Ithaca,康奈尔大学所在的小镇,是美国自由主义者、左派的传统基地,现在仍然是自由主义左派、"进步派"的大本营)出生长大,她妈妈在康奈尔大学任教多年,她爸爸仍然在那里任教。问她,来剑桥有多久了?她说刚好一年,她妈妈说她刚以"优秀"(distinction)成绩拿到了艺术史硕士学位。

6月22日星期五

学者转战酒吧

晚餐后,一大群参会者来到圣凯瑟琳学院附近的山鹰酒吧(Eagle)。

在这里认识了英语系的罗伯特·麦克法伦(Robert MacFarlane)。他是会议组织方的主脑,可以说整个"激情自然"会议是他承办的。他的研究兴趣是山。人非常机灵,记忆力极好,也善于社交,刚刚介绍完毕,便称呼我"炜"了(我的房友几乎都是两周以后才记住我的名字的)。我们谈中国和西方诗歌传统中的自然。我说《荷马史诗》里尽是战争、杀人和争吵的场面,当然也少不了天界的神干预凡间人类的故事;几乎与之同时成书的中国《诗经》却很少讲战争,倒是大量提到山、水、树、林,以及各种动植物。有人统计过,《诗经》中出现过的植物多达二百种。由此可以看出中国人和西方人的心态从一开始便有明显的差异。我们还讲到口头文学,认为在口头文学传统中,讲者与作者没有截然分明的界线。麦克法伦的妻子是做汉学的,在东亚系教中国文学。夫妻俩秋季将去北京呆四个月。

10点半时,一伙人转场到国王学院里的一个大型学生酒吧,但几乎还没坐下来,又移师学院背后康河边。负责后勤的利奥拿来两瓶白葡萄酒,一群人站在岸边喝酒、聊天。我同一位剧作家侃了几句。她说所写剧本可能卖给电台、电视台,也可能卖给剧院。问,能否以写剧本为生?她说不行,所以也教书。但不是在大学教书,而是教孩子,教他们基本的创作意念和方法。同记者罗伯特很谈得起来。他着迷于可再生能源,对禅宗很感兴趣。他问禅宗的主旨是否在于节制?我说节制固然是其应有之意,但禅宗远不止这么一点,而是整整一套生活方式、生活态度,还有很强的神秘主义色彩。他问,"己所不欲,勿施于人"是不是禅宗的特点?我说这是普世价值,每种主要文化里边都有,决非只属于禅宗一家。

6月22日星期五

拌绿色先锋的国际忽悠

今天演讲人中竟然没有一个来自学术界。有舞蹈演员、公司总裁、环境活动家、诗人或作家,甚至有一个森林管理员。这样,学术活动便不是纸上谈兵,而与社会活动和市场运作挂起钩来。这不仅在中国是不可想象的,就是在三四年前的英国也是不可想象的。演讲人在环境方面的兴趣也很特殊。除了昨天一位特别喜欢猫头鹰之外(Richard Mabey),今天有人是专研究珊瑚礁的(Casper Henderson),一人专研究英国湖区(the Lake District)自然的蜕变的(Gareth Browning),一人周游了世界上一些仍然非常原始的地方,与当地人交谈,把自己的经历用激情澎湃的语言写成书出版(Jay Griffiths, *Wild: An Elemental Journey*, 2007)。

与会者但不演讲的人成分也复杂多样,有多个诗人、艺术家,其中一人不是自己作画或制作雕塑,而是将自己的设计用电脑表现出来,请人制作。英国是富裕社会,有各种支持艺术、文学创作的基金会。你如果喜欢艺术,不费太大力气便可申请到一笔资助,然后便可进驻某个艺术村,除了画画、娱乐、运动、休息,其他什么也不做。你如果喜欢文学,也可轻松搞到一笔资助,进驻某个创作村,除了写作、娱乐、运动、休息,其他什么也不做。如此这般,虽不可能批量生产"大师",却定然能大量培养有艺术和文学品味的个人。

环保活动家沃普尔(Ken Worpole)在演讲中引一位作家的话说,当今世界潮流是建设向乡间蔓延、低人口密度、有大量绿色空间的新型住宅区。与会者对这一说法反应热烈。毕竟大家都是对自然生态或野外环境有情感投入的人,演讲者的理念正符合他们的期待。可是在中国,这恐怕只是乌托邦。眼下中国的人地矛盾仍然非常尖锐,总的趋势是建设高人口密度的住宅区,而不是低密度住宅区。即便真的能建起来低密度住宅区来,也意味着大量人口不得不开车,环境承受的压力会大增。所以至少在目前中国,这并不是潮流。我把这个意思讲了出来,很有点扫大家的兴,尤其是扫演讲者的兴,但不能不讲真话。

但最受人关注的演讲人,还是奥雅纳工程咨询公司(ARUP)的总裁彼得·海德(Peter Head)。他以一盘光碟虚拟到场,与会者看片子并听他演讲,之后再跟与他同组发言的一位演讲者讨论,最后主持人麦克法伦煞有介事地对屏幕里的海德说:彼得,谢谢你了。

海德讲的是上海崇明岛的东滩,是当地政府与奥雅纳公司合作开发的全世界第一个"零排放"可持续生态城。这在国内闻所未闻,但在剑桥,东滩俨然已是一个明星城市、全世界的楷模了。中方已将总策划的任务交给了奥雅纳,据说目前计划已付诸实施,2009年将开通连接上海与东滩的铁路公路,2010年第一期住宅及市政工程完工并交付使用。

据海德讲，如果未来东滩市的人们只是周末住在那里，平时则坐车去上海上班，它就不是可持续生态城市了。只有不仅做到零碳排放，而且在当地创造了大量就业机会，东滩才是真正的可持续生态城市。如何做到零排放？如何做到可持续？他说，东滩将以风能、太阳能和农业燃料为基础生产自己的能源，出行将使用蓄电池车和氢燃料电池车，最大限度地达到碳中和，绿地面积将覆盖城市的三分之二，居民将食用郊区生产的绿色食品！

为此，海德多次使用"新范式"一词，意思是东滩给全世界垂范，地球上全新人类的生活方式便从这里开始！他给出了一组数据，说建设一般城市每八万人口会创造约一万二千个工作岗位，但建设东滩式的生态城市，便会创造约三万七千个工作岗位！

即便不是欺骗，这话也太过乐观了。即令计划如其所说已付诸实施，真正的考验并不在此，而在东滩这一极复杂的系统工程是否有市场可持续性。中国国情极复杂，未知因素太多，因而不仅要考虑这个零排放城市的市场竞争力，还要考虑宏观政治经济形势。无论计划成功与否，作为一个带有忽悠性质的咨询公司，奥雅纳已然取得了成功。

6月22日星期五

大学无需"申博"

休息时与里查德·凯里奇聊天，他说他所在的巴斯温泉大学有诸多专业招博士，英语创作也不例外。奇切斯特大学（Chichester University）大学的休·邓克利（Hugh Dunkerley）说他所在的大学也如此。他们如果要招博士，只需向学校提出申请即可，并不需要一级一级向上申报，过五关斩六将，使尽各种雅贿手段。这两个大学都是名不见经传的英国大学。看来，"博导"是独一无二的中国现象,相应的"博士点"以及"申博"等也是中国特色。他们两人还提到,就英语创作专业而言,巴斯温泉大学、东安格利亚大学和兰开斯特大学是英国最强的三所大学。牛津和剑桥大学由于太过保守(当然同牛津相比,剑桥相对来说更"进步"一些),根本没有开设这种专业。

问凯里奇,马尔科姆·布拉伯里(小说史家)1999年就去世了,东安格利亚大学创作专业的优势地位保持下来了吗?他说,他们的确利用布拉伯里的势头,把优势地位保持了下来。问是否见过布拉伯里?说见过几次。说他是英国第一个开设创作硕士课程的人。他第一次开创作课时,只有伊安·麦克尤恩一人选课。现如今,麦克尤恩已是数一数二的当代英国小说家了。他顺便对我说,布拉伯里的笑超级奇特,无法模仿。怎样一种笑?面颊歪向一边,牙关紧闭,声音从两个鼻孔里喷出来的笑。我们都禁不住大笑起来。

下午5点半,与会人员去伊曼纽尔学院参加会议酒会。期间,几位在2006年11月《半岛》(Archipelago)杂志上发表了诗歌或散文的学者向大家朗诵了他们的作品。这有推销杂志的意思。十镑一本。朗诵结束后,几十个人中有两三人掏钱买书。这已很不错了。

6月23日星期六

退耕还滩

上午十点从英语系与音乐系之间的停车场上车,同其他与会者去四十分钟车程以外的维肯滩地(Wicken Fen)生态游。

该滩地是英国对耕地进行大规模野化的示范。我们的确看到了英国其他地方极少见到的一种黑白相间羽毛的鹞,大片类似于中国芦苇但较为矮小的草,以及其他不常见的植物。这里本来是大片沼泽地,从十六世纪起,英国人在荷兰人的技术援助下拦海、排水,把滩地变成了粮田。但后果是人进自然退,原有平衡状态被打破,滩地异常丰富的植物和动物群落消失了,在欧洲与非洲之间迁徙的候鸟也不来此筑巢繁殖了。所以自1990年代末起,英国人开始对唯一存留下来的一点滩地加以保护,并开始从农户手中赎买农地,让海水淹浸这些土地,使之回归自然滩地。此即"野化"(wilding)或退耕还滩,与国内退耕还林、退耕还草、退牧还草的思路并无二致。管理处方面一位官员给我们进行了从宏观到微观的介绍,说目前情况十分乐观,几年后将有一片耕地被野化,换句话说,野化地将以维肯滩地为中心向周边大肆扩张。问他:赎买耕地需要大笔资金,政府没有能力参与此事,经费从何而来?他说:已获得多个基金会的多笔资助,这些基金会中又有不少是通过募捐或慈善事业筹得经费的。

6月24日星期日

剑桥人的中国缘

　　游维肯滩地时,还跟英语系首席教授玛丽·雅各布斯聊了几分钟。她告诉我,她先前在康乃尔大学,后到牛津,2000年以后才到剑桥的。看来她比英语系其他人视野更广,甚至与中国学者发展了较为密切的关系,不是没有原因的。她注意到会议期间中国学者与英国人交流太少,说英语系在帮助中国访问学者"融入"方面做得很不够;说英语系许多老师根本不知道,中国学者得到一个访学的机会有多么难!我说情况的确如此,顺便告诉她在剑桥期间,计划去牛津大学参加一个学术会议。她有点不以为然。听口气,她似乎在牛津呆过,太了解它了。我又说还要去美国罗德岛的罗杰·

威廉斯大学,她声调一下子搞高了很多,说那是好地方。她说清华大学曹莉在她手下读的博士,她去清华大学讲过学,而曹莉今年八月又将访学剑桥。还问我知不知道罗伯特·麦克法伦要去中国教书? 我说知道;剑桥大学英语系有与中国交流的传统。她说理查兹为第一人,燕卜逊为第二人,言下之意剑桥很有中国缘,现在轮到她(他)们了。其实剑桥还有李约瑟、蒲龄恩。他们同样有中国缘。

6 月 24 日星期日

大学教师的收入情况

奇切斯特大学的邓克利为人温和,跟他聊得特别好。顺便向他打听了英国大学老师收入情况。他说,他所在大学教授的收入比其他人高不了多少,年薪只有四万多镑,还不及伦敦的平均年薪(五万镑以上)。扣税、交养老保险后,剩下不到三万镑。虽然奇切斯特是小城市,但因紧靠伦敦和旅游城市布莱登,房价已炒得相当高,所以教授拿这么一点钱,实在有点寒酸。尽管如此,教授的教学工作量减免了很多,几乎没什么教学任务,大部分时间都可用来搞研究。即便这里教授职位并不实惠,也非常难拿到。全奇切斯大学,学生五千多,教授竟然只有五个。相比之下,国内一个学院,学生不到两千,教授可能超过二十人!

邓克利说,剑桥大学一般教授年薪约六万来镑,比其他大学的教授略高。但税后只四万来镑,在物价高昂的剑桥,只算小康。牛津、剑桥讲师们的收入与其他大学的讲师相比,更是没有什么区别。我说认识一个人,在美国念了硕士,后转到剑桥念博士,刚一拿到博士学位,便在伦敦股票交易所找到一份工作,做期货分析师,年收入有十三四万镑。

问邓克利,作为一个高级讲师,他教学工作量有多少? 他说每周授课八小时,再加四小时辅导,共计十二小时。问他,作业批改量大不大?他说他教创作课,平时每周花两个小时改作业,但学年末阅卷所花时间较多,几门课加起来,前后有一个月时间在不停地阅卷!

6月24日星期日

学院与大学的关系

同剑桥新厅(New Hall)学院的英语教师利奥·梅勒(Leo Mellor)也很聊得起来。他就是那个负责一部分后勤工作的利奥,大约有三十六七岁,口音不像中产阶级,而更像工人阶级。他乍看上去很像酒鬼。不修边幅,甚至可以说很邋遢,披了一件又破又脏的大衣,口袋处有厚厚一层油腻。这可能是在扮酷,也可能本来如此。我更倾向于后一种解释。他的专业兴趣是战争文学,确切地说,是不大为人注意的二战英国文学。在整个会议期间,他一直负责后勤,如果不是偶尔发一发言,你完全可能以为他只相当于国内大学后勤处的某个工作人员。今天,他与同来生态游的几个本科生混得很好,而其他学者、作家和艺术家们个个高高在上,不屑于跟他(她)们说话。利奥在剑桥读的本科,在南撒克斯大学读的硕士,然后又回到剑桥读博士,拿到博士学位的同时也拿到了剑桥的学院教职。

他说,他是"学院讲师"(college lecturer),麦克法伦之类的人则是"大学讲师"(university lecturer),教授之类的人物就更属于大学了。从他的口气上可以得出这一判断:如果你的工资由大学支付,便高于由学院支付。这就印证了古典学系教授保罗·卡特利奇的话,剑桥大学以大学为中心,牛津则刚刚相反。利奥在学院辅导了二十来个学生,同时也在英语系上带几个学生,但薪水主要由学院付。问他,所有学院都是私立、都不拿国家的钱这个说法是否成立？他说学院虽然是私立的,实际上却离不开国家资助,甚至国王、三一学院一类的大户也如此。他说,国王学院光是维修其著名的教堂(King's College Chapel,大约相当于国内的国家级保护建筑),每年就会得到国家一大笔钱;再说,各学院普遍实行一般大学根本不实行的辅导制,相当师生一对一教学,成本极高,国家不补贴补贴怎么可能？

问他,在剑桥读书时,听过雷蒙德·威廉斯的课没有？他说要是赶上了听他的课,那就太好了。很显然,他是威廉斯的追随者。我们认为,威廉斯至今影响仍然巨大,仍然堪称英国左翼知识分子的精神导师。我说,F·R·利维斯既不是保守分子,也不是左派,你怎么看他？他说的确难以归类。虽然他影响了剑桥英语系几代人,但他提出的"伟大传统"概念有很强的束缚性。我同意这个观点。如果仅仅以道德关怀为标准来评价作品的优劣,文学就没得发展了,因为文学的视野将被局限在一个狭窄的范围,无比丰富的可能性便将被扼杀。我说,剑桥作为一个相对保守的地方,当时能把威廉斯纳入学院体制之内,这本身是一个奇迹。他说,威廉斯能在体制内赢得如此巨大的影响,这本身也是一个奇迹。他顺便讲了一件佚事,说剑桥大学当局在威廉·燕卜逊房间里发现了一个避孕套,以有伤风化为由,将他开除了。正是因为被开除,他才有后来长期在中国活动的经历,也才有可能对英国文学研究界产生一定影响。

6月24日星期日

剑桥学生不凡的就业观

在去剑桥以东维肯滩地(Wicken Fen)生态游的路上,同一个叫名叫维其(Vicky)的本科生聊了十来分钟。

她个子在英国人中偏矮,在一家私立女子学校读的中学,现在刚刚大学毕业。她告诉我,读中学时同年级的九十个女孩中,来自中国香港和大陆的学生就有三十来个;所有学生中最后只有四人考上了剑桥大学,两个英国人,两个中国人,中国学生比例明显高过英国人。我问,是不是中国学生的数理化成绩要好过英国人?她说的确如此;但又说,她的中国同学不用了解英国历史和文化,一心一意读数理化,所以才学得那么好。看来,她并不认为中国学生不仅数理化的天赋较好,而且普遍比英国人刻苦。她还说,中国学生数学学得好,也与汉语有关,汉语很特殊,特别有利于学数学;英国学生之所以不如中国学生,是因为她们不懂汉语。我质疑她:为什么大数学家大多为西方人?她没有回应,而是继续说,她的中国同学中有些人艺术天分很好。我说她们的音乐天分也不错。她回答说,这与汉语声调有关,讲声调语言的人音乐一定好。我又质疑她:果真是这样?如果讲声调语言的人音乐一定好,为什么伟大的音乐家多为并非讲声调语言的欧洲人?对此,她又没有回应。

　　我问她,英国私立学校的教学质量是不是好过公立学校?她说"未必";一些公立学校考上名牌大学的比例明显高过大多数私立学校。问,既然如此,而且上公立学校又不交学费,岂不人人打破脑袋往里边挤?她回答说,如果公立学校质量好,家长会争相在学校附近买房,周围地价早就被炒了起来;也就是说,家长早已预先为孩子读个好学校交了一大笔钱,相当于为孩子买到了读好的私立学校的机会,买到了优质教育资源。又问,中国学生融入英国社会是不是很困难?她说,要看在哪个年龄段来英国,越小来英国,就越容易融入;当然,年龄偏大一点的也有成功的例子;不过总的说来,中国学生融入英国是困难的。

　　我以为,除了关于中国学生成绩好的解释不太符合事实以外,维基的话是可靠的。

又问她,有了剑桥大学学位,找一份好工作应该不是问题?她回答说,她马上要去印度孟买附近一个地区,研究那里的街头流浪儿。她还说,英国目前只将国民收入的百分之一用于援助贫穷国家,太吝啬了;美国只拿出了百分之零点二七,相比之下英国似乎做得还不错;但其他欧洲国家如德国、丹麦做得比英国好,用于援助穷国的经费比例比英国要大得多。我接着她的话头说,你可知道日本在这方面做得也不错?她未回答这个问题,而说现在世界上竟有一半的人口还在饿肚子!一百年以后历史学家看现在,会多么震惊!所以,政府应拿出更多的钱支援穷国。我说光你一人说没用;她回答说应当"努力争取"。看来发达国家名牌大学学生兴趣点与发展中国家大学生很不一样,就业观也大不一样。

6月24日星期日

年轻人被剥夺选举权

跟一个叫 Paul 的艺术家聊了一会。起初他像采访我似的一本正经问了许多有关中国的问题。比如说你是否觉得最近三十年中国发生了深刻的革命?再比如说你是否觉得中国在许多方面如艺术、建筑领域发生了现代与传统的断裂?当我告诉他在中国一拿到大学教职便有终身保障,所有大学教职都是终身职位,他非常惊讶,眼睛睁得溜圆。问收入中是否包括退休金?我说当然。中国大学是仍保留社会主义制度的一个领域,但也有严重问题,许多人不好好干活。他说,他知道伦敦泰晤士河畔一高档住宅区有不少香港人在那里买了房子;在英国只有极少数富人有能力买如此地段、如此档次的房子。他又说大学毕业三十年来,英国社会也发生了巨大变化,先前的阶级界线已不复存在；人们观念也发生了巨大变化，比从前更为民主，但阶级结构却一如既往，仍是穷的穷，富的富，只是新富代替了旧富。使他更难以接受的是，现在年轻人中已很少有人关心政治，在各种选举中，年轻人很少参与投票，他们不啻被剥夺了选举权（disfranchised）！一个半世纪以来英国的总趋势是，选举权范围越来越大，民主化程度越来越高，可是当今英国正经历着刚刚相反的过程！

6月24日星期日

英国人看回归后的香港

晚上听到BBC一个关于香港回归十周年的节目。主持人说，今天香港虽然比十年前拥挤，白人比从前少了，讲普通话的人比从前多了，但活力、创造力和革新精神却一如既往。节目采访了许多香港人，BBC大概要向普通英国人客观展示一下港人的感受。

一个被采访的明代家具收藏者说，十年前一提起回归便害怕，就发抖，现在完全没有这种感觉了。

一个十年前在港英政府军队服过役的人说，回归前最怕的就是解放军一进驻，便对港人耍威风，吓唬他们，欺负他们；现在看来，这种恐惧完全没有必要。他还说，他原来以为解放军一来，他就永久性地失业了，哪知道回归两星期以后，香港科技大学便给了他一份工作，薪水和头衔跟从前相当。

一位企业家说，十年来香港历经坎坷，首先是金融危机，经济衰退，房价爆跌；然后是9·11事件影响波及香港，经济进一步下滑；再后来又是闹非典，本已疲弱的香港经济更是雪上加霜。可是香港都挺过来了，经济不但没有跨，反而越走越强。

主要原因在于内地（尤其是珠三角地区）经济发展迅猛，香港经济与内地发生了前所未有的密切互动。而回归前，香港只是内地与国际经济之间的桥梁，不可能有太大的作为。

一个房地产商人认为，香港作为中国的国际金融中心，其地位是不可撼动的。虽然不少人认为上海会后来居上，取代香港，但这在短期内是绝对不可能的。事实上，香港是亚洲的金融中心，上海只是中国的金融中心，两者之间有相当大的差距。

一个古董商人说，回归前香港人已经习惯了英国人的统治，尤其是港英政府的公务员体系。现在不少香港人与内地是一种"两难"关系，又想做中国人（不可能做英国人，而只做香港人既不可能，也不现实），又想保留从前那种与内地差异较大的文化和制度。不过总的说来，香港人已逐渐接受了"命运"：无论是好是歹，中国都是自己的祖国，只有在一个大中国里才能找到真正的自我。光说自己只是香港人，不是中国人，是自欺欺人。

节目主持人认为，回归后香港新政府大力培养香港学生的爱国主义精神，现在看来已经取得了成功。各个学校都开设了普通话课程以配合爱国主义教育，结果是现在讲普通话的人很多，而讲英语的人数相对则下降了。香港学生的态度与年龄较大的人们明显不同，他们毫不含糊地说自己是中国人，与一些港英时代受宠者模棱两可的态度形成了鲜明对比。

也谈到了香港民主。一个被采访者说，香港现在实行全民普选，条件并不成熟。民主政治并非易事，香港人还得学很多东西；只有思想上成熟了，港人才能搞真正的民主。另一位被采访者说，对眼下的香港来说，正义比民主更重要；如果一个社会被严重的贫富分化所分裂，即便实现了全民普选，又有什么意义？不过下层民众的生计问题很可能成为民主运动的导火线。要实现民主，首先得改善贫穷阶层的生活状况。

6月26日星期二

Microsoft Word：正版还是盗版？

去大学中心的路上，顺便去附近一家二手电脑店，买了一部康帕奇旧手提电脑。这电脑我昨天已看过一遍，状态很好，三个月保修，一百二十镑，且免费安装 Windows 2000 软件。在正规商店买新品，最便宜也得三百镑，装 Windows 又得一百镑。所以，这部电脑很合算，只是不知道到底能用多久。

一位店员给我安装能够输入和编辑英文的软件和一个能显示汉字（但不能输入）的软件，花了很长时间。这期间他说，这台电脑虽装有 Windows，却不装 Microsoft Word。我很失望。没有 Word，机器对我来说有何意义？

我知道英国知识产权保护很严，所以问他装套软件得花多少钱？他说四百五十镑，又补充说，全英国的 Word 都得花四百五十镑！我说在中国，每部电脑都有 Word，却从来没有听说过花钱装 Word 的事！他说那是中国，这里不行。你如果非法安装，不说坐牢，起码得付一大笔罚款。我问，这里有没有人偷偷安装的？他说，怎么没有呢？剑桥大学老师中就很多这样的人。这不是秘密。他们甚至明目张胆地盗装软件。但如果有人盗印了他们的讲义或著作，那可不得了。那是侵犯知识产权！是犯法！我问，你们这家电脑店在知识产权方面是不是特别小心？他说当然，电脑店不可以知法犯法。

因担心所买电脑的质量，想知道他们的进货渠道如何，于是问：一般是什么人将旧电脑卖给你们？他说，他们的电脑店一般不从个人手中买电脑，而主要是从较大的公司批量购买。这些公司总会合并、迁移或裁员，这时就会处理大批电脑，他们商店就趁机购买这些电脑。有了这种进货渠道，他们就用不着从个人手中买旧电脑了。如果恰恰有人来卖电脑,十有八九是瘾君子,是毒瘾发作,不得不卖。真是让人大跌眼镜!

回住处后,我告诉卡洛斯我买了一部电脑,说很可惜不带 Word,而装 Word 得花四百五十镑。我还转述店员的话说,全英国都这样。听了这话,卡洛斯睁大了眼睛说:

"你说什么?四百五十镑?没那回事。我这里就有现成的 Word 软件,已给好几个朋友装过;网上有多个 Word 版本,可随时下载。"

回到房间,装上了扫描仪软件,但不知道怎么使用扫描仪,只好请卡洛斯帮忙。他教我使用扫描仪时,回自己房间拿了一张软件碟向我炫耀:"这正是 Word,四百五十镑!我这就给你安装。"我很感谢,也很感叹。

我想,微软公司不是不知道软件盗版是普遍现象,却能容忍,或者说不得不睁只眼,闭只眼。微软每年总有更新版本的 Word 出笼,更有一大批相关产品与之捆绑销售,不说每个国家、公司、个人都买他们的软件,只要大公司(比如说汽车行业、零售业的、快餐业的跨国公司)、学校和政府部门买了软件,他们便能稳赚其钱,所以对许多个人、公司的侵权行为或某些国家对知识产权保护不力,采取了容忍的态度。如果把全世界所有使用正版和盗版微软软件用户拉平计算,可以说微软的做法是低价倾销产品(一些用户虽然付了钱,甚至付了高价钱,但多得多的用户根本没有付钱)。正是用这种方略,他们将潜在竞争对手绝对排除在市场之外,垄断了全球文字处理软件市场。

这里也有一个有关知识产权的悖论。保护知识产权,是为了奖励发明创造,鼓励技术进步。可是假如多数缺乏支付能力的个人或小公司享受不了技术进步带来的好处,技术进步意义何在?如果技术进步的意义大打折扣,微软、盖茨的价值岂不也大打折扣?在很大程度上,盗版者与微软之间玩的是一种捉迷藏游戏。

没有藏者,捉者就没游戏可玩。藏者与捉者之间的密切合作,使这种游戏带上了垄断性质。其他玩者想进来?没门。

值得注意的一点是电脑店人员遵纪守法的精神。昨天对电脑店老板说,如果我买你们的电脑,能否开具一张收据,说卖给我的是电脑配件?我解释说,我老板制订了一个愚蠢的规定,电脑整机不可以在科研经费里报销,电脑配件却可以。我说,一部旧手提电脑价格还比不上一手提电脑电池,所以权当我买的是一块电池吧。老板说不行。他语气坚决,不容商量。今天又对装软件的店员讲了同样的意思,他也说绝对不可以。

6月27日星期三

中英学者交流难

下午与住在附近的上海外国语大学王俭聊天,又提到英国BBC第三和第四电台。我说在英国的中国英语学者不收听这两个台的节目,简直就是犯罪。这两个台除了新闻,全播放的是古典音乐和严肃采访、散文、对话、戏剧,内容涉及时事、文学、历史、哲学、艺术评论、艺术史。王俭收音机收不到这两个台,对此感到懊恼。

也向她提到我没有向房友披露我的教授身份,只说我在中国一所大学教书,因为对他们说这个没有意义,反而可能妨碍日常交流。但在搞学术或创作的人当中,就没有必要隐瞒身份了。我在"激情自然"学术会议期间,就用的是教授身份。名不正,则言不顺。不该客气的时候就不客气。其他国内来的学者中明明还有三位教授,但都隐瞒了身份,只说自己是 Mr 或 Ms 某某。曾对他们说,不要低看自己,英国人要学汉语,同时又在汉语文学上达到你们的造诣,非常困难,完全可能达不到你们已达到的英语和英语文学水平。

王俭问我,中国学者在会议期间是不是大体上处于沉默状态?我说两天会议中,只我一人发过言。她又问,会后中国学者与英国人的交流怎么样?我说不理想。在大部分时间,中国人跟中国人混在一起。这样,国际学术会议的意义便打折扣了。不过,责任也不尽在中国学者方面。双方语言、文化和经历相差太大,很难找到共同话题。即便谈会议内容,英语水平不够也使他们很难与英国人正常交流。

6月28日星期四

莎拉波娃的吼叫(上)

尽管有遭袭击的危险,威廉去温伯尔顿看网球热情不减。晚上六七点就很激动了,说明天凌晨3点半起床,赶4点25分的火车去伦敦,到达后立即乘地铁去Southfield,然后步行去东南郊的温伯尔顿排队。一定得在7点30分之前到达,赶上发号。为什么要排队?他说,想去现场看球的人实在太多,门票却有限。还不知能不能拿到号;许多人为了拿一个号,会整晚在那里睡帐篷,所以他还不是最狂热的人。又问:门票贵不贵?他说有两种票,加在一起五十镑,但不是看一场球赛,而是呆在球场里看一整天。

问,如此不辞劳苦地看球,是不是有自己喜欢的明星?答:是的,莎拉波娃。不过看其他球星打球也很过瘾。现在有三大网坛巨星,除了俄罗斯人莎拉波娃以外,还有比利时人查士丁娜·赫南和法国人莫莱斯莫。但他最喜欢的还是莎拉波娃,她太漂亮了,球也打得漂亮。尤其喜欢她打球时发出的吼叫声。问:是不是一种略带沙哑的吼叫?威廉眼睛一亮说,正是,正是!他不太喜欢莫莱斯莫。她长得像男人,举止、动作也像男人。另外,美国人威廉斯姐妹也长得太像男人了。所以最喜欢的运动员还是莎拉波娃。她太美丽了。这时他反问我,他如此着迷于网球赛,是不是有点疯狂?我说,你一点也不疯狂。这完全是可以理解的,因为不仅有莎拉波娃,还有她让人心醉的吼叫。

6月29日星期五

莎拉波娃的吼叫(下)

下了一整天雨,在住处也呆了差不多一整天。傍晚与卡洛斯聊天时,我们对今天威廉的伦敦之行幸灾乐祸。他可能看不到网球赛,听不到莎拉波娃的吼叫了。由于天气的原因,今天温伯尔顿几乎没有进行任何比赛。威廉算是白跑了一趟。

晚上10点,威廉回来了。还好,不仅不显疲惫,反而兴致勃勃。不怀好意地问:今天如何?他拿出一张温伯尔顿地图,给我们详细述说今天的遭遇。说6点半便赶到现场,加入排队的人群。但拿到序号时,发现自己已经是一千二百来号,不可能买到最好场次的门票,或者说看不到世界排名前几位的球星打球了。但与更晚才赶来排队的人相比,他还是幸运的,因为买到了站票。他说一两个小时后,队伍已排成超长蛇阵,在草地上蜿蜒长达数英里(也许有点夸张,不过就算只有一两英里长,也十分壮观)。这意味着很多人根本买不到门票。威廉用站票可以任意在两个体育馆式球场之外的十来个无座位的赛场看球,还可以按先来后到的原则,在一个简易体育馆式赛场的末座使用。他看到了莫莱斯莫和维纳斯·威廉斯(大威)打球,不过是站着看而不是坐着看。为了不至于丢失好不容易得到的机会,威廉在那里站了整整八个小时!大部分时间打着雨伞!伦敦与剑桥一样,今天大部分时间下着雨。可怜的威廉!还好,他带了雨伞,很多没有带雨伞的人只好栉风沐雨了。恰恰在下午4点左右,天公停雨约四十分钟,对淋得像落汤鸡式的粉丝显示了一点怜悯。威廉终于有幸目睹巨星风采,尽管她们恰恰是他不大喜欢的,男人一般的莫莱斯莫和大威。

问,今天莎拉波娃在哪里打球?他说在那个最大的体育馆式的网球场。问,有没有东方人看球?他说有一些东方人。莎拉波娃今天就跟一个叫杉山(Sugiyama)的日本人对阵。问他:难道没看天气预报?他说下雨不下雨,这都是他最后一次机会了。星期天没球赛,工作日又得上班。问他为什么不可以下周末去伦敦?说下周末是决赛,网球俱乐部的成员和富人们早就把票垄断了,像他这样的外国人不是俱乐部成员,根本不可能拿到门票。想到门票既然如此抢手,很可能有黑市。问,是否有门票黑市?他说这不可能。每张票都印有买票者的名字,进场时得同时出示护照或其他身份证件。又说,有大量穿蓝色制服的工作人员在温伯尔顿维持秩序,一天几万人出入、排队,却秩序井然,组织工作做得很好。

威廉回房间休息后,BBC第2频道播放了莎拉波娃与杉山打球的节目。果然莎拉波娃每击一次球,都会声嘶力竭地发出一声吼叫,野味十足,但她的长相与许多"女"巨星们相比,仍然显得相当女性,甚至可以说很妩媚。她的身材按网球运动员标准也十分苗条、匀称,怪不得能够如此深深打动威廉的心灵。

6月30日星期六

七月

让人大跌眼镜的戴妃纪念会

今天是戴安娜王妃去世十周年忌日,英国人在伦敦西北区的温布利体育馆举行了"献给戴妃的音乐会"纪念她。多达六万三千人参加。与国内纪念名人总是举行一本正经的座谈会相比,这种纪念会形式更活泼、更轻松,效果也更好。

音乐会以戴妃生前好友、歌手埃·约翰的一曲《风中之烛》拉开序幕。十年前,约翰在戴妃遭车祸身亡后的悼念音乐会上自作自唱了《风中之烛》,该曲曾风靡全球。除约翰以外,一大批新老歌星也登台献唱。刚刚下台的布莱尔虚拟到场,发表了约两分钟的讲话。布莱尔因卷入伊拉克战争被迫下台,但十年前戴安娜去世后,是他率先使用"人民的王妃"这一提法的。今天,他再次强调戴妃是"人民的王妃"。足球巨星贝克汉姆也登台致词。在两分钟左右的演讲辞中,他数次称戴妃"一直是也永远是民族的王妃"。

威廉和哈里王子登台致词。哥哥威廉穿着和风度都很拘谨,弟弟哈里则很随意,甚至带上了他的平民女友。哥儿俩希望借音乐会和人们一道"庆祝"、"追忆"戴妃的一生("庆祝"一词的使用表明中国和西方在对待生死的态度上有差距)。哈里的长相不仅比哥更像母亲,而且像母亲一样也积极从事慈善事业,与穷人和少数族裔有一种天生的亲和感。值得注意的是,除了两位王子,王室成员无一人到场。据说纪念音乐会是由两个王子操办的。

居然有多名笑星前来捧场。一位笑星背着吉他上场,一本正经地宣称:今晚没听到一句骂人的话,没有听到一个骂人的词儿,因为大家是在纪念戴妃,因为戴妃在这里。这时,他边说边把左手伸至胯部,嘴里暴出"睾丸"一词,引起全场哄笑,两个王子也笑得前仰后合。这肯定会让中国人大跌眼镜。显然不可以将此等行为视为下流猥亵,但追思会借此插曲已超越了单纯的"庆祝",已然成为狂欢,与国内类似纪念会的做法和格调差别甚大。

想起了十年前戴妃去世时一些朋友对她的评价。我们当时认为,作为王室成员,她太轻佻、太浅薄,无法真正赢得查尔斯的爱。我们甚至以查尔斯爱上了一个毫无姿色的卡米拉来证明这一点。现在看来,这种认识有问题。只有时间才能彰显戴妃的意义。由于她生前进行的大量慈善活动,由于她义无反顾的叛逆行为(不顾王室体面,结交了多个男朋友,甚至交上了一个阿拉伯男友),更由于遭车祸去世后英国公众对她的怀念,十年来英国王室不得不与大众套近乎,王室不再像从前那样高高在上,可望而不可即了。

于是,现在狠狠恶搞一下女王已不是问题。十年前,能够想象女王那高贵的头被移植到梦露身上,像梦露那样搔首弄姿,短裙被地铁通风口气流掀开?十年前,能够想象在一个电台节目里,女王被恶搞,竟然在布莱尔和布朗的首相职位交接仪式上,命令新旧首相宽衣解带?戴安娜王妃以她那风风火火、富于争议的一生对英国王室的高贵进行了解构。

7月1日星期日

走向普选的香港

BBC第4电台播放了约那森·丁布尔比（Jonathan Dimbleby,1944年出生,著名电视主播、政治评论员、传记作家）主持的一个有关香港的节目。他1997年以前曾到过香港,最近又回香港制作节目。他就香港向普选过渡问题采访了一些人物,包括彭定康、董建华、曾荫权和《苹果》日报主编XXX（用英语拼读的粤语名字）。

主持人认为,回归十年来,香港面临的最大挑战仍然是迈向一人一票的普选。他承认在回归前大部分时间,港英政府并没有给香港人民主,甚至没有这样的打算,直到彭定康上任后,才开始推行某种程度的改革;也正因为如此,彭定康跟中国政府搞僵了,被称为"千古罪人"(按:港英政府在其统治的大部分时间并没有对港人进行民主化教育,也没有制定任何民主改革计划,彭定康在这种政治生态中上任,却抢在回归前几年内突击进行民主化改革;在主观上他可能是要树立一个坚持民主理想和原则的形象,但却难免给人以机会主义的印象。其实,英国民主也经历了长达几百年的漫长发展过程,决非一蹴而就)。

彭定康称,他在任上所做的事情,是给香港的民主进程搭一个"脚手架",尽管这"脚手架"搭得太晚了一点。他说,他要用民主来保证1997年以后香港仍是一个法治社会,香港公务员系统仍然干净廉洁。他认为以中国总理的聪明才智,不可能认识不到没有民主,香港的经济繁荣和金融稳定就得不到保证,就不可持续。但他承认,在回归前的二十五年中,港英政府在推行民主理念和进行相关"基础设施"建设方面做得很不够。

节目对董建华的采访很短,总共只让他说了两三句话(没有说出什么立场或观点),然后便是主持人对他的评论,说他回归前是个生意人,毫无政治经验可言,上任后恰恰遇到金融风暴、经济衰退、楼市下跌,以及2003年涉及全球的萨斯,所以港人对他怨言颇多。

一个港人共产党员、全国人大代表接受了采访。他说,采取一种既拥护北京立场又维护香港利益的立场是可能的,尽管在一个"开放的社会",这样做有较大的"风险"。

此后主持人说,民调结果显示,三分之二的港人要求普选权,其中三分之一的人表示应当立即享有普选权。他还表示,现立法会的代表性不够,有三分之二的立法会会员只为少数富人讲话,并不替他们所应该代表的三分之二普通港人说话。

这时播放了对一个富商的采访。他认为,过早给港人充分民主或普选权将损害香港的经济繁荣和稳定。民主意味着什么呢?意味着"福利社会",意味着人人只想少交税,多享受。一旦实行普选,政客们就会想方设法讨好民众,最后结果是大量社会资源流向那些只要享受、不想承担责任的人,香港因此将变成一个"福利社会",金融稳定将被破坏,经济繁荣也将终结。他认为,香港目前状况之所以好,主要是因为大量社会资源为中等收入者所享有,他们因而总是有机会向上流动,这就从根本上给香港经济带来了活力。

主持人问一个"亲北京"女士:为什么要在2008年、2012年才分阶段搞普选?为什么现在不能搞?她反问主持人:英国上院(贵族院)已存在了四百多年,并没有什么实质性功能,为什么不能马上废除?她还认为,事实上,现在香港比回归以前自由得多,每天平均有三起民众上街游行之事,回归之前民众能够如此自由地表达意愿吗?

主持人与《苹果》日报现主编是老朋友,问他对香港回归十年后的看法。后者说比预想的好,他的报纸仍然存在,话仍然能自由地讲;同时也认为,香港的充分民主(普选)极其重要;"保护"了民主,就"保护了"香港,最终也就"保护"了中国。

这时曾荫权温和地反驳说:香港只是尾巴,是身体摇动尾巴,而不是尾巴摇动身体。

另一个被采访者说,在重大问题上,香港面临三种否决权:立法会三分之二票数的表决、特区首脑,以及北京的全国人大常委。

一位深圳官员通过译员接受了采访。他不愿意谈"民主"、"人权",只说中国尤其是深圳很能吸引外国直接投资者,原因在于中国政治稳定、市场巨大。如果政治不稳定,市场不巨大,外国投资者会来中国投资吗?不会来的,因为没利润可赚。他认为从根本上讲,外国投资者只关心利润,不关心人权;在一个全球化时代,大家很自然地只关心利润,或只关心利润的最大化。主持人向英国听众介绍说,香港与深圳经济联系紧密,已连为一体;深圳是一个非常繁荣的城市,深圳港口的货物吞吐量比全印度所有港口加在一起还要大。

彭定康再次表示,他很理解中国人在民主面前所感到的"紧张",但不相信中国人不明白,民主是经济繁荣的保障。没有民主、法治和自由,经济繁荣就没有了基础。

最后主持人说,十年来香港变了很多,但有一个方面丝毫未变,那就是它的"热闹与活力"。他说,他对香港很有感情,对香港未来充满了信心。

7月3日星期二

不合逻辑的"重婚"

晚8点看BBC二频道转播的今天温布尔顿网球赛。莎拉波娃败给小威廉斯。9点上楼休息,看见威廉在卡洛斯房间里玩电脑,问:你的偶像——美丽性感的莎拉波娃——败给了威廉斯,你知不知道?他说白天上班时已看过了实况转播。问感觉如何?他说非常失望。

大约不愿继续谈此痛苦话题,他叫我过去看电脑:桌面正中有一副较大的照片,是他与女朋友的激情深吻,围绕这幅照片还有七八幅较小的照片,全是女朋友来英国时他和她在伦敦、剑桥拍的二人照。为了让我看得更清楚,他把画面调得更大,说女朋友前次来,没有机会同我见面,所以让我看一看(这时卡洛斯在一旁别有用心咯咯地笑)。女朋友虽然说不上很漂亮,但长得很端庄,性格看上去也很开朗。看来,他们感情很好。

"和女朋友如此分离,你是否有另找一个女朋友的自由?"我问,"就在这里,就在剑桥。你女朋友在荷兰是否也有另找一个男朋友的自由?"

"你说什么?"他听明白我的话以后反问,"这是欺骗!是欺骗!这样,我就不是她的男朋友了,她也不是我的女朋友了。"

他显然生气了。

"假定你们双方之间存在这么一种谅解:如果二人分离一段时间,各找一个临时'朋友'是可以接受的,"我又说,"我知道这种情况在西方和中国都是有的。当然啦,很可能'临时'成了'永久',从前的伙伴关系不复存在了。"

"这是不可以的,"他一脸阶级斗争严肃地说,"要么讲明,正式分手,要么继续保持'朋友'关系。不可以既保持'朋友'关系,又跟另外的人发生关系。"

"看来,你对女朋友很忠心(faithful),"我说,"不过你们并没有结婚,你们的关系并不正式,没有法律的约束,所以即便有点不忠,也可以理解。"

威廉不明白 faithful 是什么意思。我几次用这个词,他都一脸茫然。

"可她是我的女友啊!如果另找伙伴,即便是临时伙伴,也是

'重婚'(bigamy),是'重婚'!"

看来,威廉和他的女朋友都非常忠实,对他们来说同居关系与婚姻关系一样神圣,要不,不忠怎么会被说成是"重婚"?在这个价值观迅速变迁的时代,是值得表扬的,但从法律上讲,没有结婚便不可能重婚。重婚在中国和西方都是犯罪,是要负法律责任的。

威廉担心我不明白"bigamy"的意思,还解释说"重婚"就是有不止一个妻子。

"你们压根儿就没有结婚,怎么可能'重婚'?"

这里问题可能不仅在于威廉英语不好,还在于社会关系发生了深刻变化,人类却还来不及创造新词汇来表达新现象。其实即便如此,威廉也并非不可以用"不忠"一类旧词来表达同样的意思。他为什么用 bigamy 这个词?除了英语不够好,他把男朋友-女朋友关系看作婚姻关系也应是一个重要原因。

这时约翰回来了。"约翰,你认为对女朋友不忠是'重婚'吗?"我问。

"一般不这么认为。没有结婚,就无所谓'重婚'。"

10点左右在厅里又遇到威廉与卡洛斯。他们正在看一个电视节目,里边一大群穿着暴露的美女在进行什么比赛。只见威廉两眼放光,提高了嗓门赞叹:"多漂亮的女孩!"

"要是女朋友在场,你可以这样赞美其他漂亮女人吗?"我不怀好意地问。

"当然可以!"他毫不迟疑地答道。

7月4日星期三

围绕"超女"的风云际会

下午5点去人文艺术研究中心,参加有关"超女"的报告会。

报告人是中国大陆来的"独立制片人"简艺。

也许对话题感兴趣的英国人较多,也许组织方做了较多宣传,今天来的英国人比平时报告会多。报告人个子偏矮,头太大,因而身子显得太小,像是一个长不大的娃娃,再加留了一脸倒深不浅的胡子,表情也不那么一本正经,所以浑身上下散发出一种难以名状的喜剧感。他边讲边放映他的纪录片《超女》(跟踪拍摄的一些竞选"超女"的女大学生日常起居和参赛实况)。他英语流利,用词简单、幽默,对听众心理把握较准确,笑话讲得蛮到位。

中国"超女"现象是商品经济和信息时代的必然产物,在参与投票选举"超女"的过程中,中国年轻人获得了一种自由表达意见、伸张自我的机会。报告人所讲的内容并不出乎意料,迎合西方人口味的做法也不出乎意料。回答问题时,他多次说中国政治"不透明",大学生活"乏味、压抑"。这时,一位五十几岁的英国人发言称,他对中国已"跟踪"了好几年,阅读了大量文献,去过中国几次,对中国情况还算了解,觉得情况并非像报告人所讲的那么消极。

对于那个英国人的回应,报告人说中国媒体尽可能拣积极的东西报道,所以你们英国人看到的积极的一面较多。但是我以为英国人并不是傻瓜,他们会拿现在与从前比较的。问报告人,你"独立制作"的片子专给西方人看,还是同时也给中国人看?他声称也给中国人看,有一个未经翻译的中文版。又问,片子在国内有没有正式发行?他说还说不上"发行",但已参加过一个影展。

东北师大刘风光发言说,她在中国大学教了五年书,所了解的中国大学生活并不像报告人说得那样乏味、压抑,而是充满了活力。对此,报告人没有像样的回应。

会后是小酒会,结识了 CRASSH 项目协调(Programme Coordinator)朱迪丝·格林(Judith Green)。她是剑桥大学国王学院研究员(Research Fellow),研究方向是英国收藏中国物品情况。

去过中国几次，去年拿到博士学位，现在仍在做这个课题，计划明年出书。我说，英国人收藏中国物品很在行，东西保存得比中国要好。说我八十年代第一次出国，在不列颠博物馆见到整整一大厅中国大瓷瓶，感到震惊；故宫博物馆也有一些大瓷瓶，但数量、质量明显不如不列颠博物馆。又说，这个题目很大，英国人收藏中国艺术品历史悠久，言下之意朱迪丝应有一个范围较窄的题目。她说她的研究范围是1780年至第二次世界大战。我说英国现在正面临一个收藏中国物品的新时代。她同意这一说法。

这时报告会主持人端着酒杯走过来，要跟我聊一聊。她是剑桥大学社会学与政治科学系的简·诺兰博士（Jane Nolan），挂在某个学院，不是很有名的学院，名片上没有给出有关信息。她说今天报告人就是她在北京认识并邀请过来的。她的领域是经济社会学，具体研究课题是在香港、上海银行工作的西方人群体。为此她去过这两个城市多次。我问她去过北京没有？说不仅去过，而且在那里有二十多个朋友。她说相比香港和上海，她更喜欢北京，因为北京更能代表一个真实的中国，言下之意是香港、上海太西方化了。她认为"超女"很张扬，与一般中国人的性格有距离。我说，她们与我们这代人的确有极大的不同，更能代表新一代人的价值观，一代人与另一代人之间有"代沟"。

她问我在剑桥研究什么，我说当代英国小说，尤其是东方背景的英国小说家的作品。她立即问我对拉什迪封爵一事有什么看法？我说我还得调查英国为什么这么做，目前还没有看到任何正式解释。她说她也不明白为什么这么做，但他们不会给解释的。很显然，这样做会加深穆斯林与西方人之间的紧张关系，更何况拉什迪的小说本来就写得不怎么样。

我说除了研究当代小说以外，还为一些翻译项目搜集资料；说中国的西方古代研究急需升级，所以我在做"古典学译丛"这个翻译项目。她问，中国典籍的英文翻译是否可靠？我说诗歌翻译我无法认同,甚至没有耐心读完一首中国诗的英译,原因是一旦译成英语,就没有了音乐,没有音乐,就不再是诗歌了;不过,哲学典籍的翻译好一些,尽管在一些重要概念上一直存在争议,比方说 Confucianism 这个译名就不恰当,是耶稣会传教士的发明或杜撰,因为中国历史上不存在用一个人的姓名来表示一个学说、学派的习惯,更何况这个词的主体部分 Confuc-也并不是严格意义上的人名,而是孔丘其人的姓加"夫子"尊称。这意味着 Confucianism 作为译名不伦不类,既不中国,也不西方。更恰当的翻译应是 Ruism,或者干脆音译为 Rujia。她说,西方的中文典籍翻译也应该升级了。

顺便对她说,汉语一个半世纪以来发生天翻地覆的变化,表达力增强了许多倍,现在西方绝大多数复杂概念译成汉语毫无问题,这简直是个奇迹!我以为,原因不仅在于汉语白话文运动(回归草根语言,回归日常口语),更在于对于西方语言和文化概念的开放、接受的态度。当然,汉语的文言成份应该保留得更多,这是一个遗憾。

7月5日星期四

古典学家的剑桥缘

下午去校图书馆借书,由于编目太过复杂,一时找不到汉森(Morgens Herman Hansen)的两本书,于是到流通台求助。接待我的是一个二十八九岁的瘦高个子男士。我把写得非常潦草的书名——*Athenian Democracy in the Age of Demosthenes*——给他看,怕他不知道最后一个词的拼写,要拼给他听,哪知他说知道,他本人就是研究古典学的。然后他主动提出陪我上五楼去找书。问他是不是在图书馆做兼职?他说是的,说他是哈佛大学的古典学博士生，研究西塞罗，目前正在剑桥搜集论文资料。说，剑桥大学的古典学资料比哈佛大学丰富。我说剑桥大学的古典学从业者很多，似乎随时都能遇到。他说是这样的，这里古典学者群体很大，古典学系同其他系科相比，也明显更大。他问我是否也是古典学者。我说，我不能以古典学者自居。我只搞文化研究，"文化"涵括面大，古代希腊罗马也属于我的关注范围。他说既然在关注汉森的书，已经是一个古典学者了。

很快找到了汉森的《德莫斯蒂尼时代的雅典民主》一书，发现不能借出（另一本2002年便失踪了），只能在馆借阅。还真抢手。古典学系图书馆唯一的一本也不能借出，只能在馆借阅。这本书已成为名著，甚至可以说已是经典。从书中了解到，作者与剑桥大学很有缘分。正是剑桥大学古典学者鼓励他把几十年的研究结果写成书出版，正是这里的古典学者克鲁克（John Crook）主动提出把他用丹麦文写成的著作译成英文（译文准确、流畅、可读性强），也正是作者1989年在剑桥大学丘吉尔学院（Churchill College）访学期间全力以赴把书写成，译成英语后又请保罗·卡特利奇等剑桥专家提过意见。《雅典民主》的英文版于1991年问世，也就是说，这本书与欧洲大陆其他古典学名著不同，不是在英语世界以外流通已久，影响很大以后才被译为英文的，而是丹麦文版还没有怎么出版、流通时，便已经出了英文版。但早在今年1月，这本书便被列为《古典学译丛》的重点选题。

7月6日星期五

环保：英国人总是指责他人

晚上房友们在电视上观看"永生地球"（Live Earth）音乐会。同名音乐会今天在全球多个城市——除伦敦（温布利体育场，观看演出者可能有八万人）以外，还有汉堡、里约热内卢、东京、上海、悉尼和约翰内斯堡——举行，其目的是警醒人类全球正在变暖。多个著名乐队参加演出，如 Beastie Boys、Pussycat Dolls，但压轴戏还是麦当娜及其同伴的演出。一首歌曲的名字是"北京有九百万骑自行车者"。我对房友们说，这不符合事实，北京现在的问题是汽车成灾。如果要看到这么多人骑自行车，得回到二十年前。

不出所料，在节目之间的访谈节目中，不止一个环保专家或"知名人士"又拿中国说事。一个人说，无论英国人做出怎样的环保努力，都会被中国每周新建一个燃煤发电厂所抵消。不知他的数据是否可靠，但这种话在这种大型群众活动讲出来，所起煽动作用决不可小觑。我对房友们说，他这样讲不公平。在过去二百来年，大气中多出来的二氧化碳绝大部分是西方人排放的，现在中国只是刚刚进入工业国的行列，即便如此，现在中国人均二氧化碳排放量也只有发达国家的三分之一。卡洛斯同意这个说法，但又说地球只有一个，是所有人类的家园；无论谁排放，无论排放多还是少，最终都会加剧温室效应。

我说，为什么西方人不能从根本改变自己的生活方式入手，切切实实地多减少一些排量，而非老是在那里指责新兴国家如中国、印度？我说为什么大多数政府、公司、医院、学校大楼、私人住宅以及公共和私人交通工具内都装了恒温装置，并设定了一个被认为对人体"最佳"的温度？为什么这些大楼全年恒温的习惯不能改一改，比方说只在一年中极冷和极热的月份恒温？为什么剑桥大学"大学中心"夏天也把冷气开得那么足，以至在里边稍稍久呆一会，看看电视节目或上一两小时机，也得穿厚厚一层衣服？为什么环保先进的剑桥大学教师和学生不能带个头，至少在夏天打开大楼窗户，调节一下空气？为什么不能暂时把恒温系统停一停？为什么不能冬天把"最佳"温度调低一点，夏天再调高一点，比方说冬天十八度,夏天二十五度?为什么不切切实实地从自己做起,而老是指责他人?

7月7日星期六

醉醺醺的迪斯科

7点左右回到住处,发现安娜、约翰和卡洛斯又在园子里烧烤。这也难怪,有好几周没有烧烤了。我也做了两个菜来凑热闹。

不知怎么的,觉得今天气氛有点异样。今天烘烤居然没人喝酒!卡洛斯看上去非常疲惫。问他是不是今天又干了一天活?他苦笑了一下说,整天都待在住处,干什么活。

我这才想起他、约翰、威廉和波兰女孩凯瑟琳四人昨晚深夜去几公里以远的一个大型夜总会了。据他们讲,整个地方灯光幽暗,来者只做两件事:喝酒、跳舞。于是,一些独男孤女也就成双配对了。我想起昨晚去那里之前他们猛喝了一通酒,除了喝掉一瓶伏特加以外,每人还喝了两三瓶啤酒。我也跟着喝了一些啤酒。

他们多次邀请我去,我都谢绝了,称明天一大早要起来干活。凯瑟琳问我:几点开始干?我说10点。她可能觉得10点钟开始干活的确得早起,便不再邀请了。我问他们,现在多喝一点酒,是不是为了在那里少花钱买酒?他们说正是。那里的酒实在是太贵。我应该问而没有问的一个问题是:为什么这么晚才出动?不难猜测,去得太早没气氛,没得玩,去那个有名的大型夜总会尤其如此。不晚到12点,怎么称得上"夜生活"?

卡洛斯一边嚼着烤焦的鸡腿一边向我显摆:昨晚回住处的路上,从自行车上摔下来好几次!不用说,喝得酩酊大醉了。所幸没有摔伤。我问,你们几人是不是一起回家的?他和利奥说,不是一起回来的,甚至不记得昨晚究竟发生了什么事!我终于想起了今天凌晨四五点时,迷迷糊糊中在不同时间听到不同人回住处的声音。看来,不仅卡洛斯醉了,其他人也醉了,只不过没有醉得像他那样厉害,没有从自行车上摔下来几次的光辉战绩。

卡洛斯又披露,他并不只是回家路上才醉得摔倒的,在夜总会时就已经倒地过几次,几次都被人扶起。我说,你们三个男士,只凯瑟琳一个女士,不好跳舞。他说,那里女孩多极了,他也记不清究竟同多少个女孩跳过舞。他说,他的两只手镯子也掉了。我见他右手上仍戴着一只,银白色的,便问他是不是银手镯?他说丢的那只的确是银手镯。现在戴着的这只不是银的,但昨晚也丢过,一个好心人捡到后归还给他的。事实上,昨晚从9点钟开始,大家一直喝酒(我也不例外),去到夜总会后,又再接再厉地继续喝,不然哪里会有多次醉倒在地的纪录?哪里会有醉后落车的经历可资炫耀?

想起安娜刚刚搬来时的名言:我们英国人隔三差五总得醉一醉。不醉,便无法承受生命之重。不醉的生命不值得过!我渴望知道那夜总会的气氛到底如何。本应身临其境,体验一次剑桥的夜生活的。在酒气冲天的夜总会,在凌晨的浑暗灯光下,亲眼目睹几百个醉醺醺的男女,和着醉醺醺的音乐,跳着醉醺醺的迪斯科,与第二天听他们讲述,毕竟是两码事。

7月8日星期日

对希腊罗马的认知应当转变

上午就我写的《希腊的东方化革命》一文与国内一位朋友聊了聊,主要意思是,之所以要挑起"希腊的东方化革命"这个话头,其目的是希望看清希腊文明的源头所在。

谁也不能否认的是,古代希腊文明并不是像埃及、两河流域、中国、印度那样的原生文明,而是次生文明。这一点,打开地图一看便可以知道得一清二楚。希腊在地理上处于埃及、两河流域这两个最古老文明的边缘。与地理边缘相对应的是,在西亚地中海世界(孕育"西方"文明之地),希腊长时间里在文化上也处于边缘。然而十八世纪下半叶以来,由于工业革命带来的物质优势和启蒙运动的理性膨胀导致西方中心主义抬头,西方古典学界(研究希腊罗马历史、文化、政治、哲学、文学的一个特殊群体)有意识无意识地淡化甚至否认希腊文明的东方起源。二十世纪中叶以来,随着非西方世界迅速重新崛起,西方人的思维也开始发生变化,及至八九十年代,出现了布克特(Walter Burkert)和伯那尔(Martin Bernal)一类学问家兼思想家,他们竭力厘清并强调希腊文化的东方起源,企图扭转西方古典学界至今仍流行的错误思维。但西方古典学界历史悠久、从业人员众多,既得利益盘根错节、根深蒂固,新思想、新观点不可能产生立竿见影的冲击。这一点从九十年代以来出版的大量古典学参考书和研究著作中,是不难看出的。所以,对希腊发生过"东方化革命"这一点的认识,对没有东方影响就没有希腊文明这一点的充分承认,不仅对于中国人来说意味着思想转变,对于西方人来说也意味着思想转变。四月份来剑桥以来,与这里的古典学者有所接触,发现虽然在前几年出版的著作里看不出明显的思想转变,但通过交谈和电邮已了解到,至少其中一些人已接受了布克特等人的影响。这是好事。

我们对希腊罗马的认知始自明末清初。西方传教士在传播基督教的同时,也把一些最基本的希腊罗马知识传了进来。但有意识、大规模翻译介绍希腊罗马文化则始自清末至五四运动这一时期。总的说来,我们对希腊罗马的认知跟在西方中心论最强势时期的西方学界后面亦步亦趋,对之采取了一种毫无批评的褒扬态度,而以中国与西方之间天生的文化差异或距离,我们本来处于一个非常有利的位置,完全可以采取一种客观认知的态度。随着中国的重新崛起,我们对外部世界的认知发生了相应变化,像五四一代人那样出于国内政治目的而一味褒扬希腊的态度也应有一个根本性转变。但遗憾的是,这种情形至今没有发生。写《希腊的东方化革命》一文的目的,就是要引起大家对这一问题的注意。将于2008至2010年出版的《不自由希腊的民主》和《另一个希腊》将做进一步努力。与此同时,与上海三联书店合作的"古典学译丛"将把九十年代以来西方出版的最新学术著作翻译介绍过来。再加目前破除西方中心论的总体氛围,乐观地估计,二十年之内我们对希腊文化的认知将有较大变化。

7月9日星期一

剑桥大学的衰落

今天由刘风光牵头,十来个访问学者在英语系打印室里开了一个小会,目的是交流各自对剑桥的认识。然而十几个来开会的人当中,真正发言的人只有五六个。如果说今天有什么"成果",那就是每个人承诺写出对剑桥乃至英国认识的某一个或几个方面的认知,发到网上供大家分享,也便于回国后向同事们介绍情况。真是人多好办事。曹山柯认领的是所谓"剑桥精神"(这个题很容易写成"英国精神"),王雅华认领是剑桥大学英语系的开课情况,姚建彬是博物馆,王欣是节日、活动……我承领的是学院与大学关系,还有环保。

由于发言的人中的大多数对剑桥一味褒扬,没有批评,所以我唱了几句反调,认为大家也应当看到剑桥衰落的一面。同美国大学甚至中国一些大学蒸蒸日上的景象相比,剑桥实在太冷清了一点,甚至可以说已经落后了,至少在人文学科方面如此。

最大的问题是办学经费不足。稍稍留意一下英语系大楼内部装修情况，不难发现所用材料质量并不好。许多部位——地下室、楼梯脚踩不到的一面、天花板和多处墙壁——甚至是赤裸裸的水泥，没有敷灰泥，更不用说墙面材料了。原因是各系没有自己的财政，修房子靠学校拨款。但学校经费紧张，房子又得修下去，于是发起募捐运动。从英语系印发的材料看，大楼主体工程于2004年完成时，没钱搞内部装修及购买办公家具，缺口有几十万英镑，于是发动系友捐款，最后勉强装修成目前这个样子。从这件事情可以看出，剑桥大学（非各学院）作为财政实体一点也不富裕，各方面开支太多，各系经费自然就紧张，所以英语系大楼落成后没有钱装修。英语系向每个访问学者收"听课费"，一年期的一千镑，半年期的五百镑；同在英语系大楼办公的语言学研究所"听课费"收得更高，一年期的一千五百镑，半年期的七百五十镑。收了"听课费"，却不是任何课都能听，更不用说建立本地教师与访问学者一对一学术联系了。光收费，却不付出人力，可以说是利用现有条件"开源"，与国内一些大学的创收没有本质区别。再比如说CRASSH的财政。作为一种少见的整合不同学科的学术机构，CRASSH体现了剑桥大学的学术"战略"，但经费却来自副校长"战略基金"和三一、圣约翰三个方面（各方出资比例无从了解）。这又说明大学财政不富裕。

经费不足，给顶尖级教授的报酬便有限，留不住人，吸引不了明星，这就多少解释了为什么剑桥大学人文学科目前缺少有名堂的学者。

从我所了解的东亚系来看，那里中文和中国研究者占了大半壁江山，但所出"成果"却很有限。剑桥大学出版社出版了"剑桥中国史"系列，煌煌然十几大卷，读了几卷后便读不下去，很让人失望，因为里边的大部分内容是对已有中文资料的转述，看不出多少让人眼睛为之一亮的新观点、新结论（必须承认，英国人选材角度与中国人不一样,所以肯定有"他山石"之效用;还值得注意的是,他们持论较为中庸、温和,显得较为客观)。即便是这样的"大型成果",作者也极少出自剑桥。可以说自从出了李约瑟(1995年去世),剑桥便没有出真正有名堂的汉学大家了。相比之下,美国大学如哈佛、普林斯顿、耶鲁、斯坦福、康奈尔等等不停地产出对中国学问研究界产生强烈冲击的成果。像埃尔曼(Benjamin A · Elman)和安乐哲(Roger Ames)那样的哲学型汉学大家,不仅在剑桥就是在整个英国,也没能再产生一个。西方的中国研究重心已然转向美国,这已是千真万确的事实。

剑桥大家古典学系的情况与东亚研究所系相似。虽然这里并非没有名家,如斯巴达专家 Paul Cartledge,但并没有出现一个在西方古典学界能产生革命性影响的人,如瑞士的布克特(Walter Burkert)、丹麦的汉森(Morgens Herman Hansen)。

从英语系的情况来看,自从五六十年代出了 F·R·利维斯,七八十年代有雷蒙德·威廉斯一代巨人,九十年代以来这里并没有出什么名家了。像特里·伊格尔顿那样的人却被牛津挖了过去。不再有名家,也就不再是中心了。

更严重的是,同美国学界相比,整个剑桥学术风气太懒散,太不求进取,学者对自己的要求太低(这不仅是我自己的观察,也是社会学、政治科学系的一年轻讲师的看法)。由此看来,剑桥不仅现在看上去已经衰落,就是今后二三十年也未见得能东山再起。

有什么样的教师就有什么样的学生。据我观察,不仅剑桥,就是整个英国,对学生的要求都太低,因此学生太好玩了。应该知道,在美国读博士,得过五关斩六将,通过多门博士资格考试,然后才能进入艰苦的论文写作。但在英国,你刚刚本科毕业,只要导师认可你,经费也不成问题,马上就能进入论文写作,不用修大量相关硕士课程,更不用通过淘汰率极高的博士资格考试。从理论上讲,你刚刚二十五岁就能成为博士,这在中国只是刚刚拿到硕士学位的年龄。后果是,学生在知识准备明显不足的情况下,就进入一个过分狭窄的专业研究领域。情况好,你的研究成果会被认可,或者说你有幸成为西方知识生产机器里的一颗螺丝钉(但你仍然不大可能摆脱对知识全局把握不足之缺陷);情况不好,研究"成果"成为废品,你要么转行,要么拿一笔"博士后"资助(很少一点钱)混日子,钱用玩以后再申请另一笔"博士后"资助,或者干脆以做另一个博士学位就业。

谁也不能否认的一点,这里本科生的玩法实在是太花样繁多,丰富多彩了一点。不说与中国学生、印度学生的努力刻苦相比,就是同美国学生相比,剑桥本科生蹲酒吧的时间实在太多了一点(国王学院里边有一个巨大的学生酒吧,其他学院情况应相似),找各种由头聚会的时间也实在太多了一点。你再是天才,也得勤奋才能成功。不勤奋,剑桥学生能取得成功吗?顶尖大学的精英们尚且如此,其他学校的学生可想而知。所以不难明白,为什么一任又一任首相包括刚上台的布朗都会呼吁教育改革。

只怕有"气数"作祟,怎么改革也没用。

7 月 10 日星期二

"拉什迪事件"再起波澜

巴基斯坦红色清真寺事件一波未平,又传来了基地组织扬言对英国封爵拉什迪一事做出"恰当的反应"(a precise response)的消息。英国警方作了回应,说我们英国人将不会被恐怖分子吓倒;言论自由是几百年社会演进的产物,不会因哃吓而被取消。这不出所料。看来"拉什迪事件"之剧不仅没有结束,反而因增添了新情节而更精彩了。

印度裔英国作家萨尔曼·拉什迪《撒旦诗篇》1988 年 9 月出

版后,激起了英国乃至全世界穆斯林的强烈抗议。1989年2月,伊朗精神领袖霍梅尼发出了对拉什迪执行死刑的命令(Fatwa),激起了西方各国的强烈反应,此即所谓"拉什迪事件"。自此,拉什迪被置于英国警方严密保护之下。1998年11月,伊朗政府宣布取消死刑命令,其后不久西方降低了对拉什迪保护的级别,拉什迪本人也开始由隐匿转为半公开状态。

本以为"拉什迪事件"就这样不了了之,哪知2005年初丹麦又发生了污辱穆罕默德的漫画事件,那简直就是拉什迪事件的重演。又一次,全世界穆斯林群情激愤,走上街头示威游行,一些穆斯林组织甚至对漫画作者本人和发表漫画的杂志编辑发出了死刑命令。但漫画事件是所谓"后九一一"事件,西方知识界的反应已不像八九十年代那么幼稚,故而没什么人指责穆斯林封杀言论自由,倒有不少人对漫画作者提出了批评。

正当"漫画事件"逐渐淡出人们记忆时,今年六月下旬英国政府出人意料地晋封拉什迪为"爵士"(knighthood)。两天之内,巴基斯坦议会便一致通过了一项决议,强烈抗议英国政府的做法,认为这将鼓励一些人继续对穆罕默德大不敬,继续对伊斯兰教采取一种亵渎、污辱的态度。伊朗政府更是强烈"谴责"英国对拉什迪的封爵。不用说,英国这一举措将进一步加深西方与伊斯兰世界的"文明冲突",使本来就紧张的关系更加紧张。

我不知道英国政府这么做的理由是什么,在网上也没有查到政府方面的解释。但不难想象,这种做法多少包含了坚持言论自由原则之动机。问题是,英国(乃至全世界所有国家)有绝对言论自由吗?只要稍稍动一动脑筋便不难发现,言论自由纵然已是一个极其重要的现代理念,也不可能神圣到可以对一个有着大量信众的宗教如基督教、伊斯兰教随意嘲笑、侮辱的程度。不说在敏感的宗教问题上,就是在一般问题上,具有悠久自由主义传统的英国也决非允许过绝对言论自由。当具体个人或经济、社会实体受到诽谤时,当国家安全受到威胁时,当公共秩序遭到破坏时,难道能想说什么就说什么而不对后果负责?

事实上,英国在这方面有种种限制言论自由的法律,而法律在这个老牌发达国家是神圣不可侵犯的。在与宗教密不可分的种族关系方面,英国人聪明地限制了言论自由:导致种族仇恨和冲突的言论是违法的。最近,在每日二十四小时上演的"大哥"(Big Brother,不同年龄、不同种族的一群人在封闭环境中朝夕相处,一举一动、一言一行都通过电视暴露在公众面前,通过竞赛者相互投票和观众投票的方式进行淘汰,最终胜出者获巨额奖金)电视节目中,一个竞赛者只因说漏嘴用了"nigger"(黑鬼)一词,便被主办方逐出节目,尽管她当时并非恶意伤人。实际上欧洲社会同任何社会一样,有广泛的言论自律和言论审查,明目张胆的种族主义、性别歧视、年龄歧视、性取向歧视言论不仅犯忌,也可能犯法。美国各州也有明确立法,个人或实体对歧视性言论和行为要负法律责任。

显然,英国人在一些重大问题上跟美国人一样,会自相矛盾,使用双重标准。百思不得其解的是,为什么英国政府会置国家和公民安全于不顾,毫无必要地把最高荣誉授给一个并非十分出色的作家。

7月11日星期三

福楼拜审判

BBC电台播放了一个叫"福楼拜审判"的访谈节目。福楼拜为啥受审判?除了《包法利夫人》,不可能是其他原因。现在看来,这场发生在十九世纪中叶法国鲁昂的审判简直就是一场闹剧。

起诉方说,《包法利夫人》是不道德的,因为它会唆使那些读小说的青年女子走上通奸之路。对此福楼拜感到震惊,也感到委曲。他辩解说,《包法利夫人》并非不道德,而是道德的。他正是要通过爱玛·包法利的故事告诫世人:通奸是有严重后果的,不要跟她学坏了!他说,在小说结尾处,不仅爱玛遭受了死亡的惩罚,她丈夫夏尔·包法利也遭受了惩罚,即丧失其大部分财产。这不是惩罚,是什么?最搞笑的是,起诉官本人是一个文学爱好者,有相当高的文学修养。在起诉过程中,他不停地引用《包法利夫人》里的章节,一会儿指出,这一段描写实在太过精彩,不可避免地会起到引诱青年妇女堕落的作用;一会儿又说,那个句子写得实在太漂亮了,哪个青年女子读了也会蠢蠢欲动,偷尝禁果!

从美学角度看,起诉官本人显然中了《包法利夫人》的毒,率先被福楼拜俘虏了。

7月12日星期四

BBC"逍遥"音乐节

晚上,一年一度的 BBC"逍遥"音乐节(Proms)在皇家阿尔伯特音乐厅拉开序幕,主要曲目是埃尔加大提琴协奏曲和贝多芬第九交响乐。前一个曲子是为了纪念埃尔加诞生一百五十周年,(同样为了纪念埃尔加,剑桥当地竟然组织了大大小小五十场音乐会!)后一个曲子为 BBC 逍遥音乐季每年必演曲目。合唱由 BBC 交响合唱团(BBC Symphony Chorus)担纲。该团应该不是拿国家工资的专业合唱团,而属于群众性业余合唱团,但水平之高,决非国内一般业余合唱团能比。只是演员年龄明显偏大,男演员平均年龄看上去在五十岁以上,女演员看上去也四十岁左右。由此可见,流行音乐的力量太大,古典音乐在英国面临着后继乏人的困局。实际上,古典音乐后继乏人不仅是英国的问题,也是一个世界性难题。

"贝九"第一乐章中段,多个旋律一波接一波交错出现,层层推进,情绪无比激越,有一种催人奋进的强大力量。记得二十五年前用一部破录音机放"贝九"听到这里时,感动得落泪,今晚在同样的地方,又万分感动。合唱部分的辉煌旋律反而不能产生这样的效果。

7月13日星期五

英国人对世界知之甚少

在大学中心食堂和贝尔法斯特来的两个同事聊天,谈到了英国人对中国的无知。她们说在贝尔法斯特女王大学遇到那么多英国人,竟没有一人知道深圳!我说这倒也罢,女王大学在英国本来不算好大学;奇怪的是,在剑桥大学这种顶尖学校,一个精英荟萃之地,除了极个别搞中国研究极深入者,我也没有遇到一个知道深圳的。精英尚且如此,一般英国人就可想而知了。更奇怪的是,英国电视、电台和报纸每天都有关于中国的报道,甚至有长达几个小时的有关中国的大型节目,这至少说明英国媒体对中国兴趣很大,说明英国人作为一个民族,至少在理智上并非没有意识到中国的分量,并非没有意识到未来中国的一举一动都会对世界产生冲击。相比之下,在八九十年代,只有《金融时报》偶尔在某个不起眼版面的一个不起眼角落报道一则中国新闻,而且多为负面消息,电视、电台和其他报纸压根儿就没有中国新闻。真是今非昔比啊。可是在我们遇到的英国人中,对中国真正有兴趣的却极少。并不是无法了解,也并不是没有渠道了解。这如何解释?

我们以为,英国人下意识的自负自大是一个重要原因。像房友约翰这样的领社保金的"非成功人士",也会说出诸如"我们剑桥不知为多少个国家培养了领导人","在流行音乐方面,是我们英国引领潮流,什么欧洲愿景(Eurovision)歌曲大赛……并不符合英国潮流,不符合英国口味"一类的话(言下之意,如果英国人在国际比赛上失败或成绩平平,那只能是外国人的错),"成功人士"的自负更可想而知。这不仅是一种文化自负,更可能是一种种族傲慢,只是不太方便表达出来而已。但这仅仅是一个原因。

更重要的原因是,英国作为一个老牌资本主义国家,社会发展程度高,社会保险、医疗保障和养老保障好,人民生活无忧无虑,大体上已步入休闲社会。满街的酒吧,一到周末就狂饮狂欢,不是周末同样如此,以至于在街头上常常遇到醉鬼挑衅、滋事;工作时间明显缩短,大量英国人上班并不是朝九晚五,而是朝十午三;学校、企业、政府部门乃至商店周末上班或营业时间明显缩短,或干脆不上班、不营业(周五、周六朝十午四,周日干脆关门大吉),等等、等等,凡此种种说明,同发展中国家的人们早八晚六甚至更长时间吭哧吭哧干活,英国已然是一个享乐的乌托邦。一个千真万确的事实是,当今英国人吃苦耐劳、积极进取的精神大大不如中国、印度等发展中国家,甚至赶不上美国。反映在智识生活上,作为一个民族,他们对外部世界已失去了从前的那种好奇心,甚至可以说,他们已不再具备了解外部世界的动力、能力和意志。这与从前的英国形成了何等鲜明的对比!

一个对外部世界失去了兴趣的国家,会有怎样的未来?

7 月 14 日 星期六

剑桥大学为何院弱校强?

上午陪国内来的两个同事游了三一学院。

如果不算听"河上音乐会"时从侧门进入三一学院,我到剑桥三个月来这还是第一次来这个学院,因为听"河上音乐会"那次是在晚上,目的也不是参观,未能好好看一看三一学院的主体建筑。如此缺乏虔诚心,在中国学者当中可谓绝无仅有。一些同事把剑桥大学三十二个学院逐一看了个遍,一些人对何处住过何名人如数家珍,比方说牛顿在三一学院大门旁边一个临街的房间住过;一些人对哪个地方有什么有意思的东西——比方说三一学院门口那棵"牛顿树"显得过于年轻、剪得过分整齐的苹果树,虽并不是牛顿坐在下面沉思,苹果掉下来砸在头上的那棵,却是从原树上剪枝长成的——像导游一样熟悉。

之所以不那么虔诚,是因为在我看来,牛津剑桥的学院制是旧时代的遗制,虽有不少优点,却是不合时宜的制度。几百年前,学科尚未充分分化,国家尚未介入高等教育,大众教育远未成为风尚,大学大体上只是权贵子弟们的去处。随着工业革命的展开,随着现代民主观念的深入人心,随着现代教育的兴起和现代科学技术的普及,从前少数人垄断高等教育的情况一去不复返了,大学的性质和职能也随之发生了根本性变化。国家开始全面介入高等教育。第一次世界大战结束以后,各学院都财政拮据,无法正常开课,政府顺势介入大学,形成了大学开大课、学院上小课(即辅导课)的格局。这一格局延续至今。这完全可以视为一种新的现代性。从根本上讲,这种新的现代性源自工业革命和现代民主。剑桥大学之所以形成了目前这种院弱校强的局面,主要原因在于各私立学院各自为政,不能适应工业化和民主化条件下集中资源办大教育的社会需要。只有靠国家雄厚的财政支持,才能办好现代大学。私立学院再有能耐,毕竟财力有限(美国情况不同,顶尖大学多为私立)。

当前剑桥大学之所以院弱校强,"学院讲师"地位之所以明显低于"大学讲师",教授之所以多由大学而非学院聘请,约百分之九十的学费之所以上缴大学而非学院("学院费"只占总学费的约百分之十），原因正在于国家承担了主要的办学任务。国家之所以承担主要的办学任务，原因不仅在于高等教育大众化，也在于现代学术的发展要求"集中力量办大事"。大型实验室和大型研究所完全是新生事物，规模较小的传统学院无力应付。仅维持现状，各学院便已力不从心，哪有余力建立并运行大型实验室和研究所？从办学效率来看，多个独立王国式的学院也难以做到集中资源、优化配置；相比之下，靠大学财力运作的各教学单位或系科却能更容易地做到这点。这就是为什么剑桥各学院主要是生活单位，也是礼拜单位，却主要不是教学单位，尽管不可否认也丰富了学生生活，在教学上也起到了重要的辅助作用。

7月15日星期日

混乱的大学图书馆

连续六七个工作日在大学图书馆借书，每日都有一本书没找到；即便借着了的，也有一半是费了很大力气才找到的。原因很简单，图书馆大楼太小、结构陈旧，适应不了图书的不断增加。结果是编目信息与上架情况不符，按编码明明应挨在一起的几十本书，却摆在好几个书架以远另一个书架、桌子或窗台上。情况好，会有一张通知，说××号到××号的书已移至何处；情况不好，什么信息也没有，会发现几十上百本的书不翼而飞。为什么不去找流通台人员帮忙？路太远，况且那里人手非常紧张，并非总是有人等在那里，随叫随到替你排忧解难。这时你会茫然不知所措，只好下定决心，不怕牺牲，排除万难，到周围书架试一试运气。运气好，在几米远以远的地方就能找到书；运气不好，只好自认倒霉。早该新建一个图书馆了，只是建房成本高昂，办学经费紧张，建一个新图书馆决非易事。我想,这种混乱并非像国内图书馆那样,是因为管理不善所致,而主要是空间局促造成的。

7月16日星期一

在伦敦逛书店

早上8点同事们一道去伦敦。他们去法国使馆签证,我则径直沿Charing Cross Road逛书店。

二十五年前就来过伦敦,今天免不了作一番今昔对比。不仅八十年代就来过这里好几次,九十年代也来过。印象中,这是一个十分冷清的地方。可是今天看到的伦敦,尤其是Trafalgar Square一带,比八十年代初热闹得多。商店、食店、歌剧场、影院、书店、收藏品店、赌场鳞次栉比,密度极高,人流量之大,也始料未及。真是一派繁荣的景象。这应该是"撒切尔革命"的结果,也应该是布莱尔当政期间英国最强劲经济增长(年均增长率约2.3%)的结果。当然,还有欧洲一体化和经济全球化的功劳。今天看到的外国人比八十年代多得多,满耳听到的都是外语或带外国口音的英语。但愿我的记忆没有出错。

这里书店一个接一个,卖新书的居多,但也有二手书点。它们各有特色,有的主要卖文学作品,有的侧重艺术,也有综合性书店。在学术性较强、名气较大的综合性书店Borders和Blackwell花的时间最多,主要浏览西方"古典学"或希腊罗马方面的书。本来许多书在网上也能找到,但直接到书店来,自有网上购书所没有的好处。如果一两百本属于你关注范围的书同时摆在书架上,你对市场情况(如果你想知道读者究竟对哪方面的书感兴趣的话)的了解几乎就可一目了然。逛书店还有另外的好处:书的内容立刻可知不说,书况怎样也可以立马了解。抄了十来种在网上怎么搜索也未必想得到的书名,以作为研究线索。

出了Charring Cross Road,来到Leicester Square。这里更有意外的发现。在一条五六十米的短短的小街上,居然有十几家"珍本书店"。所谓"珍本",主要是二十世纪的首版文学书,而来这里的买家应为图书收藏者。一家书店居然有一大套阿诺德·贝内特的作品,全都是第一版,书况甚佳,贵的达一百多镑,便宜的也要二十来镑。一本柯兰·道尔的《福尔摩斯的再临》,标价居然高达六百九十镑,被一本正经锁在玻璃柜里,以防被顺手牵羊。艾丽丝·默多克1958年首版的《钟》标价三百五十镑。超过一千镑的书也有(但店员们说,他们主要是卖二十世纪的"首版"书;要买二十世纪以前的珍本书,最好到皮卡迪利广场一带,那里的珍本书店更密集)。不过我发现,这里的标价有忽悠顾客的一面。就在这家书店对面的另一个店,同样是首版的《钟》,而且书况同样好,却只卖五十镑。

除了珍本书店以外,这条街上还有一家专卖旧地图的店,一家专卖旧钞票的店,一家旧乐谱店,一家印度古玩店(商品质量不咋的,很可能多为仿制品)。还有一家书店专卖非西方主流的宗教、哲学书。这里,中国气功书摆了一个书架(这说明气功在英国很有热度),佛教书、禅宗书占了两个书架,印度哲学书、瑜珈书也占了两个书架,地下室里更有不少灵知派圣经和"伪"经出售,同时也有这些方面的研究著作。专讲古希腊罗马"异教"的书也不少,甚至还有一架专讲"邪教"的书。

之后去一家汉堡包店吃午饭。下午浏览了著名的国家肖像画廊。傍晚乘地铁去泰晤士河以南的斯托克维尔区(Stockwell)。此地在以前读过的小说中出现过,也因不在市中心商业区,所以应该体验一下。果然这里多层的市政廉租房一栋接一栋,居民中有大量有色人种。建筑明显比市中心旧,但物价也明显比市中心便宜,甚至比剑桥还便宜。

7月17日星期二

陈旧校园网带来惊喜

二十天来，我的剑桥邮箱账号 wr228@cam.ac.uk 上一直没有收到任何新邮件，心中也一直有一种隐隐约约的受迫害感。发出去这么多邮件，总得有几个回复吧。怎么从 6 月 28 日起就再也没收到一个信息？本打算去大学电脑服务中心查询一下，但又觉得这很可能是系统问题，所以没有去。ruanwei151018@263.net 账号不就老是丢信息吗？今天，一直以来让人不愉快的问题终于解决了。剑桥大学校园网软件太过陈旧，我剑桥账号的收件箱在前三页上每天自动显示新邮件之后，从第四页起便不自动显示了，除非你明确要求显示第四页及以后的邮件。这真是一个大发现，一个大惊喜！

这使二十天来的疑虑顿然冰释。深圳大学外语学院曹亚军回信说，他已把翻译计划的款项汇至上海三联书店。我带的研究生汤菁也告诉我，她已在网上查到了我要的所有六家英美出版社的地址和传真。古典学系卡特利奇 6 月 28 日当天就回了我在 6 月 28 日上午发给他的信息。他虽然不赞同我在雅典民主起源上的虚拟假设式论证，但认为这有启迪思维的作用。东亚系顾若鹏回信说，他 7 月 5 号去以色列，7 月中旬回剑桥后马上又得准备去日本，原计划同我聊一聊《地缘文明》之事，现在看来没时间了，不过他会把书随身带到日本去读。社会学及政治科学系简·诺兰也回信了，表示我 7 月 6 日未能参加《超女》在圣安德鲁街一家影院的首映是可以理解的，因为前一天我听了影片制作人在 CRASSH 所作的报告，已知道片子是怎么一回事了。英语系罗伯特·麦克法伦同样回信了，他说我要的"激情自然"与会者在维肯滩地的集体照他那里没有，但可以同新厅学院利奥·梅勒联系并索取。

7 月 18 日星期三

不关心时事的英国人

晚上看电视时,约翰也来凑热闹,问我今天有什么新闻?我说巴基斯坦发生三起自杀式爆炸事件,死亡四十九人。他显得很震惊,问为什么?我只好给他解释,7月初政府军与占据"红色清真寺"的好战分子僵持了一段时间,最后将清真寺团团包围起来,发起了武装攻击,夺回清真寺,但也打死了近一百名激进学生;所以,这几天的自杀性爆炸事件被普遍认为是好战分子对政府军实施的报复行动。

这时电视上正在讲莫斯科宣布,作为对英国驱逐四名俄罗斯外交官的回应,俄罗斯将驱逐四名英国外交官,限十日之内离境。约翰虽然并不知道这个事件的来龙去脉,但也愿发表一下评论。他说,英国与俄罗斯交恶,幕后黑手其实是美国。我不无挑衅地问:为什么是美国?他说,美国不愿意看到英国与俄罗斯好,更不愿意看到欧洲与俄罗斯好;如果英国乃至整个欧洲与俄罗斯关系搞好了,甚至联合起来,美国就"孤立"了;所以,美国千方百计地破坏英国、欧洲与俄罗斯的关系;所以英国人乃至所有欧洲人都要"警惕",要搞好与俄罗斯的关系。我再次不无挑衅地问:你讲这种话有什么根据?约翰笑了笑,说没有什么根据。这只是他的"愿望",如此而已!

我以为他的话虽然幼稚,但也能自圆其说,甚至不能说不对。从美国战略利益最大化的角度看问题,它的确希望欧洲处于分裂状态。可是几十年来,欧洲一直在搞一体化;欧盟作为一个超国家机构,其实质性的权力越来越大,从总趋势来看就更是如此了;所以在许多重大国际问题上,欧盟与美国保持了明显的距离。这并不是美国希望看到的局面。欧洲与俄罗斯改善关系,就更不能讨得美国喜欢了。好在英国与欧盟若即若离,与核心国家法国和德国之间有不小的隔阂,再加上与美国"同文同种",所以被认为是美国"天然"的跨大西洋盟友。新上任的英国外交部长重申英美特殊关系对于英国的重要性,再次证明了这一点。

如果说英国人对国际时事并不关心,他们对国内时事总该关心一点吧?但几个月来我的观察是,两个英国房友和已很大程度"归化"英国的葡萄牙人卡洛斯对英国政治没有表现出任何兴趣。这多少印证了前不久"激情自然"会议期间一个与会者的看法:当今英国年轻人当中已很少有人关心政治;在各种选举中,年轻人很少投票;这不啻是自我剥夺了应有的民主权利;对英国民主来说,这是一个绝大的讽刺。

实际情况是,几个房友中只有我一人天天跟踪新闻时事。安娜不读书,也不看报,只是偶尔看一看娱乐节目。其他几位对电视虽然并非抗拒,但主要是看体育文艺节目。他们最忠心的节目是"大哥"(Big Brother)。每到晚上八九点,他们便兴致勃勃地欣赏那十几个俊男靓女在幽闭的环境中勾心斗角、尔虞我诈,那兴奋劲儿无异于天天吃大餐。

7月19日星期四

英国人的"恐欧症"

BBC第四电台提到戈登·布朗上台后不久在演讲中说,他执政的一个重要目标,是要解决英国人在欧盟问题上的"模棱两可"。他说,英国人患有恐欧症(Europhobia),这种状态应该结束,或者说英国人在对待欧盟态度上由来已久的暧昧态度应该结束。可是议会里反对派认为,英国民意并不主张跟欧盟发展更密切的关系。他们甚至扬言将不顾布朗内阁反对,推动以全民公决的形式来对欧盟宪法草案进行表决。对于这种威胁,布朗政府的态度是全力挫败将欧盟宪法草案付诸全民公决的企图。BBC电台也提到,还有几天首相可做的布莱尔在他最后一次议会演讲中说,英国在与欧盟的谈判中要立场坚定,该争的就争,该说"不"时就得说"不",在外交问题上尤其如此。还提到波兰正尽全力在欧盟中争取更大的投票权(欧盟各国会就重大问题投票,但并非像联合国那样一国一票,而是不同国家拥有不同票数的投票权;但票数并非严格地与人口成比例,大国因其影响力较大,按人口拥有的投票权小于小国),以抗衡德国对欧盟的过大影响。看来,在短期内欧盟前景并非明朗。

7月20日星期五

"社会邪恶"何处觅?

富足时代也有"社会邪恶"吗?答案是肯定的。只是同一百年前比,现在得花一点力气才能弄清楚什么是社会邪恶。一百年前,人们并不那么感到孤独,现在孤独却是一种普遍的社会病。这是一种富裕条件下的新型社会邪恶。一百年前,人们对各种机构——银行、保险公司、医院、康复中心、警察局等——充满了敬意,现在大家对机构却充满了敌意。这又是一种富裕条件下的新型社会邪恶。富裕带来了自由,带来了更大程度的个人主义,也随之带来了一个错误认识:机构对个人自由构成了威胁,甚至具有压迫性。人们似乎忘记了机构对于社会的服务功能,忘记了正是由于机构的存在,社会才得以有序和稳定。今天,贫穷仍是一种社会邪恶,这可能表现为两个孩子得挤在一张床上睡觉,也可能表现为卧室里没有电视可看。这也是社会邪恶相对贫穷作为一种社会邪恶,一百年前是不可想象的。这是第四台今天讨论的话题。

7月21日星期六

"卑微"的圣埃德蒙学院

受北京国际战略研究所茅风华邀请,中午在温和的阳光下骑车去到位于城堡街附近的圣埃德蒙学院(St. Edmund's College)用餐。

原先以为,风华在电邮上说他所在学院是一个"卑微的小学院",只是一种调侃和自谦。来到这里,才发现与国王、三一、圣约翰、克莱尔等老牌学院相比,圣埃德蒙学院的确又"小"又"卑微"。没有金碧辉煌的教堂,没有装修精美的大院厅;虽然有一个"院"(剑桥的学院通常用四至六层高的楼房围起来的一个院子,中间是草坪花园)格局,但学生宿舍楼所用建筑材料明显较差,维修状况也不好,草地和树木看上去已很久没有施肥修剪。吃饭时又发现,墙上挂的院长油画肖像只有七八副,远不如老牌学院的肖像多,这说明学院历史不长;肖像质量也欠佳,这又说明学院经济状况不好,请不起好画师,画框质量欠佳也说明了这一点。然而,午饭质量之好却出乎意料。汤羹、主菜(鳕鱼或羊肉)、副菜、餐后点心、水果、酸奶、面包一应俱全。更让人惊讶的是,所有这一切加在一起才花了三镑,风华认为这个学院之所以有这么好的饭菜,全赖它的既"小"且"卑微"。

这话从何说起?从有关介绍中得知,圣埃德蒙学院是剑桥所有学院中唯一一所天主教学院,在圣公会背景学院林立的情况下,是绝对少数派,属于弱势群体。自亨利八世拒绝承认罗马教皇权威及清教革命以来,英国国教圣公会一统天下,把天主教徒视为异端,实行残酷的迫害政策,天主教不得不转入地下。直至十九世纪六十年代,宗教宽容理念深入人心,英国才解除了限制天主教徒活动的禁令,埃德蒙学院才得以成立。即便如此,在成立以后很长一段时间里，圣埃德蒙仍然只是一个培养天主教神职人员的神学院。第二次世界大战结束以后，圣埃德蒙学院才开始设置现代学科，但直到 1996 年才被正式承认为一般学院。这个学院对自己的先天劣势有清醒的认识，制订了吸引学生的优惠政策，因而有价廉物美的学院餐。风华说，他所住那间十二平米宽敞明亮的房子，包伙食费，一个学期三个月竟只付一千英镑。这点钱，在剑桥市区绝大多数地方只能租一个状况一般甚至较差的房间，根本不可能包伙食。

饭后聊了一会天，之后去观看圣埃德蒙学院中国留学生的读经活动。今天读的是《大学》。讲经人是一名学电子工程的中国学生。他文科素质好，逻辑清晰，背景知识和理论修养方面虽有欠缺，但能从词源学和中国文化知识入手，准确地把握《大学》开篇几段话的内容，讲得相当透彻。更令人惊讶的是，二三十个听讲者大多是理工学生，能抽出时间来听课，而且如此专心致志，这在国内几乎是不可能的事。风华讲，现在是暑期，要是平时，来听课的人会更多。一群学理工的中国留学生，在二十一世纪的"后现代"剑桥，能静下心来研习中国典籍，真是难能可贵。但也并非没有缘由。中国国力迅速上升，重新肯定传统思想文化已成为潮流，再加在异国他乡有文化认同的压力，于是就有了学院的理工学生读经班。

7 月 22 日 星期日

青少年犯罪率居高不下

BBC 电台一个节目讲，二战后英国青少年犯罪率居高不下，目前仍是欧洲青少年犯罪率最高的国家之一。相比之下，二战刚结束时，日本犯罪率与英国大体相当，但现在远低于英国。节目里英国人寻找犯罪率高的原因。一是二战产生了许多"无父亲家庭",孩子没得到应有的教育;二是战争结束后十来年,英国步入富足社会,物质财富的充裕造就了一代无所事事的年轻人。但这种解释无法说明为什么日本、德国青少年犯罪率明显低于英国——战后这两个国家"无父亲家庭"比英国高得多;它们跟英国一样,也经历了一个从物质匮乏到物质充裕的转变。其实,英国人过分强调"自由",英国社会过分放任自流,才可能是青少年犯罪率高的根本原因。看来,节目嘉宾的思路只是治标不治本,与英国儿童肥胖率高,看不到运动量不足、饮食热量太高等根本原因,却抓住快餐广告不放,是一回事。

7月23日星期一

英国社会的世态炎凉

今天天气晴好,卡洛斯和约翰迫不及待,中午就要在园子里烧烤起来。我在厨房里简单吃了点东西,马上要去大学图书馆,没有加入他们的行列。

趁着约翰恰恰在厨房里准备烧烤食物,跟他顺便聊了一会。问他,如果是一个"体面"的中产阶级上层家庭,他们聚会狂欢,是否会跟我们的简朴寒碜形成对比?他们是否会以昂贵的红葡萄酒或白葡萄酒和少见的意大利、法国奶酪来标示其与众不同?约翰说的确如此,但是他个人无法认同这种生活方式。他的"叔叔"(他妈妈的姐姐的丈夫)就是这样一个有钱人。他是个房产商,很有钱,两年前外祖母去世,葬礼结束以后举行过一个能显示其有钱或"体面"的家族聚会。在聚会上,约翰和他只是用眼睛扫视了一下对方,根本不打招呼,更不用说拉家常了。约翰很清楚,他叔叔属于哪个"档次";他叔叔也很清楚,约翰属哪一类人。他们彼此之间本来就没有共同语言,再加上从前他叔叔还做过什么伤害过他妈妈的事,所以就更不愿意同他多交往了。约翰还说,他叔叔的女儿即他表妹维基小时候本来跟他玩得很好,可是长大以后,却染上了中产阶级上层的派头,跟他也就不那么投机了。

7月24日星期二

失业并非丢脸

我问,是不是你叔叔一家人自视为"成功人士",把几次处于失业状态的你视为"失败者",所以在你面前表现得那么优越,那么颐指气使,让你窝火,让你憋气?约翰的回答让我大开眼界。他说,谁说他是"失败者"?他并不是"失败者"。他以为,人生有限,一个人要是把一生的黄金时间全都用于朝九晚五上班,甚至还加班加点地干活,那可真是一个"严重的错误"。除了工作、挣钱,生活中还有许多美好东西等待你去发现,去享受!

看来,至少在约翰这种中产阶级(中层)分子心目中,失业纵然不光荣,却也并非十分丢脸。这种价值观与中国人相比,差别甚大;甚至跟美国人也有很大不同。美国是发达国家中的异类暂且不论,但在中国如果某人失业了,不可能不感到来自家庭、亲戚乃至社会的压力。中国毕竟还是发展中国家,社会保障体系不完善,一人失业,妻子儿女的生活状况乃至前途都将受到严重影响,所以会有很大的压力。在英国这样的发达国家,社会保障很完善,年轻人失业了,领社保金为生,也照常能找出各种由头狂饮狂欢,照常能吃昂贵的有机食品(约翰称其饮食中有机食品占60%)和其他并非属于基本消费的食品。他似乎不会感到来自家长、亲戚和社会的压力。他甚至有心情自视为"嬉皮士"。

7月24日星期二

鸦片战争以外的"鸦片邪恶"

剑桥大学的大学图书馆最近正进行有关"鸦片邪恶"的书展，展出了一系列英国人自十九世纪后期至二十世纪中叶所写关于英国在亚洲的鸦片种植、贸易的著作（配有大量历史照片）。从中可以了解到，遭受鸦片之灾的不仅仅是中国人，印度作为十九世纪英国在亚洲最大的鸦片生产地（事实上，当时输往中国的鸦片主要产自印度），人民遭受的鸦片毒害比中国有过之而无不及。除印度外，英属马来亚（现新加坡和马来西亚）也是一个重要的鸦片生产和销售地。只是现在英国有识之士很少，英国的教科书不可能作自我批判，所以一般人知道不知道英国曾进行了罪恶的鸦片贸易和鸦片战争，是很大的疑问。

BBC第四台今天一个访谈节目讲的是已故美国经济学家、作家、公共知识分子加尔布雷特（John Kenneth Galbraith，1908—2006）。说他作为一个凯恩斯主义者，作为左派经济学家，在1960年代对美国军火工业既得利益集团的做法洞若观火，认为美国根本没有必要卷入越南战争，认为鼓吹战争者的幕后黑手是大军火商，因为他们要卖军火赚钱，其根本利益是跟战争绑在一起的。节目中一位嘉宾说，加尔布雷特利用他与约翰·肯尼迪的朋友关系，说服肯尼迪将卷入越南南北内战的美国军队撤出，肯尼迪甚至下定了决心撤军。殊不知不久之后肯尼迪被刺，接任的约翰逊不仅没有撤军，反而将战争扩大到越南北部，开始对北越军事及民用目标实施大规模轰炸，最终造成美国立国以来最大的国际挫折。

7月25日星期三

英国人不知道鸦片战争

傍晚问约翰:是否知道鸦片战争?

不出所料,他说不知道,但随即又改口说"听说过"。问他听说了什么? 他说,在相当长时间内,鸦片是一种"合法"吸品。十八、十九世纪首先在英国上层阶级中盛行吸鸦片,后来扩散到其他阶层。他说,那时上层阶级中人会去到某个装修豪华的楼房,躺在雕饰华丽的烟床上,斜卧着点燃一根长长"烟枪",吞云吐雾,尽情享受鸦片带来的恍兮惚兮感。这在当时曾被视为时髦。只是后来,鸦片才被视为毒品。

我问他究竟知不知道"鸦片战争"。他又说,似乎只是听某人提到过。再问,知不知道鸦片战争发生在哪两个国家之间? 他说不知道。我只好说:发生在英国和中国之间。他说在小学、中学大学读书时,课本上并没有这一内容;事实上,英国教科书不大讲世界史,当然也就不讲鸦片战争了;只是在大学毕业后,他才逐渐了解了一些世界史知识。

他问:鸦片战争结果如何? 我说,中国被英国打败了,被迫签订了不平等的"南京条约"。签约时,其他西方国家也趁机介入,即所谓"利益均沾"。约翰很好奇,问中国和英国为什么打这场战争? 我告诉他,长期以来英国商人在中国贩卖鸦片,牟取暴利,使中国沿海乃至内地大量人口吸毒上瘾。至1830年代后期,一些中国官员意识到鸦片对中国人健康造成了巨大危害,大量人口吸烟不仅已影响了清政府的税收,也影响到兵源,对政权造成了严重威胁。清政府派林则徐去广东禁烟。于是发生了1839年中国人在广州虎门烧毁巨量英国鸦片烟土的事件。从英国方面看来,中国人焚毁的是英国人的财产。英国国会就是否派舰队对中国开战一事进行了辩论,最后主战派占了上峰。派来报复中国的英国舰队按当时标准来看很小,但已足以打败无海军可言的中国。中国战败,签订了南京条约,割让香港给英国,还被迫实行"五口通商",而此前英国人只能在广州一地与中国人做点生意。

这一切对约翰来说乃闻所未闻。他急于知道,当时英国的鸦片商人知不知道鸦片对中国造成的危害?我说不可能不知道。这就好像现在许多个人、公司和政府(包括英国政府在内)都知道每天开车上班会排放大量二氧化碳,造成温室效应,加剧全球变暖,但并没什么人主动放弃开车,也并没有哪个机构出面采取有力的因应措施。

最后我对约翰说,鸦片战争对英国人来说不是什么大事,以至教科书上不著一字,但对中国人来说却是天大的事。约翰又感到好奇,问为什么?我说,鸦片战争以前中国人自视甚高,陶醉在"天朝上邦"的虚荣里;鸦片战争以后,中国人认识到"天朝上邦"仅徒有其表,实际情况却是经济凋敝,军事羸弱,根本不是船坚炮利的西方的对手。只是在鸦片战争以后,中国才逐渐走上自强的道路。1840年对于中国来说是分水岭。

7月26日星期四

约翰的帝国情结

今晚约翰自豪地对我说,不仅鸦片战争时英国海军很强大(他终于对鸦片战争有了点认识,但同大多数英国人一样,他对英国人所应负的道义责任却没有感觉),即便现在。英国仍拥有一只强大的舰队。他又问我,你知道从前整个英国覆盖着茂密森林吗?我说当然知道。他又说,这么多木材哪里去了?不等我回答,他便得意洋洋地宣布:全造成军舰了!这意味着英国海军不仅强大,而且这强大有历史和地理原因,是必然的。

既然约翰的国际政治知识近乎零,也就不好跟他细细理论了,但我仍告诉他,历史上英国海军并非任何时候都十分强大。问他知不知道"郑和"?他说不知道。我说,1405至1433年,中国郑和进行了七次远洋航行,比西方"地理大发现"早八九十年。郑和舰队的规模和军力在当时世界上无出其右,但这是一只和平、友谊的舰队,跟后来葡萄牙人和西班牙人远洋航行有天壤之别。所到之处,中国人既不杀戮也不征服,甚至不刻意传播自己的价值观,而是礼遇当地人民。郑和舰队远航至东南亚各地、印度南部、波斯湾、红海海口和非洲东岸现索马里、肯尼亚等国家,其规模之大,航行范围之广,可谓史无前例。在船只和人员规模方面,葡萄牙人的船队也根本无法同中国舰队相比。最大的一支郑和舰队有船只三百余艘,士卒二万八千人。最小的一支舰队也有五十来艘船。不仅舰只众多,就舰只大小来看,当时乃至后来很长一段时间西方也根本无法相比。如果哥伦布船队的船只与郑和舰队巨大的"宝船"相遇,就像一只小猫撞上了一头大象。

今天干了很多活,太累,没有心绪跟约翰讲国际政治大势(即便有心绪讲,他也未必听得进去),即,尽管当今英国海军仍然强大,也没太大意义;在经济领域乃至国际政治舞台上,英国早已是一个二流国家;就是在军事上,它也并非真能跟中国、俄罗斯相比(尽管单个国家相比并非合适)。当然,英国人并非甘当二流国家。近二十年来,它傍上了美国这个超级大款。与美国结成跨大西洋战略联盟,是它近年来的选择。这就是为什么布朗刚刚上台,新任外交部长便再次强调与美国关系的重要性。但这也带来了明显的问题。在重大国际问题上,英国与美国走得太近,没有自己的选择,势必使有识之士乃至一般民众产生一种强烈的挫折感。如果英国独立一些,本来能做到不卷入伊拉克战争,可它却紧跟美国,稀里糊涂卷了进去。这对英国来说是一个重大的战略错误。这在英国有识之士乃至民众当中,大体上已是共识。已发生的多次反战游行便是证明。

从约翰的言论来看,至少在某一部分英国人身上,帝国情结至今阴魂不散。看来,需要更多地了解英国人的心态。应该同剑桥大学教师多聊一聊,看看英国知识分子里有多少人知道鸦片战争以及对该战争的看法。可惜没有机会。偶尔在聚会上见到,如果采访式地问他们知不知道鸦片战争,对此有何看法,是不合适的,除非恰恰有相关或相近的话头。

几周以来,蒂娜每天一早在厨房里见到人类,便死乞白赖讨吃的,我因而觉得她不是一个猎手,而是一只懒猫。今天早上,我发现她有点反常,对人类一点兴趣也没有,独自一人在屋外一台破冰箱上的破篮子里睡懒觉。吃完早点到园子里走走,发现小道上有一只死耗子。顿时意识到,蒂娜到底还是猎手。猎手一开杀戒,便有严重的后果——耗子们遭大殃了,死伤惨重。我以为,在破篮子里睡懒觉的蒂娜肚子里,现在不止一只死耗子。园子里的那只应该是蒂娜吃饱后衔来的战利品,是向她的房友们炫耀其辉煌战绩的。

7月27日星期五

"西男东女"还是"西女东男"?

下午在以北美为基地、面向海外华人的"万维"(www.creaders.net))网上读到一篇文章,讲当今西方社会的"西女东男"伙伴-婚姻关系。传统上,西方人与东方人的伙伴或婚姻关系绝大多数是"西男东女",可是近年来,"西女东男"组合越来越普遍。这篇文章用英文直接引用了许多同东亚男子有过伙伴关系甚至嫁给他们的西方女子的话。她们异口同声批驳了东亚男子不够"大",所以不能满足西方女子的需要这种无稽之谈。她们还批判了东亚男性都是大男子主义者的指责,说东亚男性通常比西方男性更体贴人、更顾家,比西方男子责任心更强,更靠得住。想起 1999 年在波士顿的情形。在这个非常"进步",文化水平非常高的西方城市,时常在街头遇到漂漂亮亮、身材姣好的白人女青年与华人男子同行,一看就知道是伙伴关系。当时并不觉得这有什么了不起。现在看来,这其实体现了波士顿的"先进性"。在广大西方世界,"西女东男"并非都像波士顿那么寻常。

7 月 28 日星期六

从福尔摩斯到里伯斯

在电视上,伊安·兰金看上去比从前壮实得多,成熟得多,当然也老得多。从前那忧郁眼神中现在少了一些忧郁,但皱着眉头的愁容依然如故。

最后一次见到他,是在二十二年前爱丁堡某处。那时,他又高又瘦,说话带有浓重的苏格兰口音。他师从瓦莱莉·肖,研究爱丁堡出生的当代女小说家穆莉尔·斯帕克。在一群读英语文学的研究生当中,他最有心眼,似乎最受老师青睐,也唯有他除了偶尔屈尊谈一谈学问,还时不时表示将来要搞一番轰轰烈烈的文学创作,而非无病呻吟地搞什么文学评论(这种话当然不能当着导师的面讲)。他出身在一个矿工社区,父亲当过矿工,后来改行做推销员。他曾对我说,他父亲当年的抉择十分英明——继续当矿工的几个叔叔伯伯都已早逝,唯有他还健在。现在看来,伊安本人当年不走学术道路,甚至对学术表示鄙夷,似乎也是一种英明的选择。在一伙同学中,似乎只有我和威廉·贝尔仍在学术界,其他人都不知去向。可以肯定的是,他们不在学术界工作,但也决不可能像伊安那样已是一位炙手可热的作家,更不可能像他那样,在爱丁堡已有一条以他的名字命名的街道——"伊安·兰金街"。

BBC 第四频道今晚播放了苏格兰 BBC 的专访节目:"伊安·兰金隐匿的爱丁堡"。平日不大看电视,今天碰巧打开电视,碰上了这个长达一小时的节目。既然是同学,怎么也得关注一下。其实,前些年就已在香港和美国的一些书店里见过他的一两本小说,但发现尽是凶杀、侦探一类的故事,跟自己的研究兴趣相距太大,所以未能看在同学的分上买一本。今晚了解到,他二十年内写了十八本小说,全都贯穿一个中心人物:探长里伯斯(Rebus)。这让我想起了福尔摩斯。我以为,他已在伊安的小说中转世,只不过换了一个叫"里伯斯"的名字。伊安显然继承了柯兰·道尔这位更有名的爱丁堡作家的手法,即用一个侦探贯穿其所有小说。他从同样是爱丁堡出身的小说家斯蒂文森那里也有借鉴。他对斯帕克更有明显的模仿,所以能够像一些当代小说家那样,大玩魔幻现实主义一类把戏。比方说,柯兰·道尔会幽灵般地进入故事,骚扰探长里伯斯,就案情的发展跟他纠缠不休。再比方说,作者本人也会猴急地蹿进故事,为了一个年轻、漂亮的女子与里伯斯争风吃醋,甚至以卑鄙的手段将他击败,包括将他往死里写。今晚伊安表示,现在已经到了"终结"里伯斯的时候。二十年来,里伯斯一直缠着他不放,耽误了他的大好青春,所以该了结他了。里伯斯应怎么死?像伊安的小说一样,节目或伊安本人也卖了个关子,留下了悬念。伊安还有一个重要的手法,即以爱丁堡为所有故事的发生地,把爱丁堡本身也变成卖点。故事既以真实凶案为素材,用真实地点也就顺理成章。结果,爱丁堡兴起了一种新型旅游:"里伯斯游"。甚至出现了专职"里伯斯导游",任务是领游客参观里伯斯"故居"、常去的酒吧和破案地点。

看来,当年伊安读研的功夫并没有白费。但我无法认同的是，他的小说中永远少不了血淋淋的尸体，永远少不了多年前奸杀案留下来的骷髅，永远少不了令人毛骨悚然的凶杀情节。为什么他不能像柯兰·道尔那样，纯粹以人物塑造和故事悬念来吸引读者？

7月31日星期二

八月

状况不佳的伊利大教堂

今天一群中国学人去伊利镇(Ely,离剑桥乘火车约十五分钟以远)游览,参观著名的伊利大教堂。

就大小来说,据说该教堂全欧洲第二。对此,我有点怀疑。梵蒂冈的圣彼得大教堂第一,德国的科隆大教堂不说一定是第二,也定然不小。待到进入伊利大教堂,才发现的确很大,很可能大过科隆大教堂,尽管从知名度看远不如后者。目测教堂内部长度有一百米左右,明显长过一般大教堂,印象中的科隆大教堂内部似乎没有这么长。

尽管超乎寻常地大,伊利大教堂状况堪忧。可能因石料质量的问题,也可能因多年来保养不善,外墙风化得很厉害。不知是否已被纳入"国家级保护建筑"的类别。参观内部需要购4.5镑捐资性的门票,这表明伊利大教堂财政状况很不好。大教堂侧厅二楼是"彩色玻璃画博物馆"(Stained Glass Museum),又得收门票三镑。不愿花钱(也没时间),于是买了八张十四世纪至二十世纪的彩色玻璃作品明信片,四十便士一张,这样既支持了一下大教堂的保养,也有了纪念品。

此后一行人去到克伦威廉故居参观。就那么一幢老式平房，里边连客厅、卧室、厨房功能也未加区分，按现在的标准相当简陋，按当时的标准也不豪华。下午参观了所谓"巴比伦画廊"，里边最有卖点的展品，是一个用彩色塑料垃圾做成的直径达2.5米的"比萨饼"。该画廊所有展品均为用塑料垃圾制成的"艺术品"。

8月2星期四

失业者遭受巨大压力

傍晚与约翰在厅里聊天，问三十多岁的他为何至今没有固定女朋友。

"一言难尽"，他说，"但最重要的原因可能还是我目前没有工作"。

"有些女孩子不会嫌弃的，"我说。

"的确如此，有女孩子并不嫌弃没工作的人。但我本人感觉不自在。"

"你现在加把劲，赶紧找到工作，找到自信吧。"

"谈何容易。投出去十几封求职信，要么根本没有回音，要么约我去面试了，最后却没有给工作。"

我意识到，近几个月约翰一直在找工作。有时他穿戴整齐，胡子乱得干干净净，一副要做重要事情的样子，一定是去"见工"。

"这很悲哀，"他用沉重的声音继续说道，"也许，剑桥这地方跟我过不去，或者说我跟剑桥犯冲。我应该挪一个地方。"

"有没有可能到欧洲大陆找份工作？"

"可能性不大，"他说，"我不懂欧洲大陆语言，但其他方面那里要求跟英国差不多，所以更难。"

"干脆到中国去找一份教英语的工作，把工资换成英镑虽然没几个钱,在中国却可以过得很舒服,甚至很奢侈。你只要愿意,我可以帮忙介绍。"

"可以考虑,"约翰说,但他的反应到此为止。

我继续撺掇他:"你在中国教几年英语后再回英国,就像换了个人似的,简历就完全不一样,在英国找工作就不成问题了。"

"几天后我会到一家公司做'义工'。这其实是两周试用期。试用期结束以后,如果老板满意,就能留下来,就算找到了工作。"

"如果这也不行呢?"

他没有回答。

"我要是你,试用后如果留不下来,就远走高飞,另起炉灶。"

对此,约翰并没有什么冲动。他是一个不温不火的人。也许正因为他太温和,在职场才不被看好,才屡屡被拒。但事实上,他的机械工程背景和技能相当不错。

"总找不到工作,很悲哀啊。你会有严重的挫折感。你老是觉得自己是失败者。就我自己来说,每次到父亲那里,总会受他欺负,总会感到有形无形的压力。他无法忍受我没有工作的事实,总在抱怨。我觉得我永远不可能让他满意。他对我要求太高了。"

"你家其他人对你如何?"

"妈妈对我还可以。因为她和我性格很相似,或者说我更多继承了她的性格。但姐姐却不一样了。她更像爸爸,咄咄逼人,常常欺负我。她一家人跟妈妈住在一起,我每次去妈妈家,姐姐都会找这样那样的事让我做。她鬼点子很多,很会来事的。"

"你姐姐也真够厉害。不过无论如何,今后如果继承父母亲的财产,你在法律上享有跟她同等的权利。"

约翰认可这一说法,但他显然受够了跟父亲、姐姐住在一个城市。

"我真想离他们远远的。仅仅跟他们住在一个城市,就已够呛。即便不见他们,也会感受到心理压力。真应该离他们远远的。"

他声音听上去凄凉、悲愤。他眼圈红了。

"我要是你,就立即采取行动。只要坚持不懈,就一定会有结果。"

他没吱声。他是否会采取行动,我拿不准。但先前的看法被颠覆了。我以为英国人有很好的社会和医疗保障,不会有中国失业者那样的巨大压力。这种看法显然不对。事实上,约翰像其他所有失业者一样,遭受着来自家庭、社会的巨大压力。

8月3日星期五

华人进入东南亚的客观效应

晚饭后,威廉、约翰和我在厅里看 CNN 新闻。一段新闻结束后,插播了一则有关北京奥运"倒计时"的大型广告节目。威廉问我知不知道"海啸"? 我说知道。他说两年前,"世界上你们那部分"发生了海啸,你的亲戚、朋友当中有没有受影响的? 我说没有;那次大海啸发生在东南亚国家,受灾国家有印度尼西亚、泰国、马来西亚、斯里兰卡和印度;其中受灾最严重的是印尼,死亡人数达十几万。这时威廉眼睛一亮,笑着问我:你知道从前印尼的"老板"是谁吗? 我明白他"老板"的含义,说自然是你们荷兰啰。威廉脑子里缺乏殖民主义这一概念,这时显得十分得意。约翰也不甘落后,说英国曾也是那个地区的"老板",但他说不出究竟来。我说,英国主要是马来西亚、新加坡和缅甸的"老板"。

见他们两人如此得意,我又说,西方人到东南亚殖民,统治当地人两三百年,但最后结果却是卷起被子,打道回府。中国人移民东南亚,最后结果却是留在当地,扎根下来。事实上,中国人移民东南亚已有一千多年历史,十六世纪以后移民速度明显加快。今天,东南亚华人(曾被称为"华侨")与当地人结成了民族共同体,积极参与了当地文化建设、国家建设和经济建设,对当地发展做出了极大贡献。中国移民与西方殖民有很大的不同。在大多数情况下,中国移民并不掌握甚至不追求掌握政权(这并非意味着"南洋"华人不关心、不参与当地政治)。他们更愿意追求经济或其他方面的成功,在政治上通常甘居被统治者或寄居者角色。与此同时,他们以自己的勤劳、技能和知识求生存、求发展,取得了举世瞩目的成功。尽管中国人进入"南洋"并不是殖民主义,但从客观上讲,移民减轻了家乡的人口压力,开拓了中国人海外生存和发展空间,扩大了中国文明的影响范围,从而起到了与欧洲人移居美洲、澳洲相似的效应。

8月4日星期六

剑桥情场的弱肉强食

晚上和约翰聊天,他突然说"自然界的法则是弱肉强食,不是么?非常残酷,对不对?"

我请他具体描述一下。

"总有一些人是捕食动物,对不对?就像在空中翱翔,寻找机会的秃鹫,对不对?那锐利的鹰眼雄视地面,一发现猎物,便以迅雷不及掩耳之势俯冲下去,捕杀之,啄食之,对不对?可是,我说的这些捕食动物的猎物通常是他们的男性朋友。严格地讲,是那些刚有或刚刚换了女朋友的男性朋友。"

"为什么是这么一些男性朋友呢?"

"一个男人如果没有某个女人依傍他,"约翰说,"这个男人对他们来说便食之无味,满足不了他们的捕猎杀戮之嗜血本能,对不对?"

"但为什么他们一定得盯上某个男性朋友的女朋友?"

"因为他们是天生的虐待狂。虐待狂一定得伤害他人才能过得自在,才能获得快感,对不对?准确地说,一定得伤害他们最熟悉、最要好的人,才能获得最大的快感,对不对?"

"他们通常是如何行事的?"我问,"他们是如何得手的?"

"一旦发现某个男性朋友与圈内某个女孩有相对稳定的关系,他们就会蹿过去,强行插塞。他们会挑拨离间他与女朋友的关系,直到最后把她弄上床。他们心狠手辣,耍起阴谋诡计来,无所不用其极。这种人通常都是这样,对不对?"

"如果一个女朋友这么轻易就跟另一个男人走,就不值得成为你的女朋友了。"

"我大体上同意你这个说法,"约翰说,"但女人就像被编了程似的,天生眼馋那些能显示自己有能耐的人,对不对?她们特别眼馋那些有钱人,对不对?但我以为,目前剑桥丛林中位于食物链最上层者,还是那些流行乐队的音乐人,无论是歌手、乐手,还是制作人或发行人。当然,大学教师的地位也不错。一年前,我的一个十九岁的女朋友就硬是跟一个音乐制作人跑了。"

"看来你不是捕食者,而是被食者,"我评论道。

"这就是我为什么淡出一个又一个朋友圈子的根本原因,也是我至今没有固定女朋友的根本原因。我发现,跟男男女女的朋友们在一起混,时间一久,自己总会受到伤害。我一有个女朋友,迟早会被一个男性'朋友'夺走。所以,我现在跟那些男性朋友们保持一种若即若离的关系,也不愿跟某个女性朋友保持稳定的关系。不能一而再、再而三受伤害,对不对?"

"但我可是经常看到你晚上去哪里会他(她)们的哦!"

"的确如此,"约翰说,"因为我还未能完全割断与他(她)们的联系。毕竟,有一长串漂亮的女朋友会给你一种强烈的成就感,会胜过什么事业成功,对不对?"

"不对,约翰,你当真信这个?"我不大相信这是约翰的真实思想,"那么你就不用找工作,整天把心思用在搞女朋友上就行了。反正女朋友已经给你带来了强烈的成就感。可是你不认为有一份好工作,有稳定的收入,又有一套房子,对大多数女孩子来说是一种吸引力?"

约翰觉得我的质疑有道理,立场又有了变化。

"当然,你如果有一份好工作,收入稳定,又有一套好房子,任何女孩子都不会看低你的,对不对?除非你的性格极糟糕,或者说有严重人格缺陷。"

"尽管大家换伙伴很勤,但也得有个节奏或频度吧?总不可能全都是'一夜情'吧?"我又问。

"我对'一夜情'的做法(one-night stand)深恶痛绝,"约翰说,"这简直跟禽兽无异,对不对?至少也得同住一周才像样子。"

"你自己是不是一个周就换伙伴了?"我问。

"没错。但有时也好几周甚至一个月才换。"

8月5日星期日

现代化并非一蹴而就

从一张"缪勒路历史游"(The Mill Road History Tour)广告单上了解到,晚至四五十年以前,英格兰心脏的地带剑桥地区仍不十分"现代"。

这么说不是没有理由的。

比方说,四个小孩挤一张床睡觉,是司空见惯的事。

现如今就连在中国这样的发展中国家南方人天天洗澡,但在当时英国这种习惯仍未形成。现在中国城市每家每户都有的洗澡间,在当时剑桥只有少数条件好的家庭才有。更常见的情形是,用白铁皮做成的浴盆置于每家每户门外,供人们每周进行一次晚间"搓澡"。"搓澡"必须在晚上进行,这很好理解,因这时其他人看不见你在干什么,或者说黑夜起到了遮羞的作用。但大冷的冬天怎么办?我百思不得其解,去问约翰。他也说不清楚。我想,那时在寒冷的冬天,英国人可以干脆不洗澡(或者很少洗澡)。不妨对比一下中国某些地区的情况:在中国一些寒冷而且落后的地区,人们至今仍可以经年累月不洗一次澡。

"入厕"的问题可能更触目惊心。那时,英国也并非每家每户都有一个干净、亮敞的"洗手间",很多人像现在中国一些落后地区或二三十年前城市的人们一样,入厕必须去到室外的公共厕所。事实上,直至十九世纪六七十年代,英国大城市还普遍没有现代意义上的厕所。更糟糕的是,当时人类排泄物可以直接倾倒在大街上,甚至可从二楼三楼上直接泼将下去,泼前得大呼一声"看水",以免一桶粪水被泼到行人头上。

看来,我们习以为常的"现代化"并非一蹴而就,而经历了一个漫长的发展过程。即便在英国这样的老牌资本主义国家,也是如此。可以想象,在工业化更晚的其他欧洲国家更应如此。英国早在十九世纪下半叶就实现了工业化,但还得等七八十年,工业化的成果才能最终惠及普通大众。

相比之下,中国人近二三十年生活条件改善的速度是惊人的。

8月6日星期一

关于欲望的对话

上午与卡洛斯在厨房里聊天,突然产生了一种哲学一番的冲动。

"一个普遍现象是,你最爱的,恰恰是得不到的;或者说,你根本不可能得到的,恰恰是你最爱的。这很可悲。人总是有欲望,而欲望又总是得不到满足。这就是生活。"

"但什么是欲望?"卡洛斯问,"这很难界定。一个欲望满足了,在此基础上立即又会产生一些新的欲望。如此这般,周而复始,永无止境。大公司、大企业、甚至政府机构还会不停地制造欲望,否则就没有钱可赚了,就没有政绩可言了。"

"比方说,我们本来十分健康,"我接着卡洛斯的话头说,"比尔·盖茨之类的人却让我们染上了电脑病。一患了电脑病,就会染上种种相关欲望。有了286,就想386;有386,就想486;有486,就想奔腾。如此这般,没完没了。软件方面同样如此。我们每天想要更新升级的软件有多少?实际上比尔·盖茨们,或者说我们大家一道,以追求方便、效益、进步的名义,以提高'生产率'或'生产力'的名义,正在制造种种伪需要,种种本不应存在的需要。不过,这主要是西方现象,确切地说,是一种源于西方的现代性。不断产生新的欲望是一种现代病。这病源自西方。东方人未能幸免,但这是受西方胁迫被动卷入的。"

"东方人本来不是这样?"卡洛斯问。

"印度、中国的佛家、道家哲学从来就教导人们知足常乐。就是说,少一点欲望,便会多一份宁静;多一份宁静,便多一份幸福。"

"知足常乐!这个道理听上去很简单,但实践起来却不那么容易。"

"的确如此,"我说,"这个道理听上去简单,实际上非常深刻。幸福是什么?显然因人而异,因时因地而异。幸福是主观的。如果一个人穷得没饭吃,有一顿好饭吃,他就觉得很幸福。如果是亿万富翁,得有几十亿上百亿的利润,才能产生同样的幸福感。但在传统东方思想家看来,你能否真正幸福,很大程度取决于你能否成功地克制欲望。"

"克制欲望？我们西方人没有这一说。我们没有克制欲望的意识。"

"其实我们还可以看得再深一点，一个人能否真正幸福，取决于他是否能够看穿伪需要。所谓'伪'需要，是指人为的、不自然的需要，一种本来不应该存在的东西。但在实际生活中，一个人要做到这点太难了。在目前人类生存状态下，即使少数人意识到许多'需要'及所引发的欲望并不具有正当性，在实践中也很难将它们克服或祛除。"

"为什么会是这样？"卡洛斯问。

"因为在西方劫持下，人类已进入了一个前所未有的欲望时代，一个由欲望不断催生出'奇迹'的时代。可人类真幸福了吗？并不比从前幸福。人类甚至面临这种危险，即沦为自己欲望的奴隶，陷入一种欲望甲导致欲望乙的恶性循环，不能自拔。因为现代性情境中的欲望是一种不断自我复制、自我扩张的癌症。人类最终会被这种癌症毁灭的。目前人类已把地球生态环境糟蹋得不成体统，全球性气候反常不说，许多国家的人们每天呼吸的空气难道不是严重污染了的空气？每天喝的水难道不是严重污染了的水？一些国家还有巨大的核武库，核武器之多足以将地球毁灭上百次。地球人已是欲望的奴隶。我们已患了欲望的癌症。我们最终会毁于这癌症的。"

"这太可怕了，"卡洛斯评论道，"恐怕只有东方智慧能治好这癌症了。"

"只是在西方压力下，东方人早已放弃了传统智慧。欲望的癌症恐难治愈。"

8月7日星期二

黑人男子为何讨白人女子喜欢？

晚上在厅里休息时对约翰说，前几天在附近公园里看见一个非洲裔青年男子与八九个白种女子在草地上玩；那男子一会站着，一会坐着，在比比划划地说着什么；那群女孩子众星捧月般地围着他，十分认真地听他讲什么。

我说，可以断定那非洲裔男子为英国土生土长，与白人女孩没有太大的文化、心理隔阂。但几乎可以肯定，一个在英国土生土长的华裔男子，不大可能被这么一大群白种女子追着捧着，在非西方国家长大的华裔男子就更不可能有这种福气了。我要约翰给个解释。

"很多非洲裔男子长相很性感，"他说，"他们往往被被认为'性力'很强。这可能是比较受白人女孩子欢迎的重要原因。"

"我以为他们身体健壮，性格直率、幽默，也是讨人喜欢的重要原因。相比之下，一般华人男子身体没有他们健壮，性格与西方人差别很大，幽默类型也很不同，所以不那么容易与西方人融洽相处，也就不大可能普遍讨白人女孩子喜欢了。"

"不过，我身上也有非洲裔男子的优点，"约翰得意洋洋地说，"我长得高大健壮。"

我睁大眼睛盯着他。

"我甚至很性感，"他更得意了，"我嘴唇跟他们一样厚，对女孩子很有吸引力。只是我老是被人口中夺食，被我吸引的女孩子总会被'捕食者'们抢走。"

"无论你们白种人与非洲裔有什么相似或不同，"我说，"白人与非洲裔无疑比白人与东亚人更容易融洽相处。之所以如此，除了我们刚才讲到的原因，还有文化。这可能才是最具决定性的原因。"

"文化?"约翰一脸茫然地问。

"东亚文化与西方文化的差别太大了。一个华裔英国人尽管土生土长,身上仍然或多或少会保留一些东方气质,他的行为方式仍或多或少会带一些东方特点。土生土长的非洲裔男子在文化上几乎完全同化于英国社会,与白人没有两样,再加上身体方面的有利条件,他们更容易与白人女性相处,受她们欢迎,也就不难明白了。"

约翰似乎听懂了我的解释。

8月8日星期三

斯巴达是"极权"国家?

晚上10点,BBC"第四频道"播放了一部纪录片:"雅典:民主的真相"。上周末约翰就告诉我,今晚第四频道要播放这部片子。对于期待已久的片子,今晚他显得十分认真,节目开始以前便专门回自己的房间,拿来纸和笔,要认认真真做笔记。

我以为,既然是纪录片,也就是要普及一下学术界的研究成果,不大可能有什么新观点。不过无论如何,此片还是值得一看。毕竟,一回到国内,看此类片子的机会就相当有限了。出乎意料的是,剑桥大学古典学系保·卡特里奇和哥本哈根大学莫·赫·汉森(Morgens Herman Hansen)双双出镜,从学者的角度担任了解说任务。除他们之外,剑桥大学国王学院一位古典学学者也出场了。瑞士瓦·伯克特(Walter Burkert)教授若不是因为年迈,以他在西方古典学界的声望,也应该出现在片子里。

不出意料的是,片子采用了西方大众习以为常的语言或思维。比方说,雅典西元前五世纪上半叶崛起之后,以联合抵抗波斯侵略为由，成立了以爱琴海希腊城邦为主的"提洛同盟"，自己当老大。在同盟内部，实行激进民主制的大国雅典自然是捕食者，弱小盟邦则是被食者，被吃的方式就是交纳同盟金。显然，前者对后者实行剥削压制的帝国主义政策。正由于盟邦所交纳的巨额同盟金（按汤因比的说法，此即"贡赋"，尽管一般西方学者不使用这个词），雅典才得以大兴土木，帕特农神庙一类伟大建筑才得以修建，文学、艺术、哲学才得以繁荣。主持人的解说词说，讽刺的是，现在居然是斯巴达这个"极权主义"国家宣称，它要把提洛同盟里遭受剥削、受压迫的弱小城邦从雅典暴政下"解放"出来。然而从节目预告可知，纪录片下一集会接着讲民主雅典的帝国主义丑行，故使用"极权"一词来指称斯巴达，是否妥当？这是否反映了制片方的一种非此即彼、非白即黑的思维方式？是否太刻意迎合大众心理，太不尊重片子里出镜的那些一流专家？要知道，西方历史上"极权"的典型是纳粹德国，而非斯巴达。我相信，出镜的学者们是不大可能用这个词来指斯巴达的。如果真是这样，那只能说明他们并不是真正的学者，而只是一些半瓶水。

我把这个意思给约翰讲了。他说，他看过影片《三百勇士》（The Three Hundred），里边的斯巴达根本就不是一个"极权"国家。我以为，姑且不论那时任何希腊城邦都未能摆脱的奴隶制，斯巴达实行的是一种堪称"民主集中制"的制度：长老议事会享有极大的权力，两个世袭国王相互牵制并受长老会和公民大会制约，公民每年一度在公民大会上选举产生"监察官"，而"监察官"又对国王甚至长老议事会形成掣肘。这种制度安排即便以现代标准衡量，也相当民主而非"极权"。

不过，片子的制作本身是花了大力气的。大部分镜头是在现雅典或希腊其他地方的古代遗址拍的。这意味着，与希腊当地人合作，制片方面得花费不少心思。此外，大多数专家的解说也是在古遗址现场进行的。这意味着，摄制组成员、主持人、学者专家三方面人员都需要住在当地,除了有大量联络工作外,开销也一定不小。

8月9日星期四

作为"小三"的安娜

午饭后在厅里休息,约翰碰巧也在那里。

"你注意到安娜有了男朋友没有?"他问我。

"注意到了。"

事实上,我早上看见她端着一大盘涂了花生酱的面包片,问她是不是把午饭也准备好了,她支支吾吾没有回答,然后探头到洗手间嘀咕了一句什么。里边没人应。我猜想,昨晚一定有个男朋友住在她那里,否则她不会有这种异样的举动。一大早起来准备早点,她现在弄不清男朋友究竟是在洗手间,还是卧室。果然几分钟以后,她上楼去把他叫了下来。

"就是经常来的那位,"约翰说。

"我至少看见他来过三次。"

"但前几次他都没有留宿,昨晚却住安娜房间里了。"

"他从前跟安娜在一家公司工作,"我说,"他长得高高大大,五官端正,看上去是一个十分和善的人。"

"但他并不是一个和善的人,而是一个不诚实的人。"

"这话怎么讲?"我问。

"他是有妇之夫。炜,你认为一个人结了婚,却与其他女性发生关系,是诚实的吗?"

"从形式上讲,这违反法律,而婚姻受法律保护。但你怎么知道他是结了婚的?"

"是安娜告诉我。"

"你知道的真不少,约翰。不过现在看来,你当初没有对安娜主动发起进攻,是明智的。"

"安娜一搬进来,便告诉了我她跟男朋友的关系。这种话通常只是对女性朋友讲的。她给我讲这个,说明她并不把我看作一个可能的男朋友。"

"其实这等于说'名花有主',别打我的主意吧!但很可能安娜的男朋友跟他妻子闹别扭,才跟安娜发展关系的。这就说不上'不诚实'了。"

我想回到"诚实"还是"不诚实"这个话题上来。

"虽然他与妻子闹别扭,但并没有达到势不两立、非分手不可的程度。"

"你怎么知道他们夫妻关系到底如何?"

"是安娜告诉我的。她说她很清楚这个男朋友不可能同妻子离婚,但她还是爱他。"

"我明白了。对安娜来说,这恐怕并不是什么'两难困境',身陷其中,难以自拔。很可能安娜和男朋友都愿意保持这种'不正当'关系。"

"的确是这样,"约翰同意这个说法,"在当前这种开明的社会环境中,说他们'私通'或'偷情'恐怕不太恰当,但很显然,他们在津津有味地品尝这种'不正当性',也极有可能在刻意保持这种'不正当性'。"

"不过客观地讲,离婚代价太大,或者说离婚的法律、经济和社会成本太高,既然离婚不易,他们也就不大可能是刻意保持这种'私通'状态了。"

"无论是否有意为之,"约翰说,"他们无疑是极愿意将这种状态保持下去的。至少从安娜方面看是这样。我相信,安娜坠入爱河了。她很清楚要他跟妻子离婚是不可能的,但她仍然极愿意保持这种不清不楚的关系。"

我心想,如果安娜仍然能爱,就很了不起。从前所谓爱情,所谓坠入爱河,现在大多数人已做不到,或者说没有耐心。他(她)们只想径直上床,一夜风流便完事,最多一周情一月情。如果大家把什么都不当真,价值就会失范,人心就会堕落,社会就会崩溃。

"你知道伊斯兰世界为什么会产生这么多恐怖分子?"我问约翰。

"不太清楚。"

"在很大程度上,是因为许多穆斯林实在看不惯西方人堕落的生活方式。"

"我承认,他们中很多人认为西方生活方式太过堕落,"约翰说。

"在他们看来,西方人性关系太过紊乱,西方国家甚至能够容忍同性恋结婚。无论这些看法是否正确,我以为,总的来讲,伊斯兰世界的人们比西方人更为自律。他们中大多数人甚至能做到滴酒不沾。"

"的确如此。不过安娜真爱上了那个男朋友。这是没有疑问的。"

"哦?"

"至于他是否爱安娜,就是另一回事了。"

"难道他不爱安娜?"我质问约翰,"你怎么知道的?"

"我从他的眼神就能看出。他是一个不诚实的人。很可能他与妻子的关系并没有闹到不可开交的程度,甚至仍可能与妻子保持肉体关系,但却对安娜撒谎说,他早就不跟媳妇同床了。这样,他就骗得了安娜的爱,达到了同时占有两个女人的目的。他甚至可能在妻子和安娜之外,还占有另外一个女人。这人实在太有艳福了。"

"你恐怕有点嫉妒他吧。"

"从他的眼神里,"约翰嘿嘿笑了一声,"我能看出这一切。"

"我以为你证据不足,缺乏说服力。"

8月10日星期五

公德:外国人与中国人的比较

晚上八九点时与卡洛斯同在厨房,顺便指着一些脏盘子、脏杯子、脏刀叉对他说,这些东西放在碗槽边没人洗已好几天了。

"你相信我好了,现在这里简直就是'天堂',"卡洛斯说。

"天堂"? 为什么说是"天堂"? 我有点懵,至少两三秒后才反应过来。

"那么从前就是地狱了? 从前情况比现在糟糕得多?"我问。

"你相信我好了,"卡洛斯说,"现在脏杯子脏碟子最多放两三天就有人认账,从前放好几周也没人洗。现在最多只是在碗槽边放脏杯子脏盘子;从前完全是另一番景象。"

"什么景象?"我好奇地问。

"灶台上、桌子上、柜子上,任何平面都可能被放了脏盘子、脏杯子。你想做饭? 没有工作台面和干净碗碟供你做饭。你想吃饭? 没有干净餐具供你吃饭。你相信我好了。"

"那么你怎么办?"

"每次吃饭或做饭前,"卡洛斯说,"我都得洗一套餐具出来。无论是谁用过的,我都得洗,不然就做不了饭,吃不了饭。你相信我好了。"

"为什么不开个会制定一些规矩?"我问。

"大家都各忙各的,很难同时聚在一起。只好个人对个人讲。但讲了也白讲,他(她)们全是一只耳朵进,一只耳朵出。根本没有用。你相信我好了。"

"像你这种喜欢整洁的人,恐怕只好活受罪了。"

"我只好备一套干净餐具,拿回自己的房间,到做饭时又拿出来,"卡洛斯很委屈地说。

"这样虽然麻烦一点,也总算解决了问题。"

"哪有这样的事!你把一套干净餐具拿到厨房去,然后去一下厅里或上一上厕所,等你转身回来,干净杯子已被人占用了。前后不到五分钟。你相信我好了。"

"真可怜,"我说,"大家都是房友,你也不好多说什么。"

"结果是,吃一顿饭,你往往得洗两套餐具。"

事实上,与外国人住在一起的中国同事们大都有过相同或相似的经历。

我想起了前不久在"万维读者"网上读到的一则新闻:"亲眼目睹外国人在中国教育中国人"。里边讲,记者在北京一家餐馆看到两个中国人随地吐痰,被餐馆工作人员干涉,却一幅不屑的样子,甚至跟他们争吵起来。这时,两个"高大"的外国人来了,其中一人弄清楚事情原委后,弯下腰用卫生纸将地上的痰擦干净,然后若无其事跟他同伴聊起天来。据记者观察,此后那两个吐痰的中国人就没有再吐痰了。

我以为类似的例子很多,这只是一个更具有戏剧性,恰恰被记录下来的情形。我们已习惯于以此证明中国人"素质"低,外国人"素质"高。我们甚至已习惯于把问题上升到公德的层面,说中国人"没有公德",而外国人"有公德"。从卡洛斯"天堂—地狱"说来看,这一认识并非十分准确。所谓"素质",指的是爱清洁、讲卫生的习惯,与有没有公德并非完全一回事。在该承担的责任就承担,对自己所作所为负责,不影响他人的意义上,中国人做得当然不完美,但外国人的公德精神并非一定比中国人强。

8月11日星期六

山寨版"拉链门"

晚上回来,发现厨房已恢复了整洁,脏餐具已全部洗干净,放到橱柜里了。问约翰是谁做的好事?他说,主要是安娜做的,他自己也做了一些。想起中午出门前,约翰正在洗盘子、碟子,但对七八个脏玻璃杯敬而远之,声称他根本没有用玻璃杯的习惯,岂有洗玻璃杯的道理?不过无论是谁做的好事,事实是厨房已停止向地狱的滑落,回归天堂了。

在大多数情况下,我和威廉做晚饭的时间是重合的,今天也不例外。与威廉同在厨房时,我们聊起了克林顿。

"克林顿是个好人,"威廉说。

"要是他能管好拉链,就更'好'了,"我不怀好意地说。

"他太有魅力,所以绯闻不断。"

"你们荷兰人对政客们拈花惹草的事很宽容,不认为'拉链门'是丑闻,可是对美国人、英国人来说,就不是小事了。对英国人来说可能更是如此。你听说过哪个英国首相没管好自己拉链的?毕竟,英美有悠久的清教传统。我以为,克林顿太动物了。"

"的确没听说过英国拉链门,"威廉说,"但这是英国人、美国人的问题。不应把政治与私生活混为一谈。喜欢女人是男人的天性。我敢打赌,大多数男人会向克林顿学习。"

"你说得对。只要有机会,恐怕百分之七八十的男人都会这么做。但在英语国家,公众对政客的私生活要求很严。一旦出了事,十有八九会成为丑闻,当事人很可能会下台。其实就是在欧洲大陆,民众对政客要求也不低。你自己不是也无法容忍对女朋友的不忠?你不是说过,对女朋友不忠,就是'欺骗',就是'重婚'吗?"

"是的,我说过这话。但克林顿是好人。他很有能耐,把美国经济搞得很好,所以公众对他应该多多宽容才是。"

"我看你自己太过'好人'了。"

"其实,我本人也有过类似克林顿的经历,"威廉压低了声音神秘兮兮地说。

"真的?"我眼睛一亮。

"五年前,我边读书,边打工。我老板是女士。"

"看来你真是艳福不浅啊。"

"当时她那家电脑软件公司还很小,不像现在雇几百个员工。事实上,办公室大多数时候只有她和我两个人,就像白宫总统办公室里就克林顿和莱温斯基两人一样。我常常出去拉客户,干活很是卖力。起初我觉得她很器重我,后来发现不仅仅是器重……"

"还另有所图?"我鼓励威廉往下讲。

"办公室里常常只有她和我。这时她说的话是话中有话,眼神也十分异样。可以肯定的是,已不是通常意义的打情骂俏了。"

"你怎么回应的?"我迫不及待要听下文。

"现在看来,当时我很幼稚。我们的关系没能深入下去。"

"好在你那时还没有现在的女朋友。不过,关系未能深入一定还有其他原因。"

"原因很复杂。她已婚,丈夫正在南极科考。她虽然对我很有意思,但并没有达到一定要抛弃丈夫的程度。另外,她三十九岁了,我才二十一岁。她很漂亮,风情万种,但从年龄上讲,几乎可以做我的母亲。事实上,她是我母亲朋友圈子中的人。"

"原来如此。关系还真够错综复杂的。但这点年龄差距不算什么。我们中国就有二十八岁女孩子嫁给八十二岁老翁的。"

"但她仍忠于丈夫。这是无可置疑的。所以我虽然也非常喜欢她,却没有勇气给她太过明显的信号。"

"所以这事最后就不了了之? 不过,威廉,我要是你,会觉得很难受。因为女老板一方面对你有很多表示,一方面又很有理智,不愿冒引起麻烦的危险。"

"的确是这样。好在这时我已认识了现在的女朋友,而且越来越喜欢她。回过头来看,是女朋友帮我摆脱了困境。"

"你后来是不是借故辞掉了工作?"

"是的。当然不是以女朋友的名义辞工的。如果当时没有和女朋友发展关系,我的处境会非常难堪。正是因为她,我才能在女老板面前端正态度,坚定立场。"

"山寨版拉链门事件终于没能上演,"我评论道,"依我看,你和老板都很理性。很明显,女老板对丈夫很忠诚,就像你现在对你女朋友很忠诚一样。尽管她对你有很多表示,甚至是露骨的表示,但这对一个现代女性来说不算不正常。"

"你说得很对,炜。"

"重要的是,你们并没有像克林顿和莱温斯基那么动物。"

8月12日星期日

女人多多益善?

晚上约翰跟我讲他从前的故事。大约二十岁那一年,有一次他回到父亲(剑桥大学生物科学工作者、环保科学工作者)所在的村子,父亲十分突兀地向他炫耀,他有三四个女朋友,而这时他与母亲还保持着婚姻关系。

"你爸爸是先后还是同时拥有三四个女朋友?"我问。

"是同时。"

"他可能是要向儿子传达什么重要信息吧。"

"是的。他要传达的信息是:你现在已经长大,应该有女朋友,甚至多多益善。男子汉人生一世,没有一长串漂亮的女朋友,简直就白活了。"

"我现在终于明白那天你为什么说'有一长串漂亮的女朋友,胜过什么事业成功'。但我想,你父亲可能也有让你延续家族血脉的意思。用中国人的话说,就是'续香火'。"

"应该没有这个意思,"约翰想了想说,"但就我本人而言,我很想有一个孩子。我已三十来岁了。"

此刻,我终于明白为什么约翰每天好几次把蒂娜抱在怀里深情抚摸。她简直就是他的孩子。用心理学上的话来说,蒂娜是约翰孩子的替身(substitute)。

"既然你想要孩子,首先得结婚,"我说,"当然,不结婚也能要孩子,但没有法律保障,会有诸多不便甚至麻烦。"

"可你知道,我一下子还安顿不下来。"

"那就努力安顿下来吧,约翰。花点功夫,找一个'可婚'的女子。"

"什么是'可婚'(marriageable),炜?"

"有责任心、聪明、善良、身体好,若有可能,还有一张好脸蛋、一副好身材。"

"这太难了,"约翰说,"同时有众多优点的女人几乎不存在。尤其是漂亮女子,她们十有八九水性杨花、智商低下、缺乏责任心。"

"你别要求太高。太不实际了。只要你放低要求,就会遇到合适的人。许多女子玩到一定时候,就会安顿下来的。甚至会像你一样,想要结婚生子。从她们当中,你完全能找到一个'可婚'之人。"

"也许安娜几年之后会变得'可婚',但目前还不大可能。她仍太过'活跃'。她比较有责任心,人也很自信、很善良,长得也还不错。只是目前还不大可能。她同时有三四个伙伴,虽然只跟其中一人关系较深,但这毕竟说明她还安顿不下来。"

"安娜人很不错,是一个可能的人选,几年后几乎肯定是一个好人选。不过,既然你要结婚生子,性爱就不是第一位了。甚至可以说在婚姻中,情场意义上的性爱不再适用,甚至不存在了。要结婚,就得离情场远远的,否则会有麻烦。"

"你说在婚姻中,性爱不在第一位,不重要了?"

"性爱当然重要,但肯定不像还没安顿下来时那么重要了。你太太生孩子、养孩子以后,甚至可能相当程度地失去性欲。反之,你也可能如此。"

"我怎么可能没欲望呢?"约翰说,"如果我太太失去了性趣,我会找其他女子来满足需要的,就像我父亲当年那样。我以为这并非不光彩,而完全是正当的。"

"可你现在要对家庭和子女负责哦,约翰。"

"我可以像父亲那样行事。他很聪明,既照顾了家庭,又满足了欲望。"

"你不是说过,你们家是'运作不正常'(dis-functional)家庭吗?你不是说你一直以来职场失意,与你跟父母关系不好,从小没有自信有关吗?"

"可能还有其他原因,"约翰说。

"'运作不正常'家庭总是原因之一吧。女人真是多多益善?"

约翰没回应。他意识到自己一些看法相互矛盾。

8月13日星期一

古典音乐的危机

晚上看BBC第4频道"逍遥"音乐会(Proms)时,威廉来到厅里对我说:"我不明白为什么你连续好几天看这个节目。"在他看来,"逍遥"音乐会每天晚上的节目完全一样,根本没有什么变化,都由一个人站在一个台子上用一根棒子指挥几十个乐手。我说,其实每晚的节目并不一样,一个晚上的主要节目是埃尔加大提琴协奏曲,另一个晚上的主要节目是勋伯格将勃拉姆斯第二钢琴奏鸣曲改编而成的交响曲,今晚的主要节目是格什温的"蓝调狂想曲"。威廉勉强接受了我的解释,坐下来跟我一起忍受交响乐,或者说痛苦地等待 10 点钟开始的一部电影。

五个房友中除我以外,只有约翰偶尔关注一下古典音乐,安娜、卡洛斯和威廉可以说对古典音乐毫无兴趣,甚至可以说不知道古典音乐是什么。这也难怪,在通俗文化力量越来越强大的今天,年轻人中喜欢古典音乐的人越来越少。据有关研究,近十年来,英国古典音乐音碟销量呈明显下降趋势,去音乐厅听音乐会的年轻人跟从前相比少得多,刊物报纸上有关新音乐(实验音乐)的乐评数量也急剧减少。这一切表明,古典音乐面临着深重的危机。我曾经带着问题问约翰:为什么英国年轻人不喜欢古典音乐?他径直回答说:古典音乐没有通俗音乐的"重低音",所以在年轻人中不受欢迎。

我以为,约翰的解释虽然过于简单,但也算抓住了问题的要害。通俗音乐直接诉诸性与爱,甚至是那种海枯石烂、死去活来的爱,"低音炮"一类装置更是发出沉重的、震耳欲聋的、节奏鲜明的低音,很性感,很容易调动青年人的情绪。另一方面,英国乃至整个西方古典音乐界认识到问题存在的人也不在少数。他们想方设法与日俱进。将古典音乐流行化便是这样的努力。于是,有衣着暴露的年轻女乐手边跳边奏巴赫、莫扎特、贝多芬,也有世界"三大男高音"(帕瓦罗蒂、多明哥、卡雷拉斯)在能容纳几万听众的大型体育馆里联袂演唱通俗民歌或歌剧片断。BBC 电台近日还将推出一出古典乐手与流行乐手同台演出的节目。这又是一种将截然不同的音乐样式融合起来的努力。

我以为,今晚的"蓝调狂想曲",也是一种将古典音乐与通俗音乐结合走来的尝试(不过,蓝调、爵士一类音乐尽管在很长一段时期被定位为通俗音乐,但自1960年代"披头士"通俗音乐革命以来,已变得不那么通俗,或者说被收编到古典音乐体制里了)。今晚节目的担纲者都是黑人音乐家,分别演奏钢琴、低音大提琴和架子鼓,整个乐队在为他们协奏。那位盲人钢琴手表现尤为突出。乐曲结束时,他以饱满的情绪和娴熟的技术将整个乐队带入高潮,取得了令人信服的效果。

8月14日星期二

"朋友"太多,活得太累

上午与房友卡洛斯同在厨房时,我们谈到了房友安娜。

"约翰前不久的一个判断很对,"我说,"安娜的确同时与好几个男性往来。上次那一位留宿后的第二天和第三天,安娜与另两批男性朋友聚会过。其中一个人长得很帅。"

"我也早说过,安娜不只有一个男朋友。但她很可能只与其中一人有密切的关系,而与其他人则只是玩一玩而已。"

"这种现象是不是很普遍?"

"在英国,在整个欧洲都相当普遍,"卡洛斯说,"但也有一些女性无法忍受只有一个稳定的男友,总是不停地换伙伴。你相信我好了。这种人性生活异常活跃。不过也有较为传统的女性,甚至还有性冷淡的女性。"

"你目前暂时是一个性冷淡的男性,"我开他的玩笑。

"我的确暂时没有女朋友,但这并不等于我性冷淡。"

"性生活活跃的女性通常是不是很年轻?"我接着刚才的话题问。

"通常很年轻,"卡洛斯说,"但仅就性生活而言,有不少女性终其一生也无法只跟一个男人。她们得不停地换人,否则就像活不下去似的。你相信我好了。"

"看来，安娜既无不过，也无不及。她是中间值。"

"但也存在另一种可能性，"卡洛斯说，"那就是她目前的男朋友，包括那位留宿者在内，都不是她真心爱的人。就是说，她跟所有这些男人只是玩一玩而已。"

"你是不是说，安娜苦苦暗恋着某个人？"我问。

"这种可能性是存在的。"

"如果这人对她来说可望而不可即，或者远离她的生活轨道，那就只能想一想，不大可能发展一种铭心刻骨的爱情，这跟情窦初开的少女对当红歌星想入非非没有两样。"

"当然如此，"卡洛斯说，"其实，暂不说一个男子或女子会苦苦暗恋某个异性，光是同时跟几个伙伴打交道，就已够麻烦了。你会活得很累的。"

"活得很累？这话怎么讲？你不是说过，你曾同时有过两个女朋友吗？"

"此一时非彼一时也。人们通常认为，一个人应该有一个主要的、固定的伙伴，同时也得有几个次要的伙伴，这样你的生活才会'健全'。"

"但这种看法并没有什么错呀，"我说。

"可是，在现实生活中，'主要'、'次要'的关系并不是恒定不变的。这样说吧，你这个月或这几个月有这个'主要'伙伴和三四个'次要'伙伴，可下个月或下几个月你很可能又有另一个'主要'伙伴和另一些'次要'伙伴了。"

"听上去，剑桥这个地方人际关系蛮复杂的，"我评论道。

"不光剑桥，整个欧洲都这样。正是复杂的人际关系，让人活得很累。我个人就有过这样的经历，你相信我好了。"

"旧时中国一个男人可有三妻四妾，"我说，"要处理好与她们每个人的关系，做到顾此而不失彼，也挺费心机的。现在中国正迅速向西方靠拢,一个男子或女子也会同时有好几个伙伴,人际关系也会变得跟西方差不多。过不了多久,大家都会活得很累的。"

8月15日星期三

尼克松/毛泽东秀

美国作家玛格丽特·麦克米伦(Margaret MacMillan)新著《只争朝夕:尼克松与毛泽东相遇》(*Seize the Hour: When Nixon Met Mao*, 2006)中最吸引眼球的,莫过于她对1972年1月尼克松访华、中美关系解冻谈判过程中双方"做秀"的描述了。

尼克松随行人员有一个重要人物,就是前广告商、商业公关专家鲍布·哈尔德曼(Bob Haldeman)。他鼓励尼克松在公众场合有强烈的表演意识,以适应这"眼睛无所不在的美丽新世界"(the brave new world of the omnipresent eye)。当时的美国早已进入了电视时代,在这"改变历史的一周"中,尼克松在北京的每一个手势、每一个眼神都会即刻传回美国千家万户,所以哈尔德曼一类包装专家对传回美国的每一个镜头都用心颇深。尼克松及随行人员与毛泽东在他满是线装书的卧室里会面,显然是一个极具历史意义的事件,可是在基辛格的要求下,画面被加以剪辑处理,温斯顿·洛德(Winston Lord,时任美国国家安全委员会成员,亦为国家安全顾问基辛格的助手,为中美关系解冻的关键人物之一)的形象被删除。同样的,中国方面也有不少的"操作"。比方说,尼克松夫人帕特里霞所到之处,反美标语被悉数清除,总是有一大群红脸蛋小孩蹦蹦跳跳、载歌载舞,更有穿着鲜艳新衣服的人们在大冷冬天户外边野餐,边从收音机收听革命歌曲。

书中写到,当美方一些人表示对中方做法感到困惑不解时,周恩来径直承认,这么做是"错误"的。但美国政客却并不觉得对公众操弄信息有何不妥。相反,这一传统被保留至今,甚至在柏林墙被推倒、冷战结束之后也经久不衰。这从美军攻入巴格达以后萨达姆雕像被拉倒场景每个细节的精心选择和呈示,从女兵杰西卡·林奇被包装成一个兰博式的英雄(2003年4月林奇受伤被俘后被囚禁于伊拉克一医院,后来在伊拉克人帮助下被美国部队解救;很快,有关方面把她渲染成一个只身虎口脱险的大英雄;但林奇身体恢复后,在公开场合讲出真相,指出她只身脱险的说法并非事实)等事例中不难看出。但"无所不在的眼睛"所遭到的最臭名昭著的捉弄,莫过于2003年5月布什身着飞行服乘战机登上林肯号航母,热烈欢迎从伊拉克"凯旋"归来的美国部队了。麦克米伦在书中披露,白宫一个媒体专家早几天前便已登上了林肯号,主要任务便是张罗那幅"任务完成"(Mission Accomplished)的大标语。现在,这已经成了乔治·W·布什的最大商标和最大笑柄。

得感谢帕特里克·赖特(Patrick Wright)的书评——《尼克松/毛泽东秀》(Nixon/Mao Show, *London Review of Books*, August 16, 2007)。这篇文字使得我不用读原著,便对原著的主旨和风貌有了一个基本了解。

8月16日星期四

书评:英国与中国比较

今天与国内一个朋友通话,谈到英国和中国的书评。我向他介绍,《伦敦书评》为英语世界的权威书评杂志。

《伦敦书评》为半月刊,八开本,40页,定价为2.99英镑。从每期十几篇高质量的大块头文章和较低定价来看,《伦敦书评》应该是一份非赢利性杂志。事实上,它得到了英格兰人文艺术委员会(Arts Council, England)的支持。作为权威性书评杂志,它对英国的知识生活、学术生活和文化生活的重要意义不言而喻。

在我们这个"信息爆炸"的时代,每天的出版物中光是学术书籍就会成百上千,仅仅是你专业领域(或兴趣范围)的书籍每年起码也会有好几百种。即便是一个爱读书、勤读书的学者,也决不可能读完这么多书。甚至可以说,能把专业领域的新书读一半,就已非常了不起。在很多情况下,只要每年把专业领域里每年所出新书的三分之一大致读一遍,其余的书只要大概了解一下作者名、书名和主要观点,就算很不错了。在这种情况下,一份权威性书评的作用便凸显出来。从一篇可靠的书评中,你只需花二三十分钟时间,便能了解要花整整一天时间才能读完的一部专著的内容和特点。

显然,有了《伦敦书评》和其他类似杂志如《泰晤士报文学副刊》,英国学者对专业领域里最新进展的把握比中国同行容易得多,英国学者自己的研究成果为学术界所了解,得到反馈的机会也比中国同行多得多,最终建立一种良性的学术循环机制,形成一个良好学术氛围的可能性也比中国大得多。由于没有一个良好的书评机制,目前中国学术处于一种很不健康的状态。这既有"硬件"方面的原因,也有"软件"方面的原因。"硬件"原因是权威性书评杂志或良性书评机制的缺失。其后果是,书评的数量和涵盖面大大不足,书评的质量或权威性也极有问题,还太过分散,一盘散沙地流落在多个杂志或网络上。"软件"原因是没有一个可靠的书评队伍。大家都忙于拿项目或搞自己的"科研",没有时间来关注同行的研究成果,没有精力来好好写书评。可是,你如果不认真关注同行的学术成果,不好好写同行著作的书评,最后结果必然是你自己的研究成果也得不到应有的关注和尊重。

无论这种状况的原因是什么,中国质量高、有分量的学术著作得不到恰当书评却是千真万确的事实。这意味着,一个学者寒窗十年、辛辛苦苦写出一本几十万字的学术著作,就像根本没有写一样。如果恰恰有人评论了,十有八九也是你不得不用私人关系请来的人写的书评,且十有八九是唱赞歌的。客观的书评在中国几乎不存在。如此这般,怎么可能建立起一种良性的学术机制?怎么可能形成一种良好的学术氛围?建立像发达国家那样客观、可靠且权威的书评体系,是未来几十年中国无可回避的一个任务。

8月17日星期五

与弗吉妮亚·伍尔夫相会

拖延已久的格兰切斯特(Grantchester)朝圣,今天下午终于成行。从缪勒巷(Mill Lane)或大学中心到这个远郊小镇,约有2.5公里路程,骑自行车只十来分钟便到了。

进小镇后,遇到的第一个名人故居,是布鲁克酒吧(the Rupert Brooke)。从工作人员那里得知,当时享有盛名的诗人卢伯特·布鲁克(1887—1915)在这里住过。遇到的第二个名人故居,是拜伦故居(Byron's Lodge)。这是一幢乡间房子。据工作人员讲,拜伦离开剑桥三一学院后,在里边住过一个来月,后来去了牛津,再后来去了欧洲大陆。房子看上去十分简陋,但那四五个房间仍被用做旅游客房(这意味着拜伦故居也是人文历史旅馆;房间价格还过得去,从八十镑至一百八十镑不等)。还有一个小小院子,供游人休憩、喝茶。

但格兰切斯特镇最大的卖点还是"果园"(the Orchard)。这里是1868年开始种果树的。1897年某个春日,一群剑桥学生来这里玩,请女主人给他们沏了茶,然后坐在鲜花盛开的苹果树下边喝茶,边享受春天。他们并没有意识到,一个传统就这样开启了。但真正使果园乃至整个格兰切斯特声名大振的,还是所谓"格兰切斯特小组"(先进的徐志摩在1920年代便已知道"格兰塞斯特",知道许多名人与之关系密切,甚至也来此朝过圣)。

所谓"格兰切斯特小组",是后人起的名字。起这个名显然是一种炒作。跟著名的"布鲁姆斯伯里小组"一比较,明眼人都知道这是东施效颦。考虑到小组的男男女女同时也是布鲁姆斯伯里小组的成员,这点就再明显不过了。格兰切斯特小组的中心人物是布鲁克。为了逃避剑桥太过热闹的社交生活,他于1909年来到这个小镇,租了果园主人一间房子住下来。这是不是东方式的避世隐居?是,又不是。说是,是因为他来这里居住,的确有讨清闲的意思。说不是,是因为格兰切斯特离剑桥太近,再加上他的个人魅力和诗名,前来崇拜他的青年女子络绎不绝。事实上他虽来这里"隐居","隐居"之地却门庭若市,热闹非凡。他实在是一个非常世俗的圣人,一个青年女子心中"年轻的阿波罗",一个超级明星。

布鲁克不仅吸引了众多女性仰慕者,也吸引了一批真正的知识人,甚至形成了一个以他为中心的精英圈子。这就是所谓"格兰切斯特小组"。其中包括小说家伍尔夫、E·M·福斯特、哲学家罗素和维特根斯坦、经济学家凯因斯。这群文化人虽然被叫做"格兰切斯特小组",但伍尔夫当时却把她这个朋友圈子叫做"新异教徒"(Neo-Pagans)。但这显然也不是一个好名字,因为及至此时,英国现代的、世俗的知识和文化氛围与传统宗教体制已"异教"了很久,有好几百年历史,所以这个"新"实在是名不副实。

从有关材料中我见到了老朋友弗吉妮亚·伍尔夫。她美丽、娴雅、文静,出身贵族。见到弗吉妮亚时,她正在裸泳,同"阿波罗"布鲁克一起,在月光下的拜伦泡里!我竭尽全力强压下一腔妒火。裸泳结束后,维吉妮亚上岸向我抱怨,说爱德华(即福斯特)总是"敏感地"躲避她。我真为她打抱不平。一个堂堂小说家,在这么"一个女人,一个聪明女人,一个时尚的女人"面前,竟表现得如此窝囊!但我知道,维吉妮亚和其他朋友很可能已经意识到,福斯特是个同性恋,一个不可救药的同性恋。

当我们开始在月光倾泄而下的果园里喝茶时,我又发现,弗吉妮亚不能忍受朋友圈里有第二个女性。她对凯因斯狂热地爱上俄国芭蕾舞女演员莉迪亚直冒酸水。她向我倾诉,只要莉迪亚在场,梅纳德(即凯因斯)便不能理性思维。她还向我控告,莉迪亚所开的每个愚蠢的玩笑都让她紧张,这比梅纳得因了她六神无主更糟糕!她最后宣布,格兰切斯特镇不能久留,大家还是回伦敦吧。回剑桥后有朋友告诉我,这伙人真是"灰溜溜地逃回布鲁姆斯伯里老巢"了。用弗吉妮亚的话说,他们"让莉迪亚继续依偎在凯因斯的怀里,那真是一幅壮伟却又让人伤心的景观!"

天下没有不散的宴席。从1909年布鲁克来此地隐居或显居,逐渐形成"格兰切斯特小组",到1914年爆发第一次欧洲内战(一直被错误地称为"第一次世界大战"),诗人一腔热血投身到内战中(于1915年在国外死于败血症),"格兰切斯特小组"遂不复存在,前后仅五年时间。

8月18日星期六

伍尔夫夫人与仆人换位

8月16日的《伦敦书评》有一篇罗斯玛丽·希尔评论《伍尔夫夫人与仆人:家政服务真相揭秘》的文章,其中讲到,著名作家维吉妮亚·伍尔夫与一个叫"奈丽"的女厨一直关系紧张。尽管伍尔夫与丈夫都离不开奈丽,奈丽更是离不开主人夫妇,但这并不能根本缓和主仆间的紧张关系。

有一次,奈丽竟以"隐私"为由,将维吉妮亚赶出其仆人房间。考虑到此时伍尔夫刚出版了名著《一间自己的房》,此事就再讽刺不过了。该书从女性的角度讲女性权利,认为女性只有拥有自己的财产,才能真正自立于世,才能真正有自己的尊严。

奈丽也是女性,虽然是仆人,是否也应拥有伍尔夫倡导的女性权利?暂时看,她并非拥有这样的权利,最多只是在理论上拥有。但世事难料,奈丽最终会有自己的房子的:不是一间,而是一栋。

奈丽太有个性,这是她与主人关系紧张的根本原因。尽管双方都竭力缓和关系,但效果终究有限。伍尔夫夫妇一直想解雇奈丽,但因各种原因(比如说奈丽生病)未能如愿,前前后后竟拖了三年之久。奈丽可不是好惹的。她对付主人的最重要的一招,是威胁离开她/他们。事实上,双方都多次采用终止雇佣关系或辞职通知的武器。然而实际情形往往是,双方每次下了最后通牒以后,又做出退让,以维持现状。如此反复了好几次,伍尔夫才终于下定决心,炒掉奈丽。但执行这一决定对伍尔夫来说,却并非一件爽心的事。宣布决定后,奈丽不仅拒绝接受解雇金,还拒绝与主人握手。这时,她已四十四岁,突然间成了一个可怜的无家可归者。

此后情况怎么样?奈丽并没有倒。她不仅没有倒,反而蒸蒸日上。很快,布鲁姆斯伯里附近一个大广告商雇佣了她,给了她更高的工资不说,住宿条件也更好。此外,这家人还有当时非常稀有的现代家电,这意味着奈丽劳动强度减轻了。退休后,奈丽衣锦荣归,用多年的积蓄修了一幢"自己的房子",独立自主地做起"体面人"来。恰成对照的是,维吉妮亚·伍尔夫每况愈下,抑郁症日益严重不说,现如今这个血统意义的贵族,这个首屈一指的精神贵族,竟然做起家务活来。因精神疾病无法写作时,维吉妮亚会自己擦地板。丈夫鼓励她这样做,鼓励她帮日杂工露伊干活,希望体力劳动有助于治疗精神疾病。伍尔夫投河自杀那天上午,竟与露伊一道在家里打扫灰尘,而在从前的她看来,连上街购物也有失身份,遑论做体力活了。在生命尽头,伍尔夫正做着她历来认为只有奈丽们才做的事。

8月19日星期日

用鼻子闻印度音乐

此次来英国已有四个月。自我评价一下。迄于今日,对于英国的"打望"已有一定深度,认知已超越了走马观花的层次,与假"考察"之名来英旅游的同胞们相比尤其如此。要知道,这些人可以半天"做"完伦敦,一个小时"做"完剑桥。

尽管如此,觉得自己对英国的认识在很多方面仍旧只是一些印象,因为并没有时间和精力来做一些有数据支持的大型调查或深度研究。其中一个印象是,英国人对中国的兴趣虽然很大,但主要集中在经济、政治方面。英国媒体有关中国文化的报道很少。恰成对照的是,英国人对印度经济的兴趣似乎不是很大,但对印度文化的兴趣却比对中国文化的兴趣浓。你甚至会发现,接受媒体采访的印度人或印裔英国人比中国人和华裔英国人的数量大得多。这固然与今年印度独立六十周年有关,与宗主国与殖民地的传统联系有关,但一个更重要的原因也许是,英国人跟印度人在语言上是亲戚,在文化也更加接近。毕竟,十几种主要印度语言中有三分之二以上与英语一样,都属于印欧语系;如果按人口统计,以印欧语为母语的印度人应不止三分之二,很可能达四分之三(其余的印度人主要讲达罗毗图语系的语言)。毕竟,殖民统治将英国政治体制和法律体系全盘移植到了印度,更使英语成为印度事实上的国语,尽管印度官方规定的国语是印地语,英语仅为国语的"辅助语"。

英国人对印度文化的兴趣表现在哪些方面?

先看看饮食。英国有很多中国餐馆,数量很可能超过了印度餐馆,但印度食品在英国人日常饮食结构中扎根更深。你只需到任何一家超市逛一逛,便明白这点了。你在货架上能发现大量包装不同、辣度不同的咖喱粉。这是因为咖喱已成为英国人的主要调味品。你还能发现不同种类的咖喱鸡、咖喱牛肉快餐。此外,你还能发现其他许多印度食品,且大多是在英国加工的。房友们时不时会上印度餐馆,会买一盒咖喱快餐回来吃,甚至会自己做咖喱鸡、咖喱肉,但对中国食品的认识十分有限,更不用说常常吃中国菜、做中国菜了。

再看看媒体。电视电台上几乎天天有关于印度文化的报道、采访或专题节目。BBC第四电台上专门有一个节目讲印度"小测验热",也专门有一个节目讲反工业化的甘地思想(被节目方面称为"甘地梦")在日益工业化的当今印度越来越不合时宜。一个BBC电视节目专讲佛陀,讲他如何悟道成佛,去世几百年之后他的思想终于开始在南亚、东亚广为传播,深刻影响了人类历史进程。在另一个BBC电视节目里,一群印度人讲着发音极怪的英语,百般捉弄一个讲牛津腔英语的英国人(为什么中国人没有这样的幽默?为什么中国人一讲英语便一本正经,便失去了平日的轻松和诙谐?)。在英国音乐圣殿皇家阿尔伯特音乐厅(Royal Albert Hall)里,四个西装笔挺的印度"音乐家"面对上万西方听众,居然用倒吸气声、咳嗽声或其他人类怪声恶搞贝多芬第五交响乐开章时那一长串三连音。为什么中国人在西方古典音乐面前表现得如此毕恭毕敬?我们为什么不能像印度人那样也搞笑搞笑?

但就印度文化在英国的影响力而言,给我印象最深还是今晚BBC电视第4频道播出的一台印度音乐会。这对我来说是一次全新的音乐体验。在不太强的灯光下,三个人坐在一张约二十平米的地毯上,他们为主奏者、伴奏者和一个年轻女孩。主奏者弹一件大型吉他类乐器,伴奏者敲一大一小两只竖放着的长形鼓,年轻女孩除了端庄、娴静地坐在他们背后,什么也不做。旋律相对简单,跟传统中国音乐一样没有和声、对位和复调。但在一个重要方面,今晚的印度音乐会不同于我所知道的所有西方或中国音乐,那就是在听觉、视觉、动觉(就音乐家身体动作和面部表情能被听众感知而言)之外,还加上了闻觉。悠扬的旋律声中一直燃着一大炷香,浓浓的馨香在奏乐者四周翩翩起舞,在演奏者与观众之间袅袅穿行,百态千姿。这意味着听音乐会者不仅是听者、观者,也是闻者。他们不仅听音乐、观音乐,还闻音乐。这意味着鼻子加入了音乐的生产过程,不同感官被统一到一个单一过程中,感官间的区隔已经被打破。为什么总是把鼻子排除在音乐之外?既然通常意义上的音乐靠听觉、视觉、动觉来调动情绪,以实现人类精神的表达和心灵的沟通,为什么不能让嗅觉也加入其中?

8月20日星期一

"戴安娜周"

1997年戴安娜因车祸死亡至下葬,前后有六天时间。这六天后来被称为"戴安娜周"。

对于一般英国人来说,"戴安娜周"是震惊全英国乃至全世界的一周。对于英国王室来说,这是危机重重的一周。公众虽然不明说王室对戴安娜之死负有直接的责任,但认为她/他们难辞其咎。这从普遍的不满情绪是不难看出的。期间,布莱尔出来和稀泥,企图把责任推到媒体身上,说"媒体迟早会杀死戴安娜的",但这并未能平息公众的不满。

英国人的不满与王室最初的表现大有关系。戴安娜之死是一个震惊全英国乃至世界的突发事件,但白金汉宫的反应竟然是一片寂静,王室成员甚至悉数离开王宫,躲到远离伦敦的一个别墅里去了。这无疑是要躲避烦恼。但像鸵鸟一样把头埋在沙里,烦恼就会自动消失?人民群众不是好打发的。几天几夜,白金汉宫都被群情激昂、手持点燃蜡烛哀悼戴安娜的老百姓层层包围,甚至已听得见废除君主制、实行共和制的声音了。对王室来说,这决不是一件好玩的事。虽然英国王室早在"光荣革命"时代就已失去了实质性的政治权力,但要女王、王储和其他王室成员彻底放弃所享有的崇高地位和威望,彻底放弃奢侈的生活,却并非易事。王室不能再沉默下去了。沉默就是自杀。举国上下,广大人民成群结队自发悼念戴安娜,英国人的震惊、悲哀和愤怒全表现在铺天盖地的鲜花和蜡烛上。

王室并不笨,很快从中悟出了一个重要信息:民众不满其对戴安娜的态度。在舆论的压力下,王室随机应变,做出了给戴安娜以高规格葬礼的伟大决定。最后,戴安娜以国葬规格葬于相当于八宝山革命公墓的西敏寺。在葬礼上,隐匿已久的王室成员终于现身,女王向公众发表演讲,勉为其难地高度评价了戴安娜的一生。只是在此后,情绪激动的英国公众才平静下来。回过头看,戴安娜刚刚去世时王室显然并没有这样的打算。几乎可以肯定,对她的高规格葬礼和高度评价是迫于压力临时做出的决定。但如果当时王室不顺应民意,做出正确的反应,后果将不堪设想——历时一千多年的君主制很可能已被共和制取代了。

葬礼后,英国大体恢复了正常,但戴安娜效应却并未因"戴安娜周"结束而结束。王室继续倾听社会舆论,要与时俱进,开展其"现代化"运动。女王甚至做了一个破天荒的决定:像所有英国人一样,付所得税!这不啻是说,君主也不能超乎法律,搞特殊,而应与其子民一样,承担起对国家的财政义务。王室所做的另一个破天荒决定是:向公众开放数量巨大、价值连城的王室收藏品!这不啻是说,我们拥有的一切既取之于民,现在也该用之于民了。还有一个重大的现代化举措:在2002年女王金婚庆祝会上,白金汉宫居然请来一个当红摇滚乐队现场演唱,向全国直播。这不啻是说,我们并非高高在上的君主,而是能与民同乐;我们并非老朽,而也有一颗年轻人的心。此外,1997年以后,王室成员有意无意像歌星、球星一样玩起了"现代名人"游戏,而且越玩越漂亮,越玩越入戏。

今日英国真是今非昔比。

9点半BBC第4电台的节目讲了以上内容。节目的主讲人认为,所有这一切表明英国王室适应新形势的能力很强;他/她们知道,只有"趋新",才能"保旧"(adapt to the new in order to safeguard the old)。节目主讲人还认为,虽然王室生存能力很强,渡过了一个又一个难关,所以"共和"的可能性非常小,但是历史是诡谲、险恶的,充满了意外和变数,谁也说不清将来会发生什么事。

8月21日星期二

"天堂"变"地狱"?

晚上回到住处,只见厨房仍然一片狼藉,心中很是不快,真想大摔碗碟发泄一番。

两个月前威廉所说的我们这个"好团队"如今安在?两个星期前卡洛斯将我们的住处封为"天堂",这"天堂"是否又变成了"地狱"?此时此刻,我倾向于这里正在变成"地狱"的判断。

上个星期五,威廉的三个朋友从荷兰来剑桥玩。自然又是玩了外边玩住处,完了室外玩室内。晚上11点以后,辛辛苦苦饱览了美丽的剑桥风景以后,他们回到住处又风风火火地大块朵颐,大碗饮酒,毫无倦意地继续作乐。从以往情形判断,约翰和卡洛斯很快也会加入这快乐的队伍了。当时我在二楼上,正要想睡觉,但楼下客厅兼餐厅里一片喧嚣,怕是很难睡着。除了听得见一些陌生的声音,也听到了约翰隆隆的低沉喉音和卡洛斯"咯咯咯"的清亮笑声。我想,今晚怕是睡不好觉了。本想去礼貌地干涉一下,但又想,一大伙人在那里玩得正欢,何必扫大家的兴?只好勉强让自己入睡,但在很长时间里,只处于一种半睡半醒状态。权当我成功入睡了吧。

第二天早上起来,到厨房弄早点,经过客厅时,发现威廉的一个朋友仍躺在地铺上睡觉。我蹑手蹑脚穿过客厅,再把厅门带上,以免影响他。进了厨房,我一下子傻了眼:只见凡是你能想象得到的任何平面,都布满了脏杯子、脏碟子、脏刀脏叉、脏锅脏勺,应该有的工作台面全没有了。虽然并非不能做饭吃饭,但处处碍手碍脚,很是不爽。我想大家玩累了,来不及洗脏餐具,但到了第二天,总得有人负起责任,把该洗的脏餐具洗了吧。毕竟大家都得做饭吃饭吧。事实却是,星期六、星期天没人洗,星期一、星期二仍然没人洗。今天星期三了,仍然没人洗。大家都不吭声,似乎已把上周末晚上的事忘得干干净净。

我猜想,没有人承担责任的原因是:你推我、我推你。威廉想,我虽然有朋友来,但约翰和卡洛斯也跟我们一起吃了、喝了,所以也有责任洗脏餐具;约翰和卡洛斯想,是威廉和他的朋友来这里又吃又喝,虽然我们也跟着一起快乐了,但收拾厨房的责任在他们,而不在我们。我甚至想,如果威廉的朋友不在厅里睡觉,说不定他们会把脏杯子、脏碟子扔在厅里的桌子和沙发上。当然,也存在这种可能性,即当事人只顾喝酒作乐,根本记不清自己用过哪些杯子、碟子;既然脑子里没印象这是自己用过的餐具,那就一定是别人用过的。

我不想当雷锋。当雷锋,就是姑息懒人、耍赖的人。不当雷锋还有另一个考虑,即再次观察一下这场暗暗上演的哑剧何时结束,如何结束。

晚上回来,发现厨房已恢复了整洁,脏餐具已全洗干净,放回橱柜里了。问约翰是谁做的好事?他说主要是安娜做的,他自己做了一些。想起中午出门前,约翰正在洗盘子、碟子,却对七八个脏玻璃杯敬而远之,声称他没有用玻璃杯的习惯,岂有洗玻璃杯的道理？不过，无论是谁做的好事，厨房的确已停止向地狱滑落，回归"天堂"了。

8月22日星期三

不列颠博物馆的中国瓷瓶

五月下旬去过一次伦敦，看了特拉法尔广场一带国家艺术画廊、国家肖像画廊和大大小小十来个书店。由于二十五年前便来过伦敦，免不了做一番今昔对比，感叹今日的热闹远非昔日能比。今天再游伦敦，虽然主要目标是不列颠博物馆（British Museum，一般译为"大英博物馆"），但对一路所见所闻，仍然免不了作一番对比。

在兰贝斯桥（Lambeth Bridge）附近下车后，在明媚的夏日阳光下沿河步行至威斯敏斯特桥（Westminster Bridge）。路过议会大厦时，一穿制服的女子向我派发议会大厦游览广告。成人十二镑！家庭票打折（一家三口，只二十五镑）！从神情、气质来看，她应属于国内农民工那一类别。由此可见，英国人的生意头脑实在太好了，什么都能成为商机，连在他国被视为神圣的议会大厦也用来生财。八十年代并非有这种事。但愿记忆没错。

步行过桥，沿泰晤士河走了十几分钟便来到所谓"伦敦眼"（London Eye）——一个缓缓转动、直径十几层楼高的圆圈形巨大游览车。这是八十年代根本没有的东西。附近还有"达利的宇宙"（Dali's Universe）画展。跟人山人海的"伦敦眼"相比，这里门可罗雀。原因很简单：太过高雅，一种皇帝新衣式的高雅，或后现代式的故弄玄虚。但这也是八十年代没有的事。从这里步行至金禧桥（Golden Jubilee Bridge），沿河一线是游览区，形形色色的街头"艺术家"（其中翻筋斗者、着奇装扮雕像让人拍照者的手艺应为

"杂耍")向密集的游人献艺,换来少许便士。这也是八十年代没有的事。英国资本主义已更上一层楼。

从金禧桥上往北走,来到泰晤士河北岸有名的 Charring Cross 地铁/火车站。在附近一个公园略事休息,吃午饭,然后回车站打听如何去不列颠博物馆。信息台一个工作人员告诉我,坐地铁去莱斯特广场站,一个站,再转乘另一条地铁线,又一个站的路程,便到了罗素广场(Russel Square),博物馆就在那里。但票价不菲,双程票竟然 5.1 镑!单程票也 4.8 镑。从地图上看,这段路并不长,步行二十分钟左右应该能到。今天天气晴朗,气温二十三度左中,步行应该很爽?一路还能打望二十一世纪的伦敦街道,二十一世纪的伦敦人类!步行吧。结果,走到罗素广场,包括问路的时间在内,总共花了不到二十分钟。

从外墙看,不列颠博物馆似乎比从前更陈旧、更灰暗,但里边是另一番景象。

1982 年我来这里参观过。那时埃及厅像停尸间一般展出三四十具木乃伊,今天只乘下寥寥几具,而且与古埃及人埋葬死者的其他方式(比方说让尸体蜷缩在柳条框一类的容器里)和实物一同展出,认知价值因之大大提高。通风也大大改善,一点没有二十五年前那股无可逃避的腐败气味。问题是,其他二十多具木乃伊去哪里了?卖了?或出租给其他博物馆了?或怕人怀疑来历不明而藏在仓库里?

希腊罗马厅自然是重中之重,所收藏的希腊陶瓶和其他物品之多、状态之好,是所知道的任何一个西方博物馆都比不上的,可能只有雅典的希腊国家博物馆是例外。这里有二十来个较大的展柜,按主题分别展现古代的战争、奴隶、妇女、饮宴、农业、交通、贸易等方面的情况。当然,这样的安排方式并不是不列颠博物馆所独有,西方其他综合性博物馆也会这么做,但不列颠博物馆自有其特色。这里除了有一个综合性的希腊罗马大厅,还有一个面积约四百平方米的南意大利希腊城邦专厅,展现古代南意大利的希腊城邦的生活情形,展品之丰富、之系统,为我所知道的任何一个博物馆所无法比拟。

中国厅怎样?那些中国大瓷瓶怎么样?在中国南亚厅(另外还有专门的日本厅、朝鲜厅和伊斯兰厅)看到的中国展品种类比从前多,按朝代展出,从器皿、服饰、钱币到雕像、武器,一应俱全,直观地呈现历代中国人生活的方方面面。八十年代这里可并没这么做啊。那时给我留下最深印象的,还是放了整整一大厅的几十个瓷瓶——几十个做工精细、颜色不同、形制各异、直径七八十至一百二三十公分不等的大型中国瓷瓶。我对它们可真是念念不忘。即便在中国,也见不到数量如此巨大、做工如此精美的收藏。虽然故宫有类似收藏,但质量和数量均大大逊色。这些大型中国瓷瓶今日安在?很遗憾,今天居然一个也没见着。转让了?出租了?或藏在仓库里?我忍不住向一个非洲裔工作人员打听。

"我二十几年前在这里见过几十个大型中国瓷瓶,请问现在在哪里?"我问。

"还给中国人民了!"她满脸是笑,爽朗地回答。

"只可惜中国人民不要,"我还没有回过神来,她又"嘿嘿"地补充道。

我想她是在开玩笑。

"中国人民哪有不要的道理,"我说。

"不列颠博物馆要价太高,所以中国人民不要,"她愉快地解释。

这时要闭馆了,游客正在被礼貌地请到博物馆外的夕阳中。我想,精明的英国人已经意识到,无论博物馆的收藏品来历如何,无论是抢来的、偷来的,或以强盗般的低价或还算合理的价格买来的,或是旧时中国某个富翁或腐败高官赠送的,像土老财炫富那样同时展示几十件无价之宝,是不恰当、不明智的,对于公众认知中国文明也没有任何好处,所以与时俱进,不再炫耀式地"展出"这些中国瓷瓶了。

新时代的不列颠博物馆甚至将展出一批秦代兵马俑,就在下个月。当然是借展。

8月24日星期五

印度的测验热

一个电台讲印度的测验热。被采访的一位专搞测验的印度人说,印度有很多"小测验中心"(quizzingcenter),随时都在电视、电台或现场举行各种各样的小测验。他认为现在印度唯一可自傲于世界的,便是优秀的人力资本。林林总总的小测验对于保持并提升这种人力资本,将起到很大的作用。他说,印度人有测验的传统,大约在殖民时代,就有相当于现在测验中心一类机构了。他说测验有助于印度的社会流动性。一个穷孩子正是由于在测验中胜出,才被家长和村里长老们刮目相看,获得稳当的就学机会;现在,他正在一个大学念工程学。被采访人还说,印度人注重知识;知识就是力量,要用测验来保持和提高印度人的知识水平,使他们国际竞争中立于不败之地。主持人和被采访印度人都没有提到中国源远流长的科举考试传统,更没有提到科举制度对西方文官考试制度的影响。

8月25日星期六

反进化论的美国人

今晚CNN特别报道"上帝的武士"主要讲的是美国基督教右派。尽管先前对美国宗教右派多少已有一些了解,今晚节目仍有值得注意之处。

一个"上帝的基督教武士"或右派牧师认为,之所以发生九一一事件,是因为美国将堕胎合法化,从而招来伊斯兰世界的惩罚!应该知道,反对堕胎是美国宗教右派的一贯立场。正是在此问题上,他们表现得最像"上帝的武士"。他们认为,胎儿是完整的生命(相对温和者认为,受精卵在最初两周内可以不被视为独立的生命体;极端者则认为,受精卵从受精那一刹那起便是一个独立、完整的人类生命个体,应该受到与其他人类同等的对待),堕胎与谋杀无异。这些"武士"甚至为此暗杀了多个施行堕胎手术的医生。

另一个受访的右派牧师认为,达尔文主义(说到底即现代科学)为当今美国乃至世界上一切问题——从人际关系疏离、性关系混乱、色情泛滥、流行文化到吸毒、堕胎和同性恋等等,不一而足——的总根源!是现代社会万恶的象征!持这种观点理由何在?理由是,进化论认为弱肉强食为自然法则,而认可弱肉强食为自然法则,必然认为弱肉强食在人类社会乃天经地义,而这正是现时代所有社会问题的根源!这显然是一种过分简单化的看法。但醉翁之意不在酒,宗教右派的真正攻击目标并不是社会不公,而是科学本身。节目提到,相信神创论(creationism,认为世界万物为上帝在几天之内所造)的美国人竟高达总人口的百分之五十三!许多学校教师有意略过教科书中的进化论内容不讲,以免学生中现代科学的毒,而在美国大多数州,这都属于违法行为。真是闻所未闻,让人大跌眼镜!

总的说来,美国宗教右派是从道德角度来攻击现代文明的,他们认为现代社会已完全丧失了道德立足点。这个说法并非全无道理,但如果与科学过不去,以之为替罪羊,而不是努力寻找真正的解决之道,就难免于宗教偏执。报道还提到另一个重要现象:自1960年代末以来,美国宗教右派越来越深地卷入政治,其政治动员能力也越来越强,成为一股绝对不可忽视的力量。小布什之所以能够连任,全赖宗教右派的鼎力支持。

　　下午又步行去格兰切斯特,呆了不到一小时,主要看"镇厅"的周末画展。画展由退休老人张罗。他(她)们应该是义工。有两百来幅画展出,价格从十几镑到两百镑不等。画家没有一人是有名的,但他(她)们的画若能逐渐在小型画展上走红,大型画展、有名的画廊便会注意,便会展出和销售他们的画,他们在体制中的地位便能确立。退休老人参与艺术产生,是利用闲置资源来提升社会精神;从老人自身的角度看,跟艺术打交道(即使不是艺术创造)本身也是一种颐养天年的方法。老人从事艺术推广活动是个好主意,值得学习。

8月26日星期日

健忘的犹太教右派

　　晚上BBC节目上CNN特别报道"上帝的犹太武士"讲的是以色列和美国的犹太教右派。节目说,从事恐怖活动者,并非全是穆斯林,"上帝的犹太教武士"也会对巴勒斯坦人大开杀戒。节目正确地指出,巴勒斯坦问题的根源在于犹太人在约旦河西岸巴勒斯坦被占领土地上建立了大量非法定居点。只要这个问题不解决,巴以问题乃至整个中东问题都得不到解决。然而在以色列,像佩雷斯那样主张撤除定居点,一劳永逸解决巴以问题的人是少数。从节目画面上可以清楚地看到,"上帝的犹太武士"们或者说犹太教右派分子每看到一个新定居点在巴勒斯坦的土地上建成,每看到那里有犹太儿童玩耍嬉戏,便情不自禁喜笑颜开。

　　犹太人在被占领的巴勒斯坦土地上建非法定居点并不是没有他们的理由,即,这片地方自古以来就是犹太人的土地。我以为,犹太教右派的记忆力实在太好了。在全世界所有民族中,唯有他们最清清楚楚地记得两三千年前祖先的土地所在。但人类没有不迁徙的。无论哪个民族里的人们，往上追溯几代人，没有不是移民的。如果把两三千年以前祖先的迁徙行为记得这么清楚，恐怕谁都有理由说你的土地属于我的先辈，你滚蛋吧！另一方面，犹太教右派的也太健忘，全然忘记了在犹太人武装入侵迦南（即现以色列、约旦一带）亦即所谓"应允之地"以前，这一带并不属于以色列人，而属于当时的迦南人。

节目提到，今日以色列之所以如此强大，与美国犹太教右派的经济和政治支持是分不开的。节目中有纽约一个右派拉拜（犹太教牧师）露面，接受媒体采访。他单独一人一年竟然为以色列筹款三千七百万美元！正是这样的"上帝的犹太武士"构成了美国建国以来最为强大的院外游说集团。这些犹太人以他们强大的财力和政治影响力，不断替以色列的国家政策游说，在这个意义上可以说，他们绑架了美国的中东政策。

节目提到了某些美国总统发表的针对以色列的牵制性言论，甚至多次出现对前总统吉米·卡特的采访，指出在所有美国总统中，唯有他明确地表示以色列占领约旦河西岸是非法的，为巴以问题的根源所在。然而即便如此，卡特的立场也显得太过中立，根本看不出美国政府解决巴以问题的决心。卡特无疑受到美国社会强势的犹太教右派的制约。正是他们，使美国总统大多不敢为巴勒斯坦人讲话，偶尔出现一个敢讲话的人，也太不温不火了。

8 月 27 日 星期一

大打折扣的印度民主

为庆祝印度独立六十周年，《泰晤士报文学副刊》（TLS）8月24日刊登了一篇名为《六十周年回顾》（Sixty-Year Views）的书评。作者为大卫·阿诺德(David Arnold)。被评之书为 R·古哈(Ramachandra Guha)的《甘地之后的印度：世界上最大民主国家的历史》(*India After Gandhi*: *The History of the World's Largest Democracy*)和 M·C·纳斯鲍姆(Martha C·Nussbaum)的《内部冲突》(*The Clash Within*)。

记得十年前,《泰晤士报文学副刊》发表过类似的纪念印度独立五十周年的文章,但重点不在印度民主制度,而在于印度作为一个现代"民族国"竟"奇迹"般地生存了下来。五十年啊,不是短短"弹指一挥间"。现在又过了十年,古哈著作的重点已不在印度作为一个现代国家的强大生命力,而认为印度民主制经历了风风雨雨六十年,竟然屹立不倒！想当初英国人撤出、印巴分治时,发生了如此大规模的人口迁徙（文章认为,这是人类历史上最大规模的人口迁徙,其实可顺便提一下中国永嘉和靖康之乱时人口的大规模南迁）、如此大规模的流血冲突,但印度民主制度仍然按计划上路了。甘地以其个人魅力能够把一盘散沙的印度凝聚起来,且实行民主制,其接班人尼赫鲁怎么样？尼赫鲁时代印度民主经受的最大考验是中印战争。文章认为,这是一场印度人"不想要"的战争（据西方和印度权威学者的意见,当时印度政府傲慢自大,未能审时度势,对战争的爆发负有主要责任）。印度战败,尼赫鲁声望扫地,民主制又面临大危机。可是印度又挺了过来。然而,民主制遇到最大的威胁发生在尼赫鲁女儿甘地夫人当政的年代。正是她将银行国有化,剥夺土邦王子的私人银库,对不服从中央权威的邦政府实施高压。当这些做法受到法院、媒体质疑及老资格甘地主义者纳拉扬领导的反对派运动挑战时,她便以"紧急事态"法压制所有反对派。此时的印度其实已沦为专制国家。然而,印度民主制还是渡过了这场危机。

与古哈一味颂扬印度民主不同,纳斯鲍姆并没有大唱赞歌,而是从 2002 年古吉拉特邦的反穆斯林骚乱入手,剖析印度教右派的兴起如何使印度民主大打折扣。在这场针对穆斯林的大规模流血事件——两千多穆斯林被杀,更多穆斯林受伤,许多穆斯林妇女被强奸,无数穆斯林流离失所——面前,执政的人民党政府根本未能做出适当反应,或者说听之任之,在很多情况下甚至公开与他们站在一起。这并不奇怪。人民党与宗教右派本来就是同路人。对于印度教右派的暴行以及人民党与他们的同流合污,古哈总是轻描淡写,一笔带过,恰成对照的是,纳斯鲍姆径直将印度教右派和人民党称为"法西斯",将其与希特勒青年团、纳粹主义和对犹太人的大屠杀相提并论。在她看来,印度教右派着迷于本质主义的"纯洁"——印度教信仰的"纯洁"、印度教妇女的"纯洁"等等——不能自拔。他们把穆斯林当作不可调和的对立面,表现出所有原教旨主义者的好斗性。让她震惊的是,印度教右派对美国学术界的批评者恶言相加,甚至扬言对他们进行肢体攻击。然而使纳斯鲍姆感到欣慰的是,在 2004 年印度大选中,人民党联盟出乎意料地被国大党联盟击败,印度终于回归正道,民主的生命力再一次得到了证明。在这一点上,她与古哈大体上是一致的。

最后书评作者表示:两本书既都有客观之处,也都有偏颇之言。要想准确了解印度民主,最好把两本书结合起来读。取长补短,方能客观。但书评者并没有提到种姓制和阶级鸿沟对于印度民主意味着什么。在一般西方人心目中,中国目前还不是民主国家,但中国妇女和少数族裔享有的权利却远在民主印度之上。事实上,这一点在西方和印度学术界已形成共识,至少没有太大的争议。若把这些因素考虑在内,印度民主就更得打折扣了。

查尔斯王子的第二任妻子卡米拉宣布,已改变主意,将不出席即将举行的戴安娜王妃逝世十周年纪念仪式。据说,两个王子——威廉和哈里——希望她能出席,查尔斯王子更是如此。但以女王为首的王室不同意。戴安娜阵营(她身前好友)更是坚决反对。现在卡米拉宣布,已改变原有计划,不出席纪念仪式。她还说,这是一个"正确"的决定。听到消息后,王室一方和戴安娜朋友们一方都大大松了一口气。

8月28日星期二

斗狗与托狗

晚上卡洛斯问我,知不知道著名足球城市利物浦的地下斗狗?我说不知道。他说利物浦的斗狗很有名气,不可不知。

准确地说,是利物浦下层阶级中盛行斗狗。一些人为了好玩,更多的人却以此赌博。这些人下注不小,斗狗赌额每年竟可高达几千万英镑。与人类服用类固醇,以期在体育比赛中获胜一样,许多用于赌博的狗也被饲以类固醇一类的药物。我问,有没有类似于人类体育比赛的药物检查?卡洛斯说不知道,但可以想象,喂了药的狗凶猛异常,所以儿童被狗咬伤乃司空见惯。

斗狗在英国历史悠久,但自十九世纪下半叶以来被认为不道德。受过训练、实力相当的狗经长时间撕咬后十有八九已鲜血淋漓、遍体鳞伤,甚至死去,观斗的人类即从狗类的血腥斗咬中获得享受。所以早在十九世纪下半叶,英国便立法禁止斗狗。现在是二十一世纪,在先进的利物浦,地下斗狗却仍是当地人一项重要娱乐。这种风气必然影响民风。在斗狗成风且盛产足球运动员的利物浦,儿童暴力层出不穷。前不久十一岁的里斯·琼斯足球训练结束后,被人在停车场开枪打死。一周下来警方已逮捕、拘留、释放了七八个十四至十七岁的儿童,但凶手仍没抓着。

无独有偶,临睡前从BBC第4电台上听到了一个关于狗的有趣节目,讲美国(特别是纽约市曼哈顿)出现了托狗这一新鲜事物。

你要出差一个月,爱狗没人看?不用担心,把她送到托狗所(doggy day-care 或 doggy day-camp)来,我们替你照看就是了。你的宝贝在这里一定会受到贵宾待遇。决不会被关在笼子里。这太不人道。你尽管放心,因为这里根本就没有笼子,只有宽敞的草地供她玩耍。托狗所有专业的狗医生,保证她身体健康。这里的狗粮营养平衡,所以她决不会有体重问题。这里还有狗床供她睡觉,有狗玩具供她玩耍,更有专职"辅导员"(counselor,指蹓狗人员)陪她锻炼身体,保持体形。所以她在这里会绝对幸福的。弄不好,还能找个称心如意的男朋友!

曼哈顿一家托狗所的经理讲,平均每天有十只狗被送到他那里托寄;全美国托狗业营业额现在已高达三千二百万美元。与托狗业的欣欣向荣相呼应,美国甚至出现了狗心理医生这个新行当。狗心理医生都懂得狗语,能够跟狗狗们交谈,同他/她们进行心灵沟通。你的爱狗患上了抑郁症?或者说有其他精神不正常症状?没关系,我们有狗心理医生为你排忧解难,同他或她聊上几个疗程,病就好了。节目讲,某些狗心理医生甚至具有一种极不寻常的功夫:能够与走失的或已死的狗对话交流。

中午出门前,发现自行车后胎软了。约翰这时在场。他说车胎破了,必须补好,才能使用。他还说,他有补胎用的材料和现成工具。我说我是懒人,手也笨,又得马上去英语系,先打打气,只管今天下午能骑,明天再补吧。于是他主动提出帮我补。我想他在机械方面很在行,便不推辞。半小时不到便修好了。打足气,就像换了一只新胎。

下午去英语系公共活动室,曹山柯、姚建彬正好也在,于是大家一块商量,计划九月上旬去伦敦莎士比亚环球剧场看莎剧,并在当天下午再看一个音乐剧,争取在一天之内做两件事。时间暂定为9月11日。莎剧暂定为《徒劳无益》(Love's Labour Lost),音乐剧暂时定为《歌剧魅影》(Phantom of the Opera)。后来管理系余江(国内单位为中科院)打电话,问最近有什么活动,我告诉他这个信息。还将告诉地质系的马锦龙。

8月29日星期三

"势利鬼"奈保尔

下午2点半与凯文·诺兰(Kevin Noland)在大学中心格兰塔(Granta)酒吧见面。

他想到中国大学教教书,蒲龄恩知道深圳大学需要外教,把他介绍给了我。诺兰现年五十三岁,自由职业者,标准的左派,蒲龄恩的同志。他兴趣广泛,除了写诗、教书、翻译之外,还搞文学、电影评论,目前正在剑桥大学读艺术史博士,同时也修英国电视大学生物学本科课程。问,像他这样凭着兴趣什么都做做,是不是很自由?他说,做自由职业者并非自己的选择,而是境况使然,现在想"安顿"下来。我想,读艺术史博士便是为"安顿"下来或找到稳定教职所做的努力;到中国教一段时间书,可为在英国找到教职增加筹码。

话题自然扯到文学上来了。他说在剑桥见过诺贝尔文学奖得主奈保尔,给他的印象极差。说奈保尔对学术"非常鄙夷",在公开场合污辱学者,说他们所写所说全是胡话废话(我想这跟学术界对奈保尔批评多于褒扬有关)。更糟糕的是,奈保尔是一个势利鬼!他对有身份与没有身份的人的态度迥然有别。问他,见过拉什迪没有?他说没有见过,但对他印象很好;他的作品总是牵涉到西方与东方的龃龉、冲突。又问,读过《撒旦诗篇》没有?他说读过。这本小说写得如何?他说,即便拉什迪也会写很糟糕的小说。糟糕在何处?糟糕在惹火烧身,招来了伊朗的死刑命令。我说直到目前,拉什迪仍然处在警方的严密保护下。心里想,诺兰之所以赞许拉什迪,与后者的左派立场应大有关系。然后问他,喜不喜欢石黑一雄的小说?他说对他的作品没有什么了解。又问,读过他的小说没有?他说读过,但对他实在没有什么看法。最后问,读过毛翔青(Timothy Mo)的小说没有?他说读过,很喜欢。还说毛翔青曾是一家拳击杂志的记者!我说毛翔青本人喜欢拳击,而且打得相当不错。

诺兰拿出一本刚出版的诗集——*Loving Little Orlick*——送给我。从简历上看,他已出版了七本诗集。问他,出诗集有没有稿酬?他说没有。要不要自己贴钱出版?不用,能够找到资助的;这本诗集的出版就得到了英格兰文化委员会(Arts Council England)的资助。我说,难怪我印象中如此多的英国人在写诗写小说;从比例看,发达国家的写作人口比发展中国家多得多,因为即便得不到市场的认可,也能获得基金会的支持。诺兰说,虽然英国写作人口很多,但最终能在市场和学术界站住脚的,却少之又少,不到百分之十;而真正能享有文名的,就更少了,可能不到百分之一。要在市场和学术界站住脚,书评这个关口是非过不可的。问他,是否常常读《泰晤士报文学副刊》?他说不大读了。现在 TLS 已堕落,所请评书人大多思想保守;相比之下,《伦敦书评》好得多,既有视野,也有深度,不仅好过 TLS,甚至好过《纽约书评》。我想,诺兰的判断与《伦敦书评》更"进步"的立场有关。我说,我也有同感,《伦敦书评》上每篇评论都非常有分量;但与 TLS 相比,几乎没有短评,形式风格也不那么多样化,涉及面更不那么广;如果也能有一些音乐、艺术、建筑方面的评论文字,就更好了。所以,两份书评杂志应该兼而读之,不可偏废。

傍晚在校图书馆偶遇清华大学曹莉。她说她正主持一个"国家课题",研究四位剑桥文学理论家:理查兹、燕卜逊、利维斯、威廉斯。我觉得,把四人合在一起研究很好。顺便告诉她先前读利维斯《小说家 D·H·劳伦斯》(F. R. Leavis, *D. H. Lawrence:*

Novelist, 1955)的感受,说"导言"部分除了有语言拉杂、自我重复这一缺点外,内容还是蛮吸引人的;尤其欣赏他对当时英国文化界、学术界包括T·S·爱略特一类人有意贬低、压制劳伦斯所作的痛快淋漓的抨击;但关于劳伦斯小说的评论部分却不忍卒读,甚至可以说,没能抓住作品的核心内容,看不到什么出彩之处;引文实在太长,有时竟然长达三四页,以现在的学术标准来看简直是丑闻。曹莉以为,这个信息对她的课题很有用。

下午两三点,同事们在英语系公共活动室决定,9月6日去环球剧场看午场《威尼斯商人》;9月11日去女王陛下剧院看午场《歌剧院影》。

8月30日星期四

中国音乐能否走向世界?

从BBC第3电台上听到一个对朗朗的采访。电台方面所提的一个问题并非友好:1989年发生过天安门事件,你在奥运会倒计时开始时在天安门现场演奏,觉得自在吗?朗朗回答还算得体:这是一个悲剧性事件,相信不会再发生;更重要的是,国家、社会、个人都应该朝前看,而非停留在过去不能自拔;更何况不少西方音乐家2008年奥运会期间也会到天安门广场演奏。电台方面所提另一个问题同样棘手:中国有三千万琴童,每天弹西方乐曲,这对于保存中国传统文化有利吗?朗朗回答说:我们不仅弹西方乐曲,也弹中国乐曲。采访者并不知道,中国钢琴教学历来都有相当数量必弹的中国曲子,不仅难度高,而且内涵深。但我以为,中国曲子数量还应更大。重要的是,中国音乐家要像柴可夫斯基、拉赫曼尼诺夫、肖斯塔科维奇、普罗哥夫耶夫等人向世界大量推出俄罗斯风格的钢琴曲那样,推出一系列让国际音乐界信服的中国钢琴曲。

在这方面,朗朗等一大批中国音乐家在国际音乐界已有一定影响,完全可以利用自己的优势,做出应有的贡献。但如果像朗朗本人所说的那样,一年三百六十五天有一百五十来场音乐会(他说霍洛维茨、古尔德等人当年也这样),几乎每两天一场,日程安排得如此满档,还有时间和精力向国际推出中国钢琴典?

唐纳德·卡根(Donald Kagan)《伯罗奔尼撒战争》的版权代理商来信,要求上海三联直接同他们联系版权事宜。前几天从保罗·卡特利奇那里要来卡根本人的电邮地址,给卡根发了一封邮件。从反馈如此之快来看,他收到邮件后立即转发给了版权代理商。

8月31日星期五

九月

不会电脑的银行职员

下午去市场广场(Market Square)旁边的巴卡利斯银行,将银行卡里活期的一些钱转到定期上。这里自动柜员机同国内一样,无法进行转账交易,只好排队,请柜台人员帮我做这事。为我服务的,是一个年龄约四十七八岁至五十岁的妇女。她说不好意思,她在电脑上做不了这事,但可请其他人给我做,说完快步去到几米远以外另一个窗口,请一个看上去只有二十几岁的女孩子帮忙。只两三分钟,那女孩便把事情搞掂了。

由此不难看出,英国人口已然老化。老年人必须工作,但他/她们在适应新技术方面却有困难(前不久了解到,即便在技术发达的日本,也存在同样问题,大多数五十岁以上的日本人不会用手机)。反观中国,银行人员比这里年轻得多,手脚也更麻利,电脑操作也更熟悉,不至于不能做活期转款到定期的事。从另一个侧面看,这件事也说明英国就业率比中国高。在中国只雇年轻人来做的事情,这里也可以雇年龄较大的人来做。

9月1日星期六

程序民主

晚上与一群同事在大学中心附近的 Granta 酒吧聊天,说起国内英语界的"学会"。

有同事问我 2001 年去湘潭开过英国文学学会年会没有？知不知道常务理事单位开会时发生过什么？我说我不仅去过,而且次日就知道会上发生了什么事。因为"常务理事"们一开完会便立即绘声绘色地向外披露了会上的争吵（按,这是违规的）。大家感叹,在一个行政化、官本位的社会,人人都想当官;一个"学者"一旦当上了一个全国性"学会"的会长或副会长,就开始享有近乎终生的荣誉;只要不"犯错误",该人做会长、副会长的时间可能比罗斯福连当四届美国总统时间还长。我以为最讽刺的是,学会的"领导"明明都是搞英美文学研究的（至少理论上如此）,明明知道英语国家的程序民主极端重要,却丝毫没有学习它们的意思,而程序民主恰恰是英语国家制度和文化的核心,是英语国家对人类文明做出的重要贡献。这就是湘潭闹剧的根源所在。事实上 1997 年成立英国文学学会时,英语学界十几个资深人士居然无一人提议立一个学会章程,更不用说制定程序细则了。

这种做法是有后果的。四年后到了交接权力（按预期应如此）时,"执政党"找出种种理由要继续"执政","反对党"（其实"执政党"和"反对党"均为顶尖学校的学官）竟然拿不出任何程序依据来加以反驳！一后果导致另一后果。从此,争执双方及其盟友斗得你死我活,如世仇般不再往来;既然"执政党"根本不想下台,甚至连章程也不立一个,"反对党"只好退出这丑恶的游戏,"学会"的代表性和权威性荡然无存。一同事认为,如果当时真换了会长,新会长可能是名牌大学中人,但如果学术水平不高,恐也难以服众。我以为重要的不是个人能力或声望,而是程序。如果大家尊重程序,选出个傻瓜也不要紧,学会还能运转;因为学问是个人的事,本来就是你做你的,我做我的,而"学会"的主要功能是学术联谊,与领导的学术水平关系并不大。如果因程序问题不能顺利换届,后果便是你死我活的争斗,便是人心涣散,学会就会丧失学术功能,就不是学会而已沦为帮会。

当今中国学界现实是,为学者一心做官,不做学问。这对飞速进步、在经济上取得了公认巨大成功的中国来说,何尝不是一种大腐败,一个大隐患。

9月2日星期日

多元主义遭遇逆流

下午2点,"多元文化主义:冲突与身份"(Multiculturalism: Conflict and Belonging)学术研讨会在牛津大学曼斯菲尔德学院开幕(会议费一百八十五英镑,住宿费一天五十英镑)。前十五分钟相当于国内学术会议的开幕式,会议组织方讲有关事宜,但没有领导讲话。

下半场的发言更有意思,焦点集中在多元文化主义与"进步派"视角的冲突。进步派的理论基础是历史进步论、马克思主义,反对一切形式的"本质主义"。多元文化主义则主张各别族群的宗教和文化价值具有内在合理性,即使面对"普遍人权"也如此(对人权有不同的解释)。在进步派看来,这是一种"本质主义"。他们最有力的论据是非洲某些地区的女性割礼,认为这极不人道。面对诸如此类的指责,多元文化论似乎束手无策。澳大利亚国立大学政治哲学系的阿伊特曼(Selen Ayirtman)认为,应该以"商议方法"(deliberative approach)或"商议民主"来解决这一类问题;主流文化方面与少数民族代表应当就具体问题对话,说服后者改变一些不符合主流价值的习俗。我以为,这是一种披着"民主"外衣的同化,在逻辑上会导致一元文化论,在实践上会导致一元文化的现实格局。

在几位发言者中,加拿大学者麦肯纳(Iain McKenna)是最坚定的多元文化论者。他指出,在某些西方国家和个人看来,穆斯林女性在公开场合戴头巾是一个严重问题,但天主教修女甚至一般老太太戴头巾却被视为天经地义(不同意见认为,许多穆斯林女孩本来不戴头巾,十六岁以后就戴了,所以这不是简单的服饰问题,而暗含着刻意的身份宣示和对主流文化的蓄意挑战)。这难道不矛盾?这很不公平,应该一视同仁。他的论证基于普遍人权这一前提,说如果不承认这个基本前提,往下的论证便没有了立足点,便失去了意义。

9月3日星期一

英国人心灵粗陋

晚饭后在一酒吧遇到几个会友,其中一人是加利福尼亚州立大学(芝哥)英语系的英国人伯顿(Rob Burton)。他的学术背景是英语文学,发言题目与石黑一雄有关。

他说石黑一雄是他本科同学,他们一起在肯特大学念书。当时就知道他喜欢文学,在写小说,只是没有发表。后来他去东安格利亚大学,入了布拉德伯里(Malcolm Bradbury)的创作班。这应该是他人生的转折点。第一部小说《淡淡山影》(A Pale View of the Hills)一出版便得了奖,受此鼓励便一部一部写下去,现在已是"大师"了。《长日将尽》(The Remains of the Day)简直就是一部"经典"。伯顿说,石黑的文字和叙事风格细腻、微妙,与一般英国作家大不一样。他丰富了英国文学。伯顿说,他很讨厌拿名人来炫耀,但石黑的确是他朋友,几十年来一直如此。说石黑的书给他挣了不少钱,但他为人低调。他问大家,如果石黑说他今天跟"哈罗德"吃饭,你们知道这个"哈罗德"是谁?我们说不知道。他得意地宣布:就是诺贝尔文学奖得主哈罗德·品特!还说,如果让石黑评价自己的创作,他会说他正在改变英国人的粗陋心灵!我问伯顿,这次来英国,要不要见老朋友一面?他说得回家看老母亲,但已给石黑发过邮件。还说石黑很执著,成名后《每日电讯》一类大报邀请他做专栏作家,一些大学聘他当教授,他都拒绝了。他一心一意写小说,三四年就出一部。

伯顿还说,前不久去了成都。同上海相比,他更喜欢成都悠闲的生活方式;在上海任何一家商店,都会有人向他推销商品,成都不是这样。在那里他遇到几个英国同胞,发现他们对成都根本没有感觉,一见到仅有的那一两家英式酒吧就直往里钻,不喝醉决不出来。为什么不去体验一下成都的茶馆?英国人真老土,简直没救!

9月3日星期一

印第安人仍受压迫

一起喝酒的,还有开会时已见识过的麦肯纳。他告诉我,他的导师是美洲当地人,跟中国联系密切,常常去中国不说,还邀请了很多中国学者来加拿大访问。他说,他导师门下的学生彼此以"精神兄弟"(即我们所谓"师兄师弟")相待。我说,中国历来就有这样的传统,现在也还保持着,导师仍然被学生乃至社会视为"精神父母",学生也彼此为"精神兄弟"、"精神姊妹"。我问他,加拿大是否有过种族隔离一类的事?他说有过,仅仅是七八年前的事。加拿大像美国一样,建立了诸多印第安人"保留地"。"保留地"等于

"自然"监狱,里边的印第安人不仅不得搬出去,更不得"阴谋"反抗保留地监管员(Indian Agent);甚至两个印第安人一起讲讲话也可能被怀疑"谋反",他一个朋友的祖父就因被怀疑"谋反"而遭监管员枪杀!这与从前南非的种族隔离政策相比,真是有过之而无不及!

麦肯纳正在编写《加拿大原住民哲学》一书。他告诉我,加拿大至今仍有大量印第安人保留地,大多在北边极冷的地区。一个保留地从几十人、几百人到一千人不等。他说,政府几十年前跟这些印第安人部落签订了条约,向他们提供实物津贴(津贴成本高昂,因为地处偏远,需用飞机空运物质)。他们如果离开保留地,便享受不到津贴。对此,白人很有意见,认为保留地印第安人只吃税,不纳税。我问政府为什么不鼓励印第安人走出保留地,到外面谋生?麦肯纳说,他们根本没有私有财产的观念,森林、土地、房屋等等都属于集体或部落,所以不可能到外边高度竞争的资本主义世界谋生,最后干脆连想也不想了。这就意味着,政府必须长期履行对他们的义务。如果迫于纳税人的压力,断掉对他们的物质供应,那就是违约。尽管如此,仍然有少数印第安人保留地与周边社区融合得很好,比如蒙特利尔附近一些保留地。我说,中国历史上有过大量的民族冲突甚至战争,但并不建立永久性"保留地"。麦肯纳说,加拿大的保留地并非加拿大人所建,而是英国人所建。

我们还对比了加拿大和美国,认为加拿大生活方式更悠闲,更符合人性;美国人总是在工作、工作、工作!挣钱、挣钱、挣钱!结果是许多加拿大技术人才流到美国,加拿大已被掏空。他女儿今年六岁,不到一岁时被诊断患了一种儿童癌症,五年后病情稳定下来,癌病已得到了控制,但如果他要给她买美国的医疗保险,美国人是不会卖给他的,因为美国搞医疗保险的都是私人公司,见钱眼开,唯利是图,风险较大的病一律不保。

9月3日星期一

作为部落的丹麦

晚餐时同一个西班牙人和一个丹麦人聊了聊。

西班牙人是女的,长相不善。她对现如今西班牙到处是中国人感到恐惧,尤其不能忍受他们不能讲西班牙语。她说同一群中国人打交道,往往只一人会讲西班牙语,根本不知道其他人心里在想什么,所以很可怕。我问去年西班牙发生了焚烧中国造鞋子的事件,这在当地是不是头条新闻?她说当然是很大一件事。但中国不仅造鞋子,也制造几乎一切东西。我问,难道西班牙消费者不喜欢价廉物美的中国货?她说消费者喜欢,但制造商不喜欢。

丹麦人也是女的,长相和善。她说丹麦是单一民族,甚至是"一个部落",本来"小而舒适",现在突然有了这么多少数族裔,就不那么舒适,甚至不自在了。问她对2005年丹麦漫画事件有何看法?她说,这多少反映了丹麦穆斯林人口众多之现实,但是丹麦人也感到了国际社会的压力。此前丹麦默默无闻,现在突然被CNN一类媒体曝光,被全世界高度关注!真是前所未有!但丹麦人也因此在多元文化主义方面提高了认识和宽容度。

9月3日星期一

混血的"中华民族"

早餐时,与美国卡普兰大学塔尼娅·彼得逊(Tanya Peterson)和戴安·马蒂奈兹(Diane Martinez)坐在一起。前者在加利福尼亚工作,后者在科罗拉多工作(卡普兰大学分布在全美七十多处)。她们认为,多元文化格局是美国面临的大问题,西部几个州更是如此。我问,可不可以这样描述:美国人正在努力适应这一现实?戴安勉强同意这一表述,但认为问题的本质在于,最终到底由谁来"界定"美国。我明白她的意思,即假如拉美人不停地合法或不合法地移民到美国,到美国来后又保留自己的语言和文化,并不努力融入美国,那么最终美国会"变色"的。我说融合或"同化"需要时间。历史上叫"中国"的那个地方有很多人种、语言和文化,最后大家融合在一起,成了"中国人"。现在,大家看上去差不多,都是"中国人"或中国的"汉人"。其实只要查一查基因,不难发现中国人不仅有蒙古人种的血统,还有马来人种、高加索人种(白人)和尼格罗人种(黑人)血统。我还说,中国历史上并没有民族国家、国籍、公民等概念,连国界概念也很模糊,"多元文化主义"更是最近一二十年才开始使用。然而民族融和一直在进行,"中华民族"(不是汉族)一直在形成。汉族虽可视为一个主体民族,但它本身并不纯粹,一直在变,或一直处在形成过程中。少数民族虽然不断进入中原地区,甚至建立过许多局部政权(如北齐、北魏、北周),更建立过元、清两个全国性政权,但融入"中华民族"的总体趋势从来没有变过。这个过程现已大体完成。但"中华民族"也为此付出了代价。历史发生过许多民族间战争甚至屠杀。

9 月 4 日星期二

"纯粹"的民族并不存在

下午第一组报告的内容为"民族身份",第三位报告人凯瑟琳·哈勃德(Katherine Harbord,英国杜伦大学中东与伊斯兰研究所成员）所讲内容为以色列民族身份的建构。她认为，以色列非常强调犹太性的"纯洁"；说犹太性是以色列民族身份建构的唯一内容。讨论时我说，在全球化、多元化的今天，应当慎用"纯粹"、"唯一"一类的词；如何解释以色列百分之二十的非犹太国民？难道他们没有参与以色列民族身份的建构？她回答说，以色列虽有很多非犹太人，但他们在以色列民族身份辩论中并不重要。美国伊利诺伊州大学历史系的汉森（Jason Hansen）为她提供论据，说军队在以色列占极重要的地位，但出于安全考虑，以色列军队招募基督徒阿拉伯人、贝都因阿拉伯人，却不招穆斯林阿拉伯人。我以为，即便军队以"离心离德"为由不招阿拉伯穆斯林，即便后者在以色列处于边缘，却不能否认他们参与了以色列民族、国家身份的建构（把他们视为二等公民，说明以色列包容性差）。难道他们没有在以色列国家工作、纳税，为民族做出贡献？难道他们没有参与以色列人社会和战争无直接关系的活动？以此故，以色列的民族、国家身份并不是"纯粹"的。

9月4日星期二

"文化"一词应该慎用

在下午报告人中，美国密执安大学弗林特校区（University of Michigan-Flint）哲学系西蒙·库生（Simon Cushing）发言很有意思。他认为，"文化"一词应该慎用，甚至不用。理由是任何一种文化，都含有权力或压迫性。这方面最经典的例子是女性割礼。如果你说，这是极不人道的习俗，应该废除，就会有人说这是我们的"文化"，你无权干涉。由此可见文化概念的危险性。会后找他聊了聊。我认为，这种观点牵涉到普遍人类价值（并不等于西方或中国价值)与具体文化特殊性的关系。普遍人类价值往往蕴含在特殊的文化要素中,但这并不等于任何一种特殊文化要素都体现了普遍的人类价值。女性割礼显然不体现普遍人类价值,而是反其道而行之,应该废除;但废除这一不人道陋习以后,曾有此陋习的文化是否就不再成立,或者说,已不是其所曾是的文化了？我以为,不是这样。该文化还是该文化。西蒙同意这一观点。顺便告诉他,在整个二十世纪,中国人一直在反省、批判自己的文化,扔掉了很多原有习俗,吸收了很多非中国要素,但中国文化仍然是中国文化。它不仅是由特定地域、特定语言文字、特定价值观(如孝道、尊师、谦卑、内敛)和习俗来决定的,更是由长达几千年的集体记忆来决定的。西蒙大体上同意这个观点,但认为"历史"或"集体记忆"是人为的;人们总会记住光明的一面,忘记或有意抹去黑暗的内容。

9月4日星期二

一心一意当中国人

国立台北大学外语系王景智告诉我,她这次来英国开会,靠的是台湾教育部的一笔专项差旅资助。她说台湾有不少基金会提供国际差旅资助,前提是你的论文必须达到水平,通过专家审查。问她,在台湾,如果你英文很好,大家会不会对你另眼相看？她说不会。因为人人英文都不错,很多人还留过学,所以你英文好,也就好吧,并不是一个了不起的资本。还跟香港中文大学的一位姓谭的老师聊了聊。她是搞人类学的,英文很好,普通话也不错,交流根本不成问题。我说去年十一月到香港浸会大学做学术报告,发现香港人跟1997年以前相比,有了明显的变化。她接过我的话头说:大家都变得"爱国"了。她说，1997年以前香港人没有归属感，不愿当英国人，也当不了英国人，但也无法当中国人，因为那时香港是英国殖民地。今非昔比，大家一心一意要当中国人；尽管如此，香港中文大学近年来也接受了很多外国学者。

9月4日星期二

可疑的"身份"概念

在"多元文化主义"学术研讨会第二天，捷克人帕拉切克的发言"可疑的'身份'概念"引起大家注意。他认为"文化"、"身份"概念很有问题，跟民族主义情绪搅在一起，会产生强化而非淡化民族界线的后果。他说捷克人和德国人曾为莫扎特某部歌剧是在捷克还是德国某城市首演一事争论不休，大伤和气。我说，在东方人看来，莫扎特是个欧洲人、西方人，他究竟是哪个国家的人并不重要。在他生活的时代，作为民族国家的德国、奥地利和捷克都尚未诞生，但这并不妨碍他成为伟大的音乐家，一个全世界喜爱的伟大音乐家。一百年来，西方古典音乐传统已融入中国文化，成为其不可分割的一部分。在今日中国，如果有人出于民族主义立场说莫扎特的音乐是西方文化，与中国文化精神相悖，会遭到谴责的。事实上中国一直在接受外来文化。七八百年以前汉族并不玩二胡，后来从中亚引入，现在二胡已成为中国的头号"民族乐器"，到国外演出的民族乐团如果没有二胡，简直不可想象。

午饭时与美国人戴安坐在一起，谈起美国西部非法移民的问题。我说历届美国总统都会大赦一些非法移民，这样做一定有理由；政府不会如此大规模行善，一定是因为从统计数字来看，将非法移民合法化对国家有利；简单地说，美国需要劳动力来做一般人不愿做的事。戴安同意这一看法,但也认为,在一般美国人看来,将非法移民合法化的最大好处在于,他们从此就得依法纳税了;此前他们只享受"好处",却不必尽义务。

9月5日星期三

英国的问题:自由太多

休会时同办会者罗伯·费舍谈了起来,得知他的学术背景是哲学和神学,从前在牛津大学工作,九年前自愿提早退休,此后一直以组织跨学科学术会议为业。他说跟全世界不同学科的学者打交道,"其乐无穷!"今年已办了十五个会,到年底应在二十个会以上。在欧洲每个大一点的城市都办过会,东欧也不例外,所以必须向欧洲以外扩展。明年仅在香港便要开四个会!显然,罗伯是一个办会专业户。但他并不是一个万能学者。每办一个会,都会跟专业方向对口,并与有组织才能的学者合作。

我们谈到英国的大学教育。他说1995年英国将所有专科学院都升格为"大学",美其名曰"与国际接轨。"理由是:英国的专科历来就跟欧洲大陆的本科相当,如果只给专科学位,英国人便很吃亏。但此举产生了严重后果。十多年下来,英国人人都有大学学位,却没人愿意干简单的技术活,于是电工、水管工工资飞涨,是大学讲师的两三倍!一个大学讲师一年只能挣三万多英镑(税前),而一个电工年薪可达八九万英镑!

他说英国中小学教育问题更大,因为对学生的要求太低,或者说,学生享有的自由太多。教师竭力讨好学生,于是有美国式分数膨胀,教学质量大大下降。一个个考到牛津大学读书的高中毕业生,三门A级课程考试都是A,却连基本句子也写不对,甚至不知道正确使用标点符号,所以在牛津大学三年把大量时间用于补课。顶尖大学尚且如此,其他"大学"可想而知。费舍认为英国社会病象丛生,最根本原因就在于英国人的自由太多!

9月5日星期三

融合乃世界大势

上午几个报告中,日本学者 Kaori Mori "混血儿的未来:开拓新的种族疆界"(A Hapa Future: Creating a New Racial Frontier)很有趣。像一般日本人那样,她只陈述,不表明立场,更不作明确判断。给人的总印象是,在美国,种族之间等级森严,安格鲁—撒克逊新教徒白人处在最高位置,紧跟其后人种的地位一个比一个低:非安格鲁-撒克逊新教徒欧洲白人、亚洲人(包括阿拉伯人和印度人)、拉美人、黑人。我以为,这种陈述表面上看像是在批判性地描述美国的种族现实,实际上有加强既有种族秩序或"白人至上"(Mori 用语)的副作用,于是在发言中说,应该肯定1960年代以来美国在种族平等方面所做的努力和取得的进步;无论现在有多少不尽如人意之处,美国少数族裔的状况跟四五十年代相比好得多,黑人在体育(在美国人生活中至关重要)、政治方面影响尤其巨大,出了约翰逊、乔丹、鲍威尔、赖斯、奥巴马等一大批体育和政治明星。我认为,不同种族之间有一种融合的趋势;在这方面,中国是一面镜子。几千年来千差万别的族群、文化一直在冲突、融合,最后形成了"汉族"这一超级混血儿。虽有过痛苦、流血和战争,不同族群终究走到一起,变成了一家人。一些西方学者看法相似,有发言支持者,也有会后来继续讨论者。

休息时跟 Mori 聊了几句,问她在日本,亚欧混血儿受到的对待是不是高过黑人与日本人混血儿,甚至高过"纯种"日本人?她说是的。又问,四五十年代美军占领日本期间,是否出现过大量日本人和黑人混血儿?她说是的。还问,这种混血儿的第二代、第三代是否已融入主流社会?她说,这些人在日本太受歧视,大多移民美国了。我说,由于中国有种族融合的悠久历史,所以亚欧混血儿并不受特别优待,甚至纯"高加索"种的中国人也不受什么优待。最后问她:日本人与中国人、韩国人通婚者多不多?她说很多。又问,这种"混合"婚姻的子女是不是也被当作混血儿看待,甚至遭受歧视?她说不是这样,因为中日韩"同文同种","混合"婚姻子女看上去跟日本人没有区别,所以基本上不存在歧视问题。

午饭时与澳大利亚国立大学阿伊特曼坐在一起。我说,从她的口音实在听不出她是哪个国家的人。她说她是土耳其人,在德国呆了十来年,2002年以后又在澳大利亚。问她土耳其人是不是都很关心加入欧盟一事?她说以前是这样,但近年来入盟努力屡屡受挫;欧盟要求实在太高,所以大家已心灰意冷,加入或不加入都无所谓了。问她,是不是欧盟老是拿人权问题说事?她说,的确如此,可哪个国家没有人权问题?如果土耳其在各方面都达到了欧盟标准,它就已然是一个发达国家,这本身就够了,还加入什么欧盟?又问她,还上不上清真寺?她说不上了。再问,土耳其有多大比例的人口仍上清真寺?这时她表情不太自然,有点不自在,说了声"不清楚",便离开饭桌。看来,不该问最后一个问题。

9月5日星期三

莎剧:为人民服务的戏剧

下午与几个同事来到泰晤士河南岸"莎士比亚环球剧场",看《威尼斯商人》一剧。

剧场为莎士比亚时代"环球剧场"的准确复原（原建筑早在1640年代清教革命期间被清教徒烧毁），圆形，直径约四十二三米，全木头结构，观众席位置的柱子和天花板等让人联想起中国庙宇。正中没有屋顶，所以不需要照明（由于技术原因，今人熟知的舞台照明是十九世纪后期兴起的），但后果是，如果下雨，今天的观众和演员与十六、十七世纪的观众、演员一样，只得淋雨。舞台呈椭圆型，面积约七八十平方米。没有布景，更谈不上"舞美"，甚至演员看上去也没化过妆。大概是为了追求原汁原味的莎剧吧。

在演员选择方面，除了女扮男装的鲍霞完全出乎我的意料以外，其他主要人物如夏洛克、安东尼奥、巴撒尼奥和格拉蒂亚诺基本上与从前的理解吻合。鲍霞并非像我想象的那样是一个智慧出众、才貌双全的淑女，而更像是一个插科打诨的小丑。看来，从前组织学生演出莎剧时把她按淑女处理，有很大的偏差。据说现环球剧场的莎剧吸收了一些"现代"手法，演员与观众的互动比较多，比方说演员插科打诨时会提到手机一类莎士比亚时代根本没有的东西；再比方说演员虽然能从舞台后面登场，但更多时候却是从舞台前面登场，这意味着必须从观众中间穿过，难免与他们打个招呼，说一两句话；演员上台时甚至会故意丢掉一两个道具，观众拾起来扔上台，演员捡起来后自然得道声谢。但我以为，与其说这是吸收当代实验戏剧的手法，还不如说是还原——莎士比亚时代的演出本来就是这个样子。

此外，一个小型乐队（五人"编制"，含合唱在内）在剧情进行到适当时候在舞台一侧或阳台上进行背景性演奏或演唱（音乐属于十六、十七世纪意大利风格），是不是莎士比亚时代就有？鲍霞与其侍女二重唱一类的音乐手法在莎士比亚时代即有，抑或多少是不是也受了现代音乐剧的影响？但总的印象是，演出虽然有一些创新，但更多还是还原。

与中国传统戏剧相比,莎士比亚戏剧更大众化,大部分情况下所用语言为当时的日常语言,有不少打闹甚至下流场面。而中国戏剧,尤其是昆曲、京剧一类剧种,对现代人来说太精深、太雅致(当然旧时演出有不少黄色成分),对观众的文学修养要求相当高,演员更需要有唱、念、做、打四方面的功夫。两相比较,莎士比亚时代的英国戏剧对观众和演员要求低得多。可以说,传统中国戏剧更大程度上是士绅阶级的玩物,而非平民大众的娱乐(清末民初以来中国戏剧发展另当别论),莎剧更多是一种为人民服务的艺术形式。

　　一个值得注意之处是,今天上演的《威尼斯商人》上半场剧情拖沓,相当多的观众无法忍受,中途离场。根本原因在于,十六、十七世纪的英国人生活节奏慢得多,娱乐形式少得多,戏剧故事的节奏也相应慢得多。相比之下,现代生活节奏快,娱乐形式多,除了各种体育活动,还有电影电视、流行音乐、网络游戏,所以慢节奏就不合时宜了。

9月6日星期四

地球科学博物馆

　　上午去了早就计划去的剑桥大学地球科学博物馆(Museum of Earth Science)。

　　六月份在牛津参观自然历史博物馆,以为那已经是最好的古生物博物馆了,今天到了这个馆,才意识到并非如此。至少是各有特色。牛津馆占地面积较大,大型标本和石膏仿制品比这里多,但在古生物化石收藏方面,却比这里逊色。地球科学馆里每个展柜像沙丁鱼似地放满了古生物化石,据宣传材料介绍,达三百多万件。同牛津馆一样,这里也按古生物学上的"纪"、"世"进行分类,但除此之外,还用大字标出化石所出的每个"纪"的特点,如浅海、火山、河流、湖泊、沙漠等。牛津馆只沿墙安置了一长排古生物展柜,但在剑桥馆,仅侏罗纪化石就占地四百来平方米,其他"纪"或"世"的化石及相应展出面积更多。

对于我这个外行来说,留下了较深印象的是石炭纪一只巨型蜘蛛的化石,其原物大小的仿真模型(一群中学生用塑料制作)就在一旁展出,按伸开的腿之间的距离计,长达50厘米。另一件能留下较深印象的东西,是一株高达8米的蕨化石,也属于石炭纪。这绝对是一株巨蕨,现在地球上一般的蕨不到1米高,最高的蕨不过2米。

9月7日星期五

中国人享受的特殊待遇

晚上漱口时,漱口杯底掉下一块奶黄色圆形塑料片,一面颜色、直径、手感与杯子一模一样,另一面较粗糙,紧紧粘了一块两英镑硬币大的拾音器,还有一个小型电阻和一块直径6毫米的纽扣电池。我意识到这是窃听器,心里很是紧张,赶紧将电池取下来,以免它继续往外发送信号。心里想,我哪有这么重要,值得用窃听器监听?

使劲回忆杯子的来历。想起来了,是几个月前在弥尔顿路那家大型跳蚤市场买来的。既然是买来的,尤甚是跳蚤市场买来的,被人有意跟踪监听的可能性便极小。我推测,这杯子可能被用来监听过一个真正值得监听的人,"使命完成"(借用布什的话:Mission Accomplished)以后,无意中被当作废物卖掉,到我手上时已几经转手了。

回想起八十年代在曼彻斯特、爱丁堡读书时,国内甚至英国某个地方寄给我的信件常常被拦截、拆开检查,用胶纸封好再寄给我。这种事至少发生过七八次,其中三四次信封背后盖了英国安全部门的印戳,明示这是法律允许的例行检查,不是对个人权利的侵犯。那时中国留学生很少,所以我能有这种特殊待遇。现在中国留学生实在是太多,是当时的成百上千倍,而且绝大多数通信已转移到电子邮件和电话、手机上,所以英国人必须艰难地与时俱进,到网上去拦截中国人的邮件,窃听中国人的电话,所需人力物力之巨大不难想象,是不是每个中国人都能享受到我八十年代的特殊待遇,就很难说了。

9月7日星期五

神创论与进化论可以调和

今天韩裔英国人金牧师和他的新加坡太太从波恩茅斯开车来到剑桥,在一家华人开的自助餐馆请中国访问学者吃饭。从下午6点一直到晚上11点半,二十几个中国人在这家餐馆里吃喝、聊天。他们这么做,很大程度上是出于慈善的考虑,但也不排除这种动机:来海外访学的中国人中一些人有"慧根",可以将他/她们发展成基督教徒。事实上,他们每年圣诞节期间都把牛津、剑桥的中国学者请到波恩茅斯他们家,一住就是好几天,而中国学者这几天的主要活动是跟他们一起唱圣歌,读《圣经》。

金牧师目前在英国布道、传教,于是问他是否隶属于英国某教派。他说不,他是"自由传教者"。又问,在韩国时是否隶属于某一教派。他说隶属于长老会。还说,韩国天主教势力很大。我很想知道各新教教派情况怎么样,但金牧师似乎只熟悉自己的教派,对总体格局并没有概念。我想印证一下基督教徒大约占韩国总人口三分之一这一说法,问金牧师基督教徒在韩国究竟占有多大比例?他说,他对统计数字不熟悉,无法回答。

于是不得不问一个稍嫌敏感的问题:你是否相信神迹?他说,岂止相信!他本人就亲身经历了很多很多神迹。他在韩国一些慈善组织或临终关怀机构里工作过,所以跟一些患重症的人打过交道,看到神的旨意在他们身上显现,他们因之起死回生。我想,金牧师理解的神迹,用常识也能加以解释。如果一个身患重症的人开始信教,可以从信仰中得到心理安慰和精神力量,这对于战胜疾病无疑是大有好处的,在某些情况下,甚至能收到起死回生的效果。如果信教者把这种现象理解成"神迹",未尝不可。另一方面,如果认为只有符合"常识"或科学的解释才"正确",其他解释都"不正确",就是独断论,也不可取。

最后问金牧师,你认为包括人类在内的世界万物是神在六天内一劳永逸造出来的,还是在数亿年、数十亿年时间甚至更长时间内逐渐创造的?如果承认这点,此创造过程是否仍在进行,远未终结?

金牧师说我设下了一个"进化论圈套"来套他,作为一个坚定的信徒、牧师,他是不会"上当"的。我说,一直在思考这个问题,想跟一个真正的信徒探讨一番。我以为,在世界起源问题上,神创论(creationism)与进化论并非不可调和,前提是你得承认宇宙万物,或N个宇宙、N个星系,其规律、其神秘,所有这一切让人无比惊诧和敬畏;无论人类有多大的本事,在宏大宇宙和无限时间面前,都太渺小;个人是有限的,宇宙是无限的;尽管在一般人心目中,宇宙并不是神,但个人有限性与宇宙无限性的关系正像信徒与神的关系;不过,人类在宇宙面前除了惊诧、敬畏,还得努力去探究、发现。

对于这种观点,金牧师没法衷心拥护,但也不好意思反对。

9月8日星期六

媒体的坏德性

晚上安娜跟我说,她在电视上看到一则新闻,说新西兰发现一批中国造的纺织品有质量问题,一种用于防霉的物质超标,这批商品因此将被退回。

"这种防霉物质是有毒的,"她说,"使用量必须严格控制在某个范围之内,否则在某些人身上会引起皮肤过敏,或引起呼吸急促的问题。"

"CNN前几天也有类似的报道,"我接着她的话说,"说的是世界上最大的玩具供应商马特尔公司宣布,将招回三千万件中国造玩具。理由是:所用油漆的铅含量超标。"

"三千万件玩具不是一个小数目,"安娜表示。

"的确不是一个小数目。但责任并不在中国方面。这在CNN上已经有了报道。中国已经发表声明,中国厂商完全是按西方供应商的标准来生产这些玩具的,所以说没有责任。"

"真有这事?"她问,"但这里人们会认为,责任总是在中国人方面。"

"西方媒体的标题、头条通常很耸人听闻,这样才能吸引大家的眼球。至于是否符合事实,这里的新闻从业人员似乎并不感兴趣。"

"哦,有这样的事!"安娜很是惊讶。

"当然,过一段时间后,各大报纸会在不显眼的地方刊登一些追加说明的文字,这时候的信息虽然更准确,但新闻受众的注意力早已转移了,所以最后大家得到的仍然是错误的信息、错误的印象。这让中国人民很不高兴。"

"你说得很有道理,炜。我要是中国人,我也会不高兴的。"

"这里的媒体就是这坏德性。可是中国也不能白吃亏啊。"

"这话怎么讲?"安娜问。

"中国方面已经宣布退回从美国进口的一大批矿泉水。理由是:矿物质含量对中国人来说超标了。这叫以牙还牙。不过必须承认,中国产品也并不是一点问题也没有。"

"什么问题?"安娜好奇地问。

"中国发展速度实在是太快,很多方面规章制度还不太健全,所以出现一些产品质量问题是很自然的,被一些西方媒体抓住把柄也在所难免。但这只是前进中的小问题。几千万件玩具被招回,这种事对于急速行进的中国经济来说,仅仅是一次轻微的颠簸而已。"

9月9日星期日

"洋大人"与"晚清官员"

晚7点半曹山柯、王雅华、曹莉、余江和我等七八个即将回国者去三一街附近的La Raza酒吧"会饮"。这是剑桥一家地下室酒吧,很宽敞,红、黑色墙壁上挂满了意大利风格的现代画。灯光昏暗,啤酒和其他饮料比一般酒吧贵一倍。

至少在起初半小时,今晚聚会的明星不是我们中任何一人,而是剑桥大学英语系前副教授、诗人兼中国迷蒲龄恩(Prynn,毛主义左派,政治观点接近英国共产党,对英国学术界和文化界而言是个异类)。今晚是曹山柯请他来喝酒的,也正是他建议来这个酒吧的。为了与中国学者聚会,他特意佩戴了一枚不大不小的毛泽东像章,不温不火地向我们炫耀。

但中国人聚在一起,少不了中国人的习气。蒲龄恩被安排在正中尊位,俨然一"洋大人"做派;中国人则按关系的远近,从中心到边缘依次就坐,恰似"晚清官员"。与五月份那次聚会相似,计划中的聊天很快变成了采访,落入一"晚清官员"提问,"洋大人"答问,其他人作聆听状的模式,气氛很是拘谨。好在十来分钟后,可能觉得如此聚会实在太过无聊,于是记者招待会分裂为若干讨论小组,中心-边缘的格局不复存在。除了恰好正采访蒲龄恩的那一位必须辛辛苦苦地讲英语外,其他人用中文聊起天来。曹莉正研究剑桥大学文学批评家利维斯,而蒲龄恩恰是利维斯故交,所以跟他聊了至少半小时,打听有关情况或故事。她去蒲龄恩那边时,我请她顺便问一问,像雷蒙·威廉斯(Raymond Williams,也是她的研究对象)一类左派思想家何以能够被吸收到剑桥大学体制之内?

9 月 10 日星期一

英语系"内幕"

过了一会,曹莉过来讲蒲龄恩告诉她一些书上难得一见的英语系"内幕"故事。比方说,利维斯为人孤傲,跟英语系谁也过不去,未能当上教授,跟这种性格很有关系。事实上,他在英语系"体制"里是边缘人。他的名声完全是在英语系以外甚至剑桥大学以外奠定的。晚年利维斯几成孤家寡人,几乎与所有老朋友都闹翻了,再加患了老年痴呆症(持续了约一年半到两年),景况很是凄凉。利维斯去世后,前来悼念或发来唁函者多为英语系以外的人,只有蒲先生是个例外。他对利维斯十分同情。

蒲先生还说,雷·威廉斯与利维斯一样,在英语系也很边缘。他也未能当上教授。由此可见,剑桥"体制"对他的接纳是很有限度的。可蒲龄恩认为,威廉斯很自负,自以为了不起,是个大人物,其实他讲课效果很差(按,讲课好不好跟他作为一位著名左翼思想家并不冲突)。蒲先生也对目前英语系有头有脸的人进行了点评,认为除格拉菲斯(Graffith)一人极优秀外,其他人皆不足道;埃德里安·普尔本来是威廉斯的学生和追随者,后来越变越右,明显偏离了其导师的立场,再后来更一心一意当官,当了系主任不说,还几次竞选副校长(剑桥大学正校长是名誉性虚职,目前由女王丈夫菲利普亲王担任;副校长负责具体日常事务,握有实权),但几次都因差那么一两票而功亏一篑。

9月10日星期一

凌淑华与布鲁斯伯里小组

下午在校图书馆外遇到曹莉,她说又读到了有趣的东西。问是什么?她说,利维斯率先在剑桥大学英语系课堂上讲《尤利西斯》;校方以为有伤风化,提出严重警告。我说这不跟他在《伟大传统》(The Great Tradition)里的立场不一致吗?在这部含有他一生最重要思想的著作里,乔伊斯是明明白白被排除在英国小说"伟大传统"之外的。是不是因为受到校方压力而不得不改变立场,否则《尤利西斯》也在"伟大传统"之内了?

我也告诉曹莉,8月3日《泰晤士报文学副刊》有一篇较短的书评,讲萨查·淑玲(译音)·维兰德(Sacha Su-ling Welland)所著传记《梦莹千里》(A Thousand Miles of Dreams)。书中一个重要人物是1920至1930年代中国的著名才女凌淑华。说她与瓦奈莎·贝尔(Vanessa Bell,"布鲁姆斯伯里小组"的核心人物,维吉妮亚·伍尔夫的姐姐,圈内艺术理论家克莱夫·贝尔的妻子)的儿子朱利安·贝尔相好,背叛了她那老实巴交的学者丈夫;那时朱利安正在武汉大学英语系任教,爱她爱得神魂颠倒,闹得满城风雨,最后带她逃回英国;既然准儿媳来了,瓦奈莎便努力演好准婆婆角色,把她介绍给布鲁姆斯伯里圈子的其他人物,想方设法使她融入此精英集团;但凌淑华极任性,远不像一般中国女性那样谦卑含蓄,很快得罪了所有的人;玛嘉丽·斯特拉奇(Marjorie Strachey,著名文学评论家利顿·斯特拉奇的妻子)在她面前感到"恐惧",亚瑟·威利(Arthur Waley,汉学家)则"逃之夭夭"。

9月11日星期二

徐志摩与英国知识人

我们谈到了徐志摩,认为他多少应算是一个布鲁姆斯伯里圈内人。因为他跟核心人物罗素联系甚多,与圈子里唯一的汉学家威利联系甚密,后者翻译唐诗宋词得到了他逐字逐句的指点,而将汉诗译为英语在当时英国属开先河之举。我们以为,徐志摩比我们这一代人更幸运。他从美国来到英国后,在一个会议上认识了狄金生(Galsworthy Lowes Dickinson),借着他敲开了英国知识精英圈子的大门,注册到剑桥国王学院当"特别生"不说,又认识了哲学家罗素、文学理论家I·A·理查兹,还认识了H·G·威尔士、爱德华·卡彭特(Edward Carpenter)、凯瑟琳·曼斯菲尔德等著名作家和艺术家。

我以为,在当时中国极度贫穷落后的情况下,徐志摩能做得这么好,很难得。相比之下,当今中国正经历"伟大的复兴",按理说英国人应该对中国文化、中国人更感兴趣才是,但实际情况并非如此。我的印象是,在剑桥这种精英荟萃之地,大多数学者对中国的认知并没有超出媒体的水平。那些专搞中国研究的人一心一意要当某方面的专家,对中国的总体了解也好不到哪里去。这意味着,英国人已丧失了对中国的好奇心。

曹莉试图解释这一现象,说该了解的已了解了,所以英国人对中国不再有好奇心。但这无法解释为何中国人对英国的好奇心仍然那么大。我们对英国的了解现已经深入到细枝末节。能说英国人对中国的了解达到了同样的水平？按人口比例,英国学汉语的人可能只是中国学英语的人的千分之一。我以为,当今英国人的懒惰对此负有很大责任。无论如何,今日英国人的智识好奇心远不如第一次欧洲内战（即"第一次世界大战"）后那一二十年。另一方面,徐志摩与英国人的交流在当时就能达到如此高的水平,除英国人本身的原因之外,他的个人才气也是一个重要因素。

9月11日星期二

徐志摩的英国崇拜

晚上与曹山柯、许鹏在仲夏草地一角的康河畔酒吧喝酒。

又谈到了徐志摩,以为他与当今留学西方的中国人的最大不同,是无需"留学"。他之逗留英国是"游学",而非留学。大体上讲,他并不是在课堂和书本上,而是在同英国人"一同散步、骑车、抽烟、闲谈、喝茶、吃牛油烤饼"的过程中学习英国文学和文化的（参赵遐秋,《徐志摩传》,中国人民大学出版社1989年,第19页）。十分佩服他能把英国人对中国的侵略、欺凌和侮辱忘得一干二净,也非常惊诧他一见到英国名人就像见了神,对他/她们崇拜得五体投地,全然不顾这些人脑子里的中国信息几乎为零（罗素是个例外）。在《曼殊斐儿》一文中,徐志摩写道:

> 她（曼斯菲尔德）眉目口鼻之清之秀之明净,我其实不能传神于万一;仿佛你对自然界的杰作,不论是秋水洗净的湖山,霞彩纷披的夕照,或是南洋莹彻的星空,你只觉得他们整体的美,纯粹的美,完全的美,不能分析的美,可感不可说的美;你仿佛直接无碍地领会了造化最高明的意志,你在最伟大

最深刻的戟刺中经验了无限的欢喜,在更大的人格中解化了你的性灵。我看了曼殊斐儿像印度最纯彻的碧玉似的容貌,受着她的充满了灵魂的电流的凝视,感着她最和软的春风似神态,所得的总量我只能称之为一整个的美感。她仿佛是透明体,你只感讶她粹极的灵彻性,却看不见一些杂质。(转引自赵遐秋《徐志摩传》,第28—29页)

这压根儿就是一幅女神肖像。可是,按大多数西方人和东方人的审美标准,曼斯菲尔德纵然漂亮,却并非如此冰清玉洁,至高至美。更糟糕的是,威尔斯、曼斯菲尔德等等他所顶礼膜拜的人并非二十世纪最优秀的英国作家。今天,英美文学研究界和图书市场上最受追捧者并不是他们,而是与他们同时代的劳伦斯、乔伊斯、伍尔夫、康拉德和福斯特,而这些人大体上并没有进入徐志摩的视野。

可以说,徐志摩对英国的态度是一种毫无保留的崇拜。为何如此崇拜?也许能从他的诗人禀性找原因。既是诗人,就以所见所闻为实,无需过多倚赖理性。既然举目望去,英国处处绿树成荫、鸟语花香,那么康河水再昏再黄,水底摇曳着的水草也是一种极致的美。当然,在西方衰落、东方崛起已成定局的今天,徐志摩式的宽恕和忘却精神可能是一种美德。若要放眼未来,就不要纠缠过去,就要摆脱受气包心态,摆脱弱者、受害者的自我定位。应该如此。但无论如何,仍然看不惯今日英国人的懒惰和懒惰所致的无知。

9月12日星期三

"睾丸节"狂欢

晚上在厅里与卡洛斯闲聊天时,提到西方人狂欢的欲望之强、本领之高,为东方人所望尘莫及。这时,他那明亮的黑眼睛闪烁出狡黠的光芒,问我知不知道美国蒙大那州一个叫密苏拉(Missoula)的地方?

"不知道,"我老老实实地回答。

"那里有一年一度的'睾丸节',"卡洛斯骄傲地宣告。

"听起来像天方夜谭,"我承认自己无知,"跟睾丸有关的活动?"

"既然是'睾丸节',"卡洛斯回答,"所有活动都与睾丸有关,或者说都是跟睾丸相联系的狂欢。你相信我好了。"

"比方说呢?"

"一全裸金发女郎在臀沟上涂液体巧克力,一裸体男子当众将巧克力添干净。"

"这跟演三级片有什么区别!再比方说呢?"

"让一对全裸男女在一高台上用各种姿势性交,下边观众边欣赏,边有节奏地高呼:'操她!操她!操她!'"

"天下竟有这等奇事!"

"确有其事,你相信我好了,"卡洛斯诚恳地说。

"再比方说呢?"

"在观众的狂热欢呼中,一群裸体男子在台子上有节奏地把生殖器使劲向外挺。"

"这是群体下流。还有什么不同寻常处?"

"当然还有,你听好,"卡洛斯越来越兴致勃勃,"将一对公牛睾丸悬挂在一个适当的高度,一个裸体男子驾驶摩托车,一个金发裸体女子坐其身后,从睾丸下经过时,女子使劲从上面咬一块肉下来,观众顿时报以狂热的欢呼,现场变成一片欢乐的海洋。"

"这应该是睾丸节的高潮吧。真是闻所未闻!"

卡洛斯得意地说:"当然!"

但我不相信这一切是真实发生过的事。

"所谓'睾丸节'是不是虚构,卡洛斯?"我问。

"绝对不是,炜。你相信我好了。我是从一个作家所写的'非虚构'文字中读到的。这个作家叫渣克·帕拉纽克(Chuck Palahniuk),在网上能查到。他的写作一半是小说,一半是纪实文学。'睾丸节'是他的一篇短文,属于'非虚构'文字。"

"哦,还真有其事。"

"你相信我好了,"卡洛斯说,"在'睾丸节'期间,有基督徒在现场附近示威抗议。他们认为这种活动不道德。但参加活动者并非违法,所以抗议也没用。"

"今天我真是大开眼界。"

卡洛斯的黑眼睛里全是得意。

9月13日星期四

落后的剑桥体制

下午4点按约来到著名的三一学院。这是一个出了许多诺贝尔奖得主的学院(据说剑桥所出诺贝尔奖得主有一半以上是出自三一学院,但这已成为历史,都是1970年代以前的事),是一些略带霉味、古旧阴森的石头房子围起来的大院子。今天来这里,是要与英语系主任埃德里安·普尔(Adrian Poole)教授聊一聊。

4点过两分,普尔教授按约急匆匆赶来,只迟到了两分钟。他西装笔挺,领带笔直,面色红润,略嫌发福。

既然他是英语系主任,谈一谈学校管理方面的事乃理所当然。

"英语系总共有多少校聘教师?"

"四十来个。此外,还有三十五六个院聘教师在英语系上课。加起来,有七十好几个教师。"

由于剑桥大学校聘教师待遇和地位明显高于院聘教师,所以又问:

"是不是所有校聘教师都在某个学院兼职?"

"是的。我自己是校聘教师,但也受聘于三一学院,辅导这里的学生。"

"是不是因为校聘教师的主要义务在校下面的各个系,薪酬也主要由学校支付?"

"是的。"

"是不是因为他同时受聘于某个学院,在该学院也有义务,只是比校属义务少,从中所得薪酬也较少?"

"是的。"

"是不是每个校聘教师都会在某个学院兼职,但并非每个院聘教师都会在校属各系兼职,因为前者的地位高于后者?"

"是的,"普尔教授说,"剑桥大学和牛津大学的体制都这样,很容易让人犯糊涂。校聘教师在学院的教学工作主要是给学生辅导,而非授课,可是剑桥不把它叫做辅导,而叫'监学'(supervision)。没有其他动机,只是为了跟牛津不同。"

我以为,这是在糊涂之上更加糊涂。

"我1999年曾在哈佛燕京学院访学过一年,发现哈佛大学当时就有百分之五十以上的课程与中国有关,现在跟中国有关的课程应该更多。剑桥大学东方系是否也开设了不少跟中国有关的全校课程?"

"并非如此,"他说,"几乎没有针对全校学生的有关中国的大课;但假如你的课题研究(按,应为博士生级别的研究)与中国有关,经管理部门批准,也能在东方系选课。"

我以为,这里就能看出剑桥体制的不合时宜甚至落后。没有大量关于中国、印度、中东的课程供全校学生选择,学生所能得到的外部世界信息就太少,长此以往,会变得视野狭窄、思想狭隘。

在当今全球化时代,这是个严重的问题。为什么这里学生、教师对外部世界知之甚少?体制无疑是一个重要原因。这里的确出了很多优秀的专门家,甚至出过不少诺贝尔奖得主,但那是过去。现如今,剑桥具有广阔视野、全局观念的人并不多,而作为一个顶尖级别的大学,这种精英型人士应是多多益善。

"英语系开课情况如何?"我接着又问,"有没有开与英国文学平行的其他国家的文学文化课程?"

"一部分教师认为,英语系这种从中古到现当代方方面面一应俱全的课程设置,已不合时宜;许多大学早已不这样开课。他们认为,应多开'文化研究'类课程,因为文学研究本来就是'文化研究'。但这种意见并没有占上风。每年五六月都开会讨论这个问题,甚至付诸表决,但主张按传统方法开课的人总是多数。对不起,我得去银行一趟。今天我搬家。"

"不知道你今天这么忙。很高兴跟您交谈,谢谢你的时间。"

今天知道,从前的先锋已确然落伍了。

9月14日星期五

海外中国人境况何以不如印度人?

晚7点45分,叶亮开车接曹莉、王雅华和我去他家茶叙。前来聚会的还有叶亮其他几个朋友。他住在远离市中心的切里·辛顿区,在英国已逗留了十年,就职于一家跨国制药公司,不仅买了房,还入了英国籍。他房子不大,分上下两层,楼下客厅面积明显小于国内一百五六十平米的套房的客厅,厨房比国内一般厨房略大一点,但餐厅略小一点。楼上有三间卧室,加起来使用面积约四十二三平方米。但有一个面积约十平方米的小花园。

中国人一起聊天,难免谈起海外中国人的生存境况。我们把同样移民到海外的其他国家的人们进行比较。我们谈到了中国人和印度人的英语发音问题。大家都注意到,中国人发音比很多国家的人都准确,而来海外印度人发音却很不好,口音很重,但这并没有影响交流。印度人几乎是想说什么就能说什么,遣词造句远比中国人得心应手,表达思想和情感的分寸感和准确性远远强过中国人,所以最后到处听到的都是印度人的声音,各个领域出类拔萃的人、掌权的人当中印度人比例也远远高于中国人。

为什么形成这样的格局呢?原因很简单,各主要印度语言为印欧语系语言,是英语的近亲,再加上殖民遗产,印度人讲英语、写英语比中国人便不是容易一点,而是容易很多很多。再加印度是发展中国家,与中国国情相当,所以印度人在努力勤奋方面与中国人相似,远远强于一般英国人,所以在各个领域都能出人头地。从英语文学研究来看,目前在英美学术界崭露头角的外国人,几乎都是印度人。无需往远处看,只需看看剑桥大学英语系所聘的外国人中,印度人占多大的比例,便一目了然了。有没有一个中国人受聘于剑桥大学英语学科?没有。不能说是英国人搞种族歧视。为什么形成这种局面?原因很简单:中国语言和文化与英国语言、文化差异实在是太大,而印度语言、文化与英国或西方有天生的亲和力,所以他们到这里来求发展,比中国人更容易。在很大程度上,英语在印度是许多印度人的第一语言或准母语,尽管并不是大多数印度人的母语。

中国人智商不在英国人之下,也不在印度人之下。中国人的勤奋高于英国人,也不在印度人之下。尽管如此,这些优势并不足以抵消巨大语言和文化差异所带来的劣势。事实上,不仅在英语文学方面,在其他人文社科以及经济、政治和管理学科方面,印度人都明显高中国人一筹。就是在科技领域或大公司,印度人也强过中国人。他们中做了中上层领导的人明显多过中国人。总而言之,中国人在西方国家打天下,因语言文化的巨大差异,很吃亏。

我说在美国时听到过这样的论调：所有移民中只有一种人是不可同化者,这就是中国人。这时一位持英国国籍的朋友反驳我说,曾是电影明星的加州州长施瓦辛格不久前不就说过,中国移民是美国的模范移民吗？我说,姑且不论这里有政客讨好选民的意思,仅仅是你这种思维便足以证明,中国人在海外的处境十分尴尬,甚至可以说自甘二流。为什么用外国人的表扬来证明自己的价值呢？换了印度人,他们是决不会稀罕施瓦辛格的表扬的。他们不仅不会觉得光荣,反而会觉得羞耻,甚至会觉得受了污辱。为什么？凭着天生的语言和文化优势,他们在英国、美国活得如鱼得水,在很多方面已经处于掌权地位,完全有当家作主的感觉,所以应该是他们来表扬其他人,而不是由其他人来表扬他们。

9月15日星期六

"公司"：东南亚的华人共和国

读完了Ｃ·Ｐ·菲茨杰拉德《中国人的南向移民》(1972)一书。

该书认为,中国人移民东南亚历史悠久,也许在西元纪年以前便已开始了。中国移民主要来自福建、广东两省沿海地区,但也有不少并非居住在沿海一线的客家人。十六世纪以后,中国人移民东南亚的规模明显加大,速度也明显加快。根本原因在于沿海地区人口压力大,农业或其他就业机会少。福建沿海没有几处平坦的河谷,而多为不适合大规模耕种的贫瘠山区。广东沿海一线大部分地区同样如此,只有"西江"(可能指珠江以西)三角洲地势平,农业产出较高。但这个地区人口密度极大,也是主要的移民来源地。

至于东南亚的中国移民(即"东南亚华人")的特点,国内很多中文译作虽然已加以介绍,但仍有不少值得注意的地方。比如说,客家人的"公司"(Kongsi,在现代汉语里被用来指经济意义上的 company)就非常值得注意。所谓"公司"是十八世纪中叶以后客家人在婆罗洲(在现印度尼西亚)建立的一些自治的"共和国"式的华人社团。他们从当地统治者那里获得采矿或办农场的权利,除了每年需交纳一定数量的租金或贡金,几乎完全自治,即建立并运作自己的"公司"。

"公司"与传统中国政体根本不同。这里没有世袭君主,也没有设任何其他世袭职位,成员享有充分的平等,因此完全可以视为一个微型共和国,或一个共和国式的政治、经济和社会共同体。由于这是十八世纪中叶以后才出现的情况,就产生了一个问题:客家人是否从西方舶来了如此"先进"的理念?因为恰逢此时,欧洲人的"共和"理念正开始形成。作者没有回答这个问题。但我以为,十有八九这是客家人自己的"创新",是特殊条件下自然而然的结果。一是因为此时中国人包括海外华人与西方人的思想交流非常有限;二是因为此时西方共和理念仍处在酝酿过程中,法国大革命尚未发生,美国革命正在发生,并没有立即对世界产生理念上的冲击。所以,十八世纪东南亚华人与十七世纪移往北美的英国人是相似的,他们能够把旧世界既有秩序中的高下、尊卑、"血统"、"名望"抛在身后,齐心协力地在一个陌生甚至敌对的环境中求生存、求发展,所以制订出一整套基于人类平等的社会、经济、政治规则,是很自然的事。可惜作者只是点到为止,未能进行深入探讨。相信已有人进行过专题研究。应多多留意。

作者惋惜地说,中国在郑和之后如果不废弃其海军,而是继续保持一只强大的海上力量,东南亚华人的境况会好得多。欧洲人一波又一波进入东南亚,蚕食中国传统"势力范围",可明清政府对此不闻不问,好像什么事也没有发生。结果是中国人一次又一次错失良机,把东南亚拱手让给了西方人。这个说法有一定道理,但也值得商榷。中国文明以其深厚博大的蕴涵,并不在乎一时一地之得失。二战后,西方人终究撤出了东南亚。以目前全世界到处活跃着中国人和中国公司来看,中国与西方的力量对比一定会发生进一步的变化。

9月16日星期日

海外华人身份问题

昨晚看了一个关于伦敦华人"文化身份"问题的节目。讲的是一群年轻华人。他(她)是英国生、英国长的第二、三代华人,祖上是"南洋"(现马来西亚、新加坡、泰国、印度尼西亚等地)华侨。其中一人说,他十八岁前一句中文也不会讲,现在虽能讲一些中文,但仍然不够,所以正在努力学习,争取把中文讲得更好。这些土生土长的伦敦华人个个都认为,在英国,你英语讲得再好,对英国文化再熟悉,人们也仍会认为你是中国人(反过来他们在中国大陆时,人们又不能明白他们为什么不会讲中文),因此你无论如何不可能真正融入英国社会。对他们来说,文化"身份"或"认同"是一个严重问题。

不太明白的是,为什么十八岁以后才学中文?为什么不能像加拿大、美国许多中国移民那样,孩子的中文和中国文化教育从小抓起(以至于现在中文学校遍布整个北美大陆)?从节目披露的其他细节来看,这些伦敦华人的父母多为餐馆或其他服务行业从业者,文化水平不高,对孩子的中文教育没有抓紧,致使其文化"认同"现在成了严重问题。

为什么现在伦敦华人社区近年来出现了中文热和中国文化热?东亚尤其是中国的迅猛发展无疑是最重要的原因之一。节目中出现了这些华人在新加坡工作、生活的画面。看来,中国人虽然不像犹太人那样有深厚的宗教传统保证其文化同一性,但由于存在着多个华语国家,这些国家尤其是中国现在有强大的吸引力,所以文化身份的保持应不是太大的问题。至少不会像以前想象的那样:第一代人尚能保持中国语言和文化,第二代、第三代人便丢掉了中国语言与文化,完全西方化了。

9月17日星期一

关于德里达的对话

下午4点半按约来到英语系首席教授CRASSH负责人玛丽·雅各布斯(Mary Jacobus)的办公室。玛丽约六十二三岁,中等个子,略嫌发胖,但思维敏捷,精神极好。

玛丽问,"我们从前见过几次面。我想知道,你除了研究当代英国小说,还做什么研究?"

"在做两个翻译项目。一个是'人文新知'译丛,另一个西方'古典学译丛',翻译西方古典学领域的最新著作。"

"是不是把古代希腊文、拉丁文名著翻译成汉语?"

"这项工作几代中国学者已经做了不少,我现在要做的是'升级',升级中国学界对西方古代的认识,这要求把西方古典学界近一二十年的重要成果介绍到中国。"

"从以前跟你交谈中知道,你的兴趣在'比较'"。

"我的兴趣的确在'比较'方面,但并非通常所谓'比较文学'。目前西方比较文学领域的时髦是后殖民理论和多元文化理论。我做的事情跟西方学者有所不同。我做的是'文化'、'文明'的比较,更多属于哲学、历史范畴,而非文学理论范畴。"

"哲学方面,你的兴趣何在?"

"对从柏拉图、亚里士多德到尼采、海德格尔等西方哲学家都很感兴趣;最近还在读尼采和海德格尔的书。"

"你对德里达感兴趣吗?"

"不怎么感兴趣。"

"为什么?"玛丽显得非常吃惊,"德里达是左派,西方左派和自由派知识分子都深受他影响。你喜欢海德格尔,不喜欢德里达,但海德格尔是纳粹的同谋,而德里达却是进步的左派知识分子。"

"暂不谈海德格尔与纳粹的瓜葛。他和他之前的尼采都很受东方思想影响,行文风格充满了诗意,所以更愿意读他们的书。德里达太模棱两可,很多时候甚至很艰涩,所以不太感兴趣。我甚至怀疑,德里达是一件旷古未有的'皇帝的新衣'"。

"这很遗憾,"她说,"我在中国注意到,跟学者们谈一谈尼采、海德格尔、福柯没有问题,唯独一谈德里达,大家便不吱声了。"

"问题的根源也许在于他行文风格晦涩,译成汉语后因译文质量问题就更晦涩了,而要找到西文原著又很难,要完全读懂更难,找到评论他的西文原文也不容易。这只是一方面的原因。另一方面的原因可能更重要,那就是德里达张扬的是'解构'。'解构'的最终社会政治含义,无非是说既有体制和观念不合理,有压制性,要颠覆之。可中国经历了多次革命,旧有体制和观念早就被摧毁了。今日中国的任务主要不是'解构',而是建构。尽管如此,我们还是应该多多阅读西文原著和评论,更准确地了解西方思想。"

玛丽似乎不十分明白我的话,但同意这一看法:西方人文界盛行的左右二分法并非完全适合中国。这意味着,中国知识分子对于西方左派话语——包括后殖民理论、多元文化理论——应该保持适当的距离,采取有所保留的态度,尤其要坚持选择的权利。

9月18日星期二

中西交流仍面临巨大难题

与玛丽的交谈继续进行。

因玛丽曾长期任教于美国名校康乃尔大学，丈夫是美国人，儿女都在美国，我们把美国和英国的大学比较一番，是情理中的事。我们认为相比于美国顶尖大学如哈佛、耶鲁、普林斯顿和康乃尔等等，剑桥大学落后了。哈佛大学开设了大量跟中国有关的本科和研究生课程，剑桥却不是这样。哈佛大学几十年以前就有了比较文学、比较宗教系。在剑桥，连讨论一下建立比较学科都办不到。我以为，英国什么都比美国慢一两拍。她同意这个说法。

"是否可由你牵头，游说、号召一下各方人士，建立一个比较文学系？"我说。

"这个工程太宏大，我自己年龄偏大，再加行政杂务缠身，只能由后来者操办了。我以为，包括剑桥在内的英国各大学对中国的了解太少，甚至对中国没有兴趣；在当今全球化时代，这是一个严重的问题。"

"在引导英国民众了解中国方面，英国汉学家本可以做更多的事。他们完全可以像中国研究西学的知识人帮助中国民众了解西方那样，积极引导英国民众深入认识中国。但遗憾的是，他们个个只当专家，埋头于一个狭窄的领域，忽略了引导、教育公众的责任。他们完全应该也完全能够向公众发声。"

玛丽同意这个看法，她又问：

"你们在中国用什么语言写作？"

"用中文，所发表的近一百篇论文和六本书全是用中文写的。中国绝大多数研究西方文学的论文和著作都是用中文写的。这意味着，西方学者不知道中国通西语的西学研究者在做什么，更不知道中国不太通西语的西学研究者在做什么。更多中国学者的研究跟西方没有直接关系,他们的西语能力和西方文化知识也相对较弱,但他们中有很多优秀人士,即便他们的研究成果不大可能为西方学界所知。"

"事实上,中国和西方学者的交流很有限,"玛丽说,"从我所带中国博士生那里了解到,在中国英语文学界,除了少数搞比较文学、后殖民理论者跟西方有一定联系,其他方面的学者,如英语小说、诗歌、文学史研究者,与西方的联系很少。在全球化时代,这是一个问题。你认为应该如何解决这个问题?"

"目前看来,不大可能让西方学者都来学中文。中文太难了。顺便说一句,印度人学英语比中国人容易得多。举目望去,西方著名大学英语系都聘了不少印度裔学者,而受聘华裔学者几乎为零;如果真有华裔学者受聘,十有八九也是搞比较文学的,或干脆受聘于比较文学系,而非英语系。"

"我同意你的观察。已注意到中国人与印度人英语能力有明显的差异。我以为这是因为英国与印度有'特殊联系'。很多印度人从小在英语国家受教育,再加英语是印度学校的教学语言,是许多印度人的第一语言,所以印度人的英语明显比中国人好。"

"不仅仅是'特殊'历史使然,"我说,"印度语言的印欧语'基因'也是一个重要的原因。主要的印度语言本来就是西方语言的近亲。跟印度人相比,中国人学英语多花十倍的功夫,效果也未必比他们好。对此,我很悲观。我以为这种格局不可能根本改变,恐怕只能寄希望于乌托邦,即几十年、上百年后电脑技术发生一场伟大革命。"

玛丽很清楚我的意思,接着我的话说:"那时人类可能已有功能强大的翻译软件。到了中文和西语能方便地对译之时,中国和西方的学者就能实现频繁、对等的交流了。"

接下来,我和玛丽谈到了英国大学的保守性,以及这种保守性在中英交流中所起的负面作用。

我们以为当前最大的问题是,大多数英国学者对中国了解太少,也没有兴趣或动力去了解。相比之下,中国学者对外部世界包括英国的兴趣大得多。

"1840年鸦片战争以来,中国人对外部世界的兴趣一直很浓",我说,"尽管旧时的中国也有自己的现代性,但一百多年来中国一直在转型,向西方形态的现代性转型,或者说中国人一直在向外部世界学习。你似乎说过英国人也在变化,也在向外国学习?"

"是的,英国人也在学习,但学习外国的劲头远不如外国人学习英国。这从数量巨大的中国人在学英语而只有极少的英国人学汉语可见一斑。我以为,每个人、每个国家、每个文明都应保持一种开放的心态,都不断向外部世界学习。我本人一直在学习。我一直在跟中国学者打交道,一直在学习,一直在长见识。"

"你对外部世界有着异常强烈的好奇心。这在英国的文学学者中极为少见。"

"对外部世界缺乏兴趣,是英国社会的通病,"玛丽说,"这种状况若不改变,英国将进一步衰落。"

正当我要告辞时,玛丽突然说,从我在前不久一次会议上的发言知道,我对一位中国独立制片人所拍《超女》有意见,但不太明白为什么。

"其实,我们当中大多数对少数国人在西方贬低中国都会不以为然",我说,"他们刻意迎合西方人的口味,再加其信息资源有限,所以呈现给西方的中国形象很片面。但是中国政府在海外所做的宣传又太刻板,缺乏说服力。最后,西方观众得不到一个准确、全面的中国形象。独立制片人总是向西方展示一些耸人听闻的东西。只有这样,才能抓住眼球。"

"我以为这种看法有失公平,"玛丽说,"展现几个竞选'超女'者的日常生活,如此而已。怎么可以说这仅仅是为了吸引西方人的眼球?"

"这未尝不可,可是竞选'超女'者毕竟少之又少。为什么不拍一些涉及大多数中国人切身利益的片子：如中小学生的巨大考试压力、环境恶化、交通拥堵等？当然，这些话题的新闻性可能不如'超女'强，但媒体怎么说也有向民众灌输外部世界知识的责任。西方对中国了解不够，媒体负有很大责任。媒体唯新闻性是求，喜欢耸人听闻的事件。"

"明年五月在剑桥举行剑桥、清华和耶鲁三方组织的现代性论坛，"玛丽换了话题，"作为组织者，我打算对非西方国家学者减免费用，但找不到一个适当的术语。用'非西方国家学者'显然不合适，会产生一种制造'他者'的印象。你有什么建议？"

"就用'发展中国家'。这是联合国的正式术语，不会冒犯任何人。"

"俄罗斯和东欧国家算不算'发展中国家'？"

"不算"。

"这些国家货币兑换率很低，学者们在西方很吃亏。"

"这是事实，但这些国家通常并不被视为发展中国家。"

她请我推荐一下国内英语学界'有料'的人，因为她所张罗的论坛将邀请的中国学者不多，但一定得精，否则对话效果不好。我意识到，她对中国英语学界许多人都了解。

可玛丽·雅各布斯何许人也？剑桥大学顶级教授！要克服精英与大众的距离，又谈何容易。英国人对外部世界太缺乏兴趣，根本无法与中国人的对外兴趣相比。

9月18日星期二

人口控制：全世界都得感谢中国

下午4点半，与简·诺兰（Jane Nolan）来大学中心格兰塔酒吧聊天。简是剑桥大学社会学与政治科学系研究员（Research Fellow),昨天刚从纽约回来。她三十四五岁,身高1米7左右,身材瘦削像模特,脸也很小,看上去既聪明又漂亮。她为人随和,但一点不张扬,这种性格对于社会学行当的"田野调查"或"田野工作"很有利。

问她,"研究员"与讲师的工作性质和待遇有什么不同?她说研究员不是像讲师那样的终生职位,薪酬低一些,不用授课;如果想上课,也可以上课;她个人并不上课,以为把精力集中在研究上更明智,毕竟剑桥大学是研究型大学,要在这里站住脚,没有过硬的研究成果终究是不行的。最近一两年,她在做一个跨学科项目,研究在香港和上海银行工作的西方人,涉及到中西文化互动、经济、金融和国际政治,方法是实地采访那些西方同胞。2003至2004年她在北京呆过一年。当时她的俄罗斯"伙伴"正在北京,所以她来到北京。她的"中国缘"就这样开始了。她不会讲中文,所以她的中国朋友是一些受过良好教育、讲英语的中国人。独立制片人简艺是她的中国朋友之一。她和他一直用电子邮件联系。

话题自然扯到7月初简艺来剑桥放映他的《超女》。她知道我不认可简艺的某些言论和做法,顺便说他是玛丽·雅可布斯邀请的。我说,你不是说过简艺是你邀请的吗?她回答说主要是玛丽;她的CRASSH有钱,来回机票和住宿费都由CRASSH出。我说,虽然是你首先在北京认识他,并且为他牵线到剑桥来放映独立制作的片子,但所有经费却来自CRASSH,是不是?她说是的。我说其实我对《超女》本身没有太大的意见,但如果能把中国孩子面临巨大考试压力、空巢家庭一类的情况加以介绍,西方观众就能得到一个更完整、更准确的中国形象。毕竟考试压力影响到千家万户,影响到每个中国人,而竞选"超女"的人却少之又少。她说,我可以把这个意思告诉简艺。

我们又谈到了中国、印度和巴西的发展情况。简说,各方面数据表明,中国的发展比印度和巴西好得多。我说,中国发展得更好,跟没有不顾国情照搬西方形态的法律和政治制度很有关系。印度独立时从英国人那里继承了一整套在西方行之有效的制度;就较低的社会发展水平而言,这些制度并非适合印度的国情。简同意这一说法。她说,印度应该控制人口,但政客为了讨好选民,不敢采取强有力的人口措施,结果印度人口增长过快(二三十年后将超过中国),发展红利在很大程度上被新增人口抵消了。同样的,印度基础设施落后,本来应该向中国一样,大规模征地搞建设,但碍于严格的法律程序,政府必须同成千上万个人一对一谈判,故基础设施建设的速度慢如蜗牛。她又说,在人口控制上,全世界都得感谢中国!因为强有力的国家政策使全球人口减少了大约四亿,地球所受的环境压力因而减少了许多。她笑了笑又补充说,似乎全世界都应感谢一种权力高度集中的体制。

我知道,她所说的并不是她自己的观点,而是《经济学家》一类主流媒体的观点,但仍评论道,在较低社会发展阶段,较高的权力集中有弊端,也有好处;个人权利难免受到侵犯,但更容易贯彻国家意志,更容易发展经济,提高生活水平。还说,政府征地,如果与拆迁户谈不拢,会出现"钉子户",这在中国也会成为新闻,不用说在西方了。虽然有一些问题,甚至会发生"群体事件",但总的说来能解决问题,能办成事。就我个人了解的情况来看,许多人甚至期盼拆迁,因为可以不花什么钱便旧房换新房,小房换大房。这时,简提供了一个情况来印证我的话。她说在英国,如果政府为大型项目强行征地,按法律给当事人的赔付可能高于原产权的五六倍!所以,人们很愿意强行征地发生在自己头上!又说简艺给她发电子邮件,总是抱怨他遭受着多么严重的压制、多么难言的屈辱;她总会劝导他,当今中国,稳定是压倒一切的大事;想要迅速改变现状,必须先考虑一下后果;如果社会稳定遭到破坏,出现大规模骚动甚至暴乱,这对谁都没有好处。活脱脱一个中宣部官员!

又问,除了北京、上海、香港,还去了中国什么地方?她说,去过一些小城市。在那里,她感觉不好。问:为什么?她说,老是遭围观,感觉很不好。我说,这让我想起十六至十七世纪耶稣会士来中国传教的情形。中国士大夫在赞赏"西士"(Western literati)精湛中国学问和良好人品的同时,对他们的长相也感到好奇。一人请来"西士",会邀请好友来他家叙谈,来看看高鼻子洋人,也顺便跟他们谈一谈中国学问。简对此似乎很感兴趣,问我目前是否在做有关研究?我说多年前研究过这一段历史。我又说明末清初耶稣会士来华,同中国人有过激烈的思想交锋。这是中国西方第一次实质性的"智识相遇"(intellectual encounter)。简问,此前中国和西方虽然已有一些交流,但主要是贸易、旅行,所以不算"智识相遇"?我说正是。比方说马可·波罗来华像是一次旅游,谈不上思想交流。简说,究竟有没有"马可·波罗"其人,西方学界一直有争议;在同时期波斯语和阿拉伯语文献中,能够找到与马可·波罗相似的人物,也能找到在中国旅行、居留的相同路线和城市。

问简,剑桥知识人圈子是不是自由派、左派主导?她说不尽然。政治学方面出了一些"鹰派"。他们认为英国军力很强,还有核武器,在世界舞台上应该扮演大国角色,在国际事务上应该强硬。我问:他们真的认为英国仍然是一个世界大国?简回答:这得依靠与大国的结盟。我想"大国"指美国;正是鹰派思维使英国陷入伊拉克战争的泥淖。她说,这些人认为大国冲突和战争迟早要发生,所以得早做准备。又问:中国人不这么思维,对不?我说对。中国人讲"和",主张用和平手段解决问题,最高境界是"不战而屈人之兵"(尽管文革期间我们也认为战争迟早会发生)。但中国人的思维自古以来便不同于西方人。我正在研究古希腊文明,很有体会。她问什么体会?我说希腊人崇尚勇武、蛮力、好斗,这在《荷马》史诗和其他史籍里能找到大量例证,而在大约同时期成书的《诗经》里,已能发现和平主义的端倪,不少诗句表现人们厌战、思乡的情绪。这说明中国人自古以来就倾向于和平。另外,悠久的大一统传统也有利于养成和平主义的性格。相比之下,西方自罗马帝国结束以来一直是分裂的,有过无数封建小邦、君主国和现代民族国。但它们之间不停的竞争使西方获得了发展的动力,而大一统的中国却缺乏这一重要因素,所以二十世纪之前发展长期滞后。

9月19日星期三

男女平等需更上一层楼

晚上有一个有关妇女的访谈节目,话题是接近退休年龄的妇女。一位被采访者说现在男女同权情况比之从前,已有了很大改善。晚至1960、1970年代,男女明明做完全一样的工作,女性所得却比男性低一大截。现在这种情形已不可想象。另一个被采访者说,她年轻时去银行开一个户头,银行要求她出示她父亲或家族中任何一个成年男性的签名,否则不给开;而现在,她十九岁的女儿可以一个人到银行去,完全独立地办理按揭贷款。真是今非昔比!但是另一方面,男女同权在许多方面仍亟需改进。比方说,三分之二已到退休年龄的妇女目前并不享有"国家养老金"(state pensions)。原因何在?

很简单,大多数妇女结婚生子以后就不再上班了,或者说不再有一份通常意义上的"工作",而是呆在家里照顾孩子;既然没有"工作",她们便被认为没有为国家做"贡献",所以就没有资格享受国家养老金了。但是,在家做家务、照顾丈夫孩子,真是没有为社会做贡献吗?显然不是。没有无数"在家工作"的人,英国社会是不可能正常运转的。更何况,目前百分之四十的妇女是单身,百分之五十结过婚的妇女又离了婚,不给国家养老金,她们退休以后生活来源怎么办?在这种情况下,做出较大的政策调整,就很有必要了。所以从2010年起,所有在家照顾一个十二岁以下孩子或残疾人的英国人,都将有资格享受国家养老金。另外,目前国家养老金太低,每周仅为87.3英镑,需要提高,不过现在这还只是舆论,出台相应政策不知要等到何时。

9月20日星期四

青少年自杀率高

一则新闻说,英国男性青少年自杀率相当高,是所有导致死亡因素中最大的一个。一些人因而批评他们,说他们没有社会责任感。但节目中一些被采访者认为,青少年自杀率高的根本原因,是英国社会向男孩和男青年灌输的错误理念或错误的角色定位。比方说男子汉无论何时都应该坚强,决不应软弱或显示软弱;男子汉不应该像女性那样轻易流露自己的感情(男儿有泪不轻弹),即便有心理问题也不应该向他人披露,以免被人视为软弱。然而实际上,男性尤其是青少年时期的男性,在心理上同女性一样软弱,所以他们也应该像女性那样,乐于并善于同他人交流思想、交流感情。由于没有顺畅的情感和思想交流机制,英国男性青少年承受了比女性大得多的心理压力,其结果不仅是居高不下的自杀率,也是居高不下的吸毒率。据说,英国男孩吸过毒的人高达75%。只有改变这种错误的男子汉观念或角色定位,英国男青少年高自杀率的问题才可望得到解决。

9月21日星期五

徐志摩、罗素与中国革命

读了毛迅著《徐志摩论稿》一书,其中关于徐志摩政治观、社会观的内容比较有趣。徐志摩的政治观、社会观究竟是怎么一回事?

不妨先看看赫拉克里特一类希腊哲人的看法。他们认为,矛盾、冲突、争斗固然会带来痛苦不幸,但不可或缺;它们使生命更具刺激,更富创造活力。基督教兴起后旗帜鲜明地提倡和平主义,主张慈善、仁爱,甚至若有人打你的左脸,应把右脸转过去让他打。罗素一生都批评基督教,但也是著名的和平主义者。在社会政治问题上,他提倡渐进改革、阶级调和以解决现有问题。他去了一趟苏联,回英国时已由一个热情赞扬俄国革命的人转变为一个坚决反对俄国革命的人。原因很简单,他发现俄国革命的成就建立在阶级斗争和阶级暴力的基础上,而他历来主张以渐进改革和阶级调和来解决社会不公及其他社会问题。

当年徐志摩在"康桥"时,特别崇拜罗素,回国后也像罗素那样,反对中国社会的阶级冲突乃至阶级战争。他甚至认为,中国历史上并不存在阶级。但徐志摩可能不太明白,罗素的阶级调和论乃至和平主义是有其社会经济背景的,即工业化已完全实现的英国。他可能也不太明白,一般西方人是俗众,而罗素是先知,他的先进性使他先于一般西方人好几十年看到了冲突、战争——无论是阶级还是国际意义上的冲突、战争——之徒劳无益,认识到调和与和平才是正道,才能最终带来世界的大同,带来全球人类的和谐与幸福。

这就很大程度解释了徐志摩的矛盾心态。什么矛盾心态?一方面,他清楚地看到了世纪中国社会病象丛生、腐败至极,到处是"猜忌、诡诈、小巧、倾轧、挑拨、残杀、互杀、自杀、忧愁、作伪、肮脏"(《自剖》),也清楚地看到了中国民众的极度贫穷、愚昧、软弱、怯懦,因而从公开发表的文字来看,他对当时流行的社会主义和共产主义思想持赞许态度。另一方面,从给朋友的信来看,他内心深处并不赞成革命,甚至可以说仇视革命:"昔日有些地方还可以享受一点和平与秩序,但一经他(革命思想)的影响,就立刻充满仇恨,知识界人士面对口号泛滥和暴民运动的狂潮,变得毫无办法也毫无能力,所有的价值都颠倒,一切的尺度都转向。打倒理性!打倒智慧!打倒敢作独立思考的人!这样一个地方,当然不适宜我辈生活。"(转引自毛迅著,《徐志摩论稿》,成都,1991年)。

现在看来,徐志摩的矛盾心态对他来说几乎是不可避免的。这不仅是银行家的家庭出身使然,也是罗素一类英国人的影响使然。几十年后回过头看,二十世纪前二三十年中国的革命思潮虽然在逻辑和实践上导致了大跃进和文化大革命,但没有中国革命,也就没有当代中国,一个日益走向世界的潜在的超级大国。历史从来都不采取一条径直前进的路线,而总是走弯路。历史是诡谲的,为了"善"而会付出"恶"的代价。对当时中国而言,罗素太过先进;作为罗素的追随者,徐志摩的思想似乎也比一般中国人超前了几十年。

9月22日星期六

个人"炭卡"

当今英国人环保意识极强。电台、电视台上天天都播放环保消息,隔三差五就会搞环保活动,如环保节、环保游、公民环保教育,中小学校也组织学生野外实地体验。英国还实行严格的垃圾分类制度,对环保车型更实行优惠政策。伦敦开电动汽车者不用交路税,在泊车和交通拥堵的情况下也享受优先待遇;开"混血车"(hybrid,即国内所谓"混合动力车")者也享受一定的优惠政策。英国甚至要实行排炭量配额制度。

早上 BBC 四台一节目称,英国已到了考虑实行个人"碳卡"制的时候。碳卡制是一种全新的理念。它假定:理论上本来洁净的大气层(实际上早已不洁净了)是一种有限的公共资源；工业革命两百多年以来，大大小小的国家、经济实体和个人一直免费向天空中排污，现已将大气污染到了不可持续的地步，所以必须尽快实行有价排污制度，以防止人们继续肆无忌惮地排放二氧化碳和其他有毒气体。甚至有人认为，如果不早点实行个人碳卡制，并采取其他有力的减排措施，恐怕就为时太晚，地球就给毁了。目前欧洲国家与国家之间，较大公司之间已经实行了限额排放制度。排放量小的国家和公司可向排放量大、排放额度不够用的国家或公司销售多余额度。但此制度尚未推广到个人层次。

如果实行了个人碳卡制度，每户将有一张类似于电话卡的排污卡，在单位时间内拥有一定的排放额度，用完了就得"充值"，用超了就得付钱；反之，如果用不完，就可以向社会出售多余的碳额，所出售额度其实就是你剩余的排污权利。举例说明：你如果每天从剑桥乘火车到伦敦上班，所花碳额约为分配额度的百分之六十五，再加取暖、照明和家电方面的耗能，一年下来大体上能做到收支平衡；可是，如果你每天开车去伦敦上班，那么所用碳额可能达到配额的百分之一千，大大不够用，一年下来会发现，得花很大一笔钱购买他人的碳额；如果不开车，也无需异地上班，配额就用不完，就可向市场出售富裕碳额。

不难想象，"碳卡"制目前仍只停留在理念层面；具体操作起来，难度极大；政策法规如何制定和实施，也存在很多未知因素。但是，如果有朝一日英国真实行了这种制度，大排量汽车、房车、摩托艇、豪华游艇、私人飞机的拥有者就不能嚣张地排碳排污了；每天上午11点准时轰隆隆飞到剑桥东南上空的那架私人飞机，因必得购买大量碳额，费用很可能数倍于燃油费和维修费，就不大可能每天准时飞来骚扰地面人类了。

9月23日星期日

我们仍与孔子、柏拉图同时代

从电台上又听到这个几千年来人类一直在问的老问题,一个几千年来人类宗教史乃至思想史上的一个中心问题:灵魂问题。灵魂存在,还是不存在?灵魂与肉体的关系如何?如果灵魂存在,那么在肉体诞生之前和消失之后,它又在哪里?几千年来,人类都在问这些问题,不同的文化、宗教对此有不同的答案。孔子的态度是存而不论。未知生,焉知死?这不仅是他个人的态度,也是中国历代包括当前主流思想的态度,也与启蒙运动以来西方主流思想一致。这其实是一种不可知论,是现代甚至"后现代"人类对待灵魂问题的主流看法。柏拉图的苏格拉底(或柏拉图本人)认为,灵魂只是暂居肉体(相当于佛教的"臭皮囊");肉体生命结束后,灵魂不是死去,而是去到另一个地方。这其实也是佛教、基督教、犹太教、伊斯兰教的共同看法,尽管肉体生命结束后,灵魂具体去什么地方,去到那里后又怎么样,不同的宗教有不同的说法。如此看来,在这一有关生命本质的至关重要的问题上,我们当代人从根本上讲仍与孔子、柏拉图处在同一时代。

9月24日星期一

英国学术也量化

一个广播节目就英国大学量化管理采访一位大学老师。他说现在英国各大学受美国大学或"国际潮流"影响,也以教学工作量、发表文章和出版著作的数量给每个教师打分,以此决定升迁和资源的分配。这样,大学文化都将发生根本性变化,尽管对学生的影响尚不那么直接。不同系科如物理、化学、生物与哲学、历史、文学之间的资源分配也会受此体制影响，而且比一个系内按教师所得分数来决定升迁和分配资源更为复杂。这种科层化思维的根本弊端在于：以数量而非质量来衡量教师的表现。如果不这么做，结果可能跟中国相同，即一些人会觉得没有压力，因此不好好干活。但学术的优劣能以文章或著作数量来决定吗？

9月25日星期二

后殖民时代的跨种族正义

一则新闻说，两个十六岁的英国女孩用手提电脑箱各携带可卡因两公斤，在即将登机回英国时被加纳警方逮捕。她们声称被人栽赃了，但加纳司法当局有关人士却说，栽赃绝无可能；有充分证据表明，加纳方面有人接应；如果事成，她们各自将得三千英镑。一则新闻节目说，英国外交部正积极活动，"援助"二人；说她们若被判刑，将不是坐牢一两年，而是几十年，甚至终生监禁，更何况加纳监狱条件差，极其拥挤，英国人很难忍受。

想起了八十年代一美国人在新加坡因蓄意刮伤他人汽车被判答刑四鞭，美国、英国和其他西方国家受不了，纷纷批评新加坡政府"不人道"。可是新加坡方面顶住压力，对犯罪的美国人执行了鞭刑，一鞭也不少。事实上，鞭刑虽然"不人道"，却是英国殖民统治的遗产，新加坡人只不过以其人之道还治其人之身而已。又记得九十年代中期，泰国以贩毒罪逮捕了一个澳大利亚人，判处死刑。西方国家如末日来临，媒体整天头版报道，甚至公开要求泰国政府从人道考虑减刑。但法律毕竟是法律，泰国政府并不买账，死刑照样执行了。当时声援他的英国媒体对泰国死刑的"不人道"进行了渲染，说会先蒙住犯人眼睛，再用一块厚布将他与行刑人隔开,然后用机关枪猛烈扫射,最后尸体上会留下几十个弹孔!

主张在法律面前人人平等的西方人,为何不能忍受后殖民时代的跨种族正义?

9月26日星期三

控制性欲需出奇招

一个广播节目说,近年来有一些英国男子利用他们与单身母亲的伙伴关系,对她们的孩子搞性骚扰,甚至与孩子发生性关系。该节目呼吁警察部门负起责任来,制止这种事情发生。只是对于这种犯罪,只要当事人不告发,便很难发现。所以该节目一个受采访者呼吁,政府向那些与单身母亲同居的男子强派药物,以化学药品压制其过强的性欲!

9月27日星期四

慈善资本主义:利乎?弊乎?

晚上约翰告诉我,英国同美国一样,也出现了像盖茨和巴菲特一类的"新型超级富翁慈善家"。例如苏格兰企业家汤姆·亨特(Tom Hunter)。同传统富翁不同,"新型超级富翁慈善家"信奉这样的哲学:有财富便有责任。他们认为,最终说来财富并非属于财富的法定拥有者本人,而属于整个社会。那么他们是怎样进行慈善活动的呢?亨特建立了一个"亨特基金会",不仅帮助英国穷人,还帮助更穷的非洲人。但迄于目前,亨特还未像盖茨那样,主要精力花在慈善活动上,而仍然花在管理他自己的企业上。具体说来,他把百分之七十五的时间用来赚钱。我问:所赚利润的多大一个比例被用于慈善事业？百分之五十。那么另外百分之五十用在哪里？用于扩大经营规模，以获取更多利润；利润增加了，慈善事业规模也就随之扩大。但约翰说，对于这种做法，英国人当中也存在不同的意见：慈善意味着接受慈善者的责任减少了；如果太多的人无需履行社会义务，或无需尽最大努力履行义务，最终后果是不难明白的。看来，资本主义发展到一定高度后，会向慈善资本主义转型，但慈善资本主义本身也并非没有问题。

9月29日星期六

十月

儿童肥胖问题

一则广播消息说英国儿童中存在明显的肥胖趋势,现在每八个英国儿童中就有一个是肥胖儿或超重。如果不采取措施,任这种趋势发展下去,到 2020 年,一半的儿童都是肥胖儿或超重。有人认为这是快餐店的错,呼吁立法禁止快餐店做快餐广告。其实,快餐店虽然也有责任,但只是替罪羊而已。同东亚国家相比,英国食品结构明显不合理,大量食物所含热量过高(脂肪过多、糖过多),与此同时儿童花在电视、电脑上的时间也太多,运动量不够,所以是生活方式本身有问题。要从根本上解决问题,不能只怪快餐店。

10 月 1 日星期一

占星术、天文学、教会

听到的一个广播节目较为学术,讲的是欧洲历史上的占星术,说这是一个有几千年历史的传统。从西方历史来看,西元二世纪托勒密开创的知识体系虽是现代天文学的前身,但其本身也包含不少占星术成分。甚至晚至中世纪末,天文学家哥白尼也是一个占星家,其主要生活来源是为人看天象算命,尽管其日心说后来引发了伟大革命,为现代天文学的开端。同样的,发现万有引力的牛顿在世时很大程度也是一个占星家,甚至被视为魔术师。欧洲占星术在文艺复兴时代达到顶峰,随着现代天文学的兴起而逐渐式微。但它一直没有真正退场,直至目前仍有很多人信奉,最有名的例子便是美国前总统罗纳德·里根的妻子南西·里根。她如此万分认真通过看天象来做决定,成为当时白宫一大丑闻。

但在中世纪乃至文艺复兴时代,占星术都有敌人。这敌人并不是什么现代天文学,而是基督教会。占星术认为,天上星辰的运动影响人间事务,影响人类情绪、健康和寿命;通过观天象,不仅人类的疾病能得到控制,而且能避开厄运。这种说法不合教会的口味。尽管教会相对说来更能容忍医学占星术,但认为政治占星术是怪力乱神,是大逆不道。事实上教会对所有宣称预知未来的人都极其排斥,认为只有全知全能的神才能预知未来。占星术却以为它能预知未来。这是异端邪说,是僭越,是对全知全能的神的公然挑战。是可忍,孰不可忍!

10月2日星期二

在剑桥和伦敦打的

几天后就要回国,得先乘汽车去伦敦。行李多,只好先打的到汽车站。卡洛斯打电话为我要了一辆黑色出租车。车大小如国内的面包车,但造得很结实,坐十个人也没有问题。问司机,为什么不开小一点的车?他说,在剑桥这地儿,开这种较大的出租车十分合算;可以载多位乘客,除了打表收取基本费以外,还可以向每位乘客再多收两三英镑车费;例如将一个乘客载往三公里以外,只收取六英镑;如果他有五六个同伴一块乘车,在六镑之外,其他每个人还得各付二英镑。我以为,在剑桥这个到处是学生,且学生们又特别喜欢群体活动的城市,这不失为一种"多赢"的安排。又问,开这种大车,汽油不也消耗得更多吗?他说,他开辆日本造丰田车其实很节油,油耗只比小车型多百分之二十,却能多载四五个客人,所以很划得来,汽油因素完全可以忽略不计。我以为,这种模式不仅对出租车司机和乘客有利,也更为环保,因机动车载人越多,每人单位里程所耗汽油就越少。

下午3点到达伦敦市中心维多利亚汽车站。本来打算乘地铁去目的地,但考虑到两头的步行距离,肯定来不及,只好又打的。上车后,发现伦敦拥堵严重,每前行一两百米甚至仅几十米,就得等一两分钟红灯。两个半地铁站的距离,足足开了半个小时;如果不塞车,六七分钟就能到达。跟司机聊起天来。他极有礼貌,不停地称呼我"先生"。

"在伦敦做出租车一行,生意好不好做?"

"很不好做,先生。"

"为什么不好做?"

"物价飞涨啊,先生。"

"但全世界物价都在涨啊。"

"你得交各种各样的税费,先生。"

"比方说呢?"

"你得交路税,先生。"

"全世界都交路税呀。"

"你得交营业税,先生。"

"全世界都交营业税呀。"

"你得交所得税,先生。"

"全世界都交个人所得税呀。"

"你还得每年更新一次出租车执照,先生。这得花很多钱哪。"

"在中国,出租车司机得交很大一笔'份钱',其中就包括执照费。伦敦执照费贵不贵?"

"一年三千英镑,先生,一便士也不少。最后到手的钱不多,先生。"

看来,全世界的士司机生意都很难做。

10 月 3 日星期三

图书在版编目(CIP)数据

剑桥日记/阮炜著.--上海:华东师范大学出版社,2013.4
ISBN 978-7-5675-0030-3

Ⅰ.①剑… Ⅱ.①阮… Ⅲ.①随笔—作品集—中国—当代 Ⅳ.①I267.1

中国版本图书馆CIP数据核字(2012)第255683号

华东师范大学出版社六点分社
企划人 倪为国

本书著作权、版式和装帧设计受世界版权公约和中华人民共和国著作权法保护

剑桥日记

著　　者　阮　炜
责任编辑　古　冈
封面设计　何　珈
出版发行　华东师范大学出版社
社　　址　上海市中山北路3663号　邮编　200062
网　　址　www.ecnupress.com.cn
电　　话　021-60821666　行政传真　021-62572105
客服电话　021-62865537
门市(邮购)电话　021-62869887
地　　址　上海市中山北路3663号华东师范大学校内先锋路口
网　　店　http://hdsdcbs.tmall.com
印　刷　者　上海景条印刷有限公司
开　　本　889×1194　1/32
插　　页　2
印　　张　9.5
字　　数　180千字
版　　次　2013年4月第1版
印　　次　2013年4月第1次
书　　号　ISBN 978-7-5675-0030-3/I·931
定　　价　29.80元

出 版 人　朱杰人

(如发现本版图书有印订质量问题,请寄回本社客服中心调换或者电话021-62865537联系)